中国古典诗词
名家菁华赏析丛书

元曲小令赏析

马　玮 主编

商務印書館国际有限公司
中国·北京

主　编

马　玮

副主编

梁　静　马　楠

本册撰稿人

薛丹丹

编　委

（按音序排列）

方周立　罗　曼

马红英　马　骎

吴　芳　薛丹丹

闫赵玉　杨　敏

总　目

说　明

一、本书选取了元代73位曲家及数位无名氏的小令作品共122首。

二、所收作品以《全元散曲》为底本，同时参考其他版本。

三、正文中作者的排列，大致以生年先后为序；生卒年不详者，则根据其作品存在情况做大致推断而置于适当位置；无名氏列于最后。

四、作品以作者分类，原文前有作者简介，内容涉及曲家的生卒年、名号、籍贯、主要仕历或人生经历、代表作品、创作特点、他人评价或在文学史上的地位等。

五、原文后列有对一些难解字词、生僻字、历史词、方言词、古地名、出典、重要事件等的注释。

六、每首作品都设有题解，内容包括宫调、曲牌、写作背景、思想内容以及其他需要交待的内容等。

七、每首作品都设有赏析，主要阐述曲作所蕴含的文学性和思想性，对于比较难懂的曲作，一般有逐句翻译式的串讲，有名句的，大都给予点出。

八、本书使用简化字和现代汉语标点，在可能有歧义时，酌用繁体字或异体字。

九、行文中涉及的年份，一般用旧纪年，在其后括注公历纪年，“年”字从略。

十、行文中如涉及与今地名不一致的旧地名时，在旧地名后括注今地名或其归属地。

前　言

薛丹丹

王国维先生称："凡一代有一代之文学：楚之骚，汉之赋，六代之骈语，唐之诗，宋之词，元之曲……"元曲作为"一代之文学"，有其区别于其他文体的特点。笔者将在下文中主要阐述元散曲的基本知识、文体特征以及编选过程中的一些思考，以供读者参考指正。

（一）

首先，介绍元散曲的基本知识及文体特征。

元曲，包括散曲和剧曲两类。散曲，是单支曲词，而有故事情节、有角色扮演的则是剧曲（杂剧）。魏良辅《曲律》云："清唱俗语谓之冷板凳，不比戏场借锣鼓之势。"是说散曲以弦索伴奏来清唱，而不伴有锣鼓等大型乐器来铺排敷演。

散曲之为体，朱子南《中国文体学辞典》的解释如下："最早被称为'街市小令'。盛行于元明清三代。无宾白和科介，供清唱用。'散曲'有曲牌，长短句式，还可添加衬字，一韵到底。北曲无入声，平上去三声通押；南曲则分平上去入四声。"不仅总结了散曲的特点、用韵，还比较了南北曲之间的差异。明代朱有燉的《诚斋乐府》始见"散曲”之名，是专指小令而言，用以区别于套曲或剧曲。直至近代吴梅、任讷等人才把只用于清唱的曲称为“散曲”，从而把它和有宾白、科介用于演述故事的剧曲区分开来。散曲之名历史上存在过的还有“乐府”“今乐府”“北乐府”“大元乐府”“乐章”“词余”“时曲”“清曲”等十余种之多。

曲的起源，历来说法纷纭。主要观点有曲起源于乐府、词、里巷俗曲、少数民族音乐等，也都紧切音乐这一因素。

我国传统音乐有七音十二律。七音即宫、商、角、徵、羽、变宫、变徵，十二律是黄钟、大吕、太簇、夹钟、姑洗、中吕、蕤宾、林钟、夷则、南吕、无射、应钟，七音乘十二律即是“宫调”，共有八十四个，常用的有四十八个，用来限定乐器管色的高低。据元代周德清《中原音韵》所载，北曲共有十二个宫调，下隶三百三十五个曲调（曲牌）。十二宫调是：黄钟宫、正宫、仙吕宫、南吕宫、中吕宫、大石调、小石调、双调、越调、商调、商角调、般涉调。所以，曲一般会在曲牌名和题目之前标明所属的宫调，如：白朴【仙吕】〔寄生草〕《饮》、贯云石【南吕】〔一枝花〕《离闷》、马致远【中吕】〔喜春来〕《六艺》等，以此来强调其音乐性。词经过雅化和书面化之后，渐渐脱离了音乐的束缚，曲词则自始至终与乐调相辅相成。

散曲的体制分为小令和套数，小令又包括单支小令、重头小令和带过曲等形式，或认为带过曲介于小令与套数之间。下面分别简述几个基本概念：

小令，大多为单支，每首各自为韵。如元张养浩【中吕】〔山坡羊〕《潼关怀古》：“峰峦如聚，波涛如怒，山河表里潼关路。望西都，意踌躇。伤心秦汉经行处，宫阙万间都做了土。兴，百姓苦；亡，百姓苦。”〔山坡羊〕是这首小令的曲牌，属【中吕】宫，《潼关怀古》则是它的题目。这首小令仅有一个衬字，即“宫阙万间都做了土”中的“了”字，其余皆是本调正字。全曲用“鱼模”韵，其中“躇”是平声，“土”“苦”是上声，“聚”“怒”“路”“处”是去声，三声通押。小令虽然短小，但是押韵、平仄、衬字、曲牌各方面，各有要求。

重头，是用同一曲调，重复填写两首或两首以上，甚至多达百首，首尾句法全同，用韵则互异。重头小令可以抒情、状物。如徐再思的【中吕】〔普天乐〕分咏吴江八景，取两例曲如下：

垂虹夜月

玉华寒，冰壶冻。云间玉兔，水面苍龙。酒一樽，琴三弄。

唤起凌波仙人梦，倚阑干满面天风。楼台远近，乾坤表里，江汉西东。

西山夕照

晚云收，夕阳挂。一川枫叶，两岸芦花。鸥鹭栖，牛羊下。

万顷波光天图画，水晶宫冷浸红霞。凝烟暮景，转晖老树，背影昏鸦。

可以说是以同一令曲的句式组合起来的多首曲词。

带过曲，是用宫调里经常连唱的两支或三支曲调组成的小令。带过曲曲牌中总有“带过”两字，或有“带”“过”字。据隋树森辑《全元散曲》，元人小令中，带过曲共有二十六种形式。乔吉【双调】〔雁儿落过得胜令〕《忆别》：“殷勤红叶诗，冷淡黄花市。清江天水笺，白雁云烟字。游子去何之，无处寄新词。酒醒灯昏夜，窗寒梦觉时。寻思，谈笑十年事；嗟咨，风流两鬓丝。”这首带过曲是由〔雁儿落〕和〔得胜令〕两个曲调组成的。〔雁儿落〕句法是“五、五、五、五”，共四句；〔得胜令〕句法是“五、五、五、五、二、五、二、五”，共八句。〔雁儿落〕和〔得胜令〕，均属【双调】，在带过曲中，〔雁儿落〕后经常是接〔得胜令〕的。某些带过曲的形式，由于常用，无形中形成了一支新的曲调，于是赋予了新的曲调名，如这首〔雁儿落过得胜令〕，又名〔鸿门凯歌〕，即是一例。

套数，是散曲的另一种形式，又称“套曲”“散套”“大令”。在元代称为“乐府”，明王骥德《曲律·论套曲第二十四》中说：“套数之曲，元人谓之乐府。”它是由两首以上同一宫调的曲子，按照一定的规则联缀起来的组曲。一般都有尾声，以示全套乐曲已成一阕。套数要求一韵到底，北曲允许平、上、去三声通押。一曲中不仅可以添加衬字，有些曲子还可以任意增加字数。

衬字，就是曲子中正格以外的字，也叫“垫字”或“衬垫字”。“衬字”在正格（曲律规定的固定字数）的基础上添加。词、曲差别之一即在于词无衬字，曲有衬字；北曲多用，而南曲少用衬字，调缓时可多用，调促时少用。而且，衬字一般多用虚字，少用实字。衬字字数可多可少。如张养浩【中吕】〔山坡羊〕《潼关怀古》通篇只用了一个衬字，即“了”。【南吕】〔一枝花〕句式为“五、五、五、五、四、五、五、七、七”，计四十八字，而关汉卿的【南吕】〔一枝花〕《不伏老》衬字则多达一百余字。由于曲逐渐案头化、曲谱（乐谱）不传等原因，就有部分曲牌难以确定何为正格、何为衬字。

（二）

其次，谈一谈笔者在编选、注解和赏析过程中的一些思考。

篇目编选原则。元人散曲内容驳杂，思想繁复，或借古讽今、激愤填膺，或凄风愁雨、感时伤世，或求仙问道、徜徉林泉，哀悼悲歌与英雄凯歌齐奏，现实观照与理想之光辉映，反映了时人百态万象的情状。本书在编选过程中，尽量存菁去芜，或选取名家名篇，或保留体现时代精神的内容，或抽出具有元曲特色的篇章，以求多元地反映时代生活、时人思想和散曲的文体特色。体制方面，从音乐性、意境美等角度考虑，仅选取单支小令、重头小令和带过曲。

编写体例。本书编写主要以曲家为纲，选取七十三位见于史籍的元曲家，以及数位无名氏作家，简介其生平与大致曲风，下选作品数篇，内容主要由四部分组成：原文、注释、题解、赏析。原文以隋树森《全元散曲》为底本，参考李修生《元曲大辞典》等，相互比对，校订文字出入，选取流传较广的版本。注释与题解，兼收古今名家之见，加之一己之思考与理解，力求接近曲家与文本。撰写赏析时，参考时代精神、历史背景，尽可能回到大的历史现场知人论世，并结合相关文化知识引申、联想，拓宽意境。

本书是《中国古典诗词名家菁华赏析丛书》（第二辑）中的一本，或只言片语有益于读者，亦不胜欣喜。一己之见，若有疏漏之处，诚请批评指正。

目录

元 好 问

元好问（1190—1257），字裕之，号遗山，太原秀容（今山西忻州）人。自幼聪敏好学，七岁便能赋诗，被誉为神童。在金时曾以进士及第，充国史编修，历任镇平令、内乡令、南阳令等职。金朝灭亡之后，拒不出仕元朝，闲居读书著作，广交天下文士、激励后学，积极向朝廷推荐有才文士。他在诗、词、曲、文上皆成就颇高，五言诗雅正端方，杂言诗颇能出奇，而乐府诗能自出新意，才情俱佳，有《遗山集》《中州集》等，是一代文坛领袖，曾以文章独步天下三十年。现存小令九首，见于《乐府群珠》《太平乐府》《太和正音谱》等。朱权《太和正音谱》中称："元遗山之词，如穷崖孤松。"今观读其遗曲，风格典雅消疏、工丽有致，文人气息甚为浓厚。

【黄钟】〔人月圆〕

卜居外家东园①

玄都观里桃千树②，花落水空流③。凭君莫问④，清泾浊渭⑤，去马来牛⑥。谢公扶病⑦，羊昙挥涕⑧，一醉都休。古今几度，生存华屋，零落山丘⑨。

注 释

①〔人月圆〕《卜居外家东园》共两首，此选其一。卜居：原意是占卜

以选择理想的居所，此处指择地而居。外家：古时女子出嫁之后称娘家为外家，泛指母亲和妻子的娘家。

② 玄都观：道观名，原名通道观，隋朝改名为玄都观，在今陕西西安南。刘禹锡有诗云："玄都观里桃千树，尽是刘郎去后栽。"（《元和十年自朗州至京戏赠看花诸君子》）"种桃道士归何处，前度刘郎今又来。"（《再游玄都观》）作者在此处以刘郎喻己"今又来"。

③ "花落"句：化用李煜《浪淘沙》中"流水落花春去也"句，谓春光消逝，也暗喻物是人非。

④ 凭：请。

⑤ 清泾浊渭：语出《诗经·邶风·谷风》："泾以渭浊，湜湜其沚。"渭河是黄河的支流，泾河是渭河的支流，泾河与渭河因含沙量不同，交汇之处呈现出一清一浊的景象，谓"泾渭分明"。后以"清泾浊渭"比喻人品的高下和事物的好坏，显而易见。

⑥ 去马来牛：源出《庄子·秋水》："秋水时至，百川灌河。泾流之大，两涘渚崖之间，不辨牛马。"此谓清浊难辨。

⑦ 谢公：即谢安，字安石。据《晋书·谢安列传》记载，太元年间，会稽王司马道子专权，谢安被迫出京镇守广陵步丘，功绩丰伟，受到朝廷重视，但是他每每流露出重新隐居（会稽）东山的愿望。后来天下大体安定，谢安受诏回京，在车轿进入西州门时，他怅然感慨，认为自己本志未遂，不久即病逝。

⑧ 羊昙：谢安的外甥。谢安病重时曾由西州门入城回京，谢安去世后，羊昙整年不听音乐，行不过西州路。有一天大醉，沿路歌唱，不觉间至西州门，左右提醒他后，羊昙悲伤不已，以马鞭敲门，吟诵曹植的"生存华屋处，零落归山丘"，恸哭而去。

⑨ "生存"句：出自曹植《野田黄雀行》："生存华屋处，零落归山丘。"谓人生前居住华屋之中，死后却归于山丘尘土之中，感旧兴悲之情立现。

题　解

曲牌〔人月圆〕来源于词牌，其定格的字数句式为"七、五、四、四、四、四、四、四、四、四、四"，用在散曲小令之中。宋代词人王诜的词中有"年年此夜，华灯盛照，人月圆时"的句子，故而以〔人月圆〕为名。又因为宋代词人吴激的词中有“江州司马，青衫泪湿，同是天涯”的句子，故又称〔青衫湿〕。本曲押“尤侯”韵，平声韵脚。

这支〔人月圆〕是金朝灭亡之后，元好问历尽艰辛回到家乡，安居在母亲娘家的东园之内所作。国破家亡之际，他回顾往事，不禁感慨万千。

赏　析

这支小令是元好问在金元更替、几度流离之后所作，回到家乡的他回顾往事，怀着深沉的感慨，对历史的更替，对人生的起落，都有了更深刻的认识，甚至对生死也有了更多感悟。

“玄都观里桃千树，花落水空流”，此处借用刘禹锡谪官归来的典故自比，半生历经了波折的远行人再次回到故乡，花落水流，旧家风景依旧，有了一种恍惚之感，仿佛一梦。“凭君莫问”，隐含着他无尽的心酸和沧桑，心力疲累的他也不愿再提起谁清谁浊，孰是孰非。这也是对自己半生经历的一个收束。谢公扶病而逝，羊昙怀着无限悲痛的心情悼亡，也反映了曲家对“外家”人事变迁、今不同昔的慨叹和伤怀。在一醉中，将这种种的慨叹和无奈都消除掉吧，曲家试图借酒消愁，可奈何只是一时之计，深沉的兴亡寄托之感终究是无法消除的。

在百感交集的情绪之中，曲家不由得想到生死的问题，从古至今皆是如此，人生而居住华屋高厦之中，一旦生命凋零，最终都是归于尘土。想至此处，不禁悲从中来。家国之感、身世之感、今昔之感、生死之念，曲家是在多么复杂的心境之下，借此曲抒发自己心怀的啊。历史变迁，时代更替，但是人们对于兴亡盛衰，对于时光流转、生死往来的感受是有共鸣的。这支曲子虽然是抒写作者一己之心怀，但是其情感与思考也能触动我们的情绪，令人不禁临文感慨伤怀。

这支曲子感慨深沉，饱含深切的身世之感与对人世间的思考。曲中语言真挚深切，作者使用的典故与情感相得益彰，其情绪委婉悠长而意不能尽，真切动人，绵绵不绝。

【双调】〔骤雨打新荷〕

绿叶阴浓，遍池塘水阁，偏趁凉多。海榴初绽①，妖艳喷香罗②。老燕携雏弄语，有高柳鸣蝉相和。骤雨过，珍珠乱糁③，打遍新荷。　人生有几，念良辰美景，一梦初过。穷通前定④，何用苦张罗⑤？命友邀宾玩赏，对芳樽浅酌低歌⑥。且酩酊⑦，任他两轮日月，来往如梭⑧。

注　释

① 海榴：即海石榴，因来自海外，故名。此处指石榴花。
② 罗：一种质地柔软的丝织品，这里指初绽的石榴花。
③ 糁（sǎn）：散布，散落。
④ 穷通：穷，困厄；通，显达。泛指人世间的困厄与显达。
⑤ 张罗：筹划，安排。
⑥ 芳樽：对酒杯的美称。
⑦ 酩酊（mǐngdǐng）：大醉的样子。
⑧ 梭：织布时牵引纬线左右运行的工具。用以形容时间飞快流逝。

题　解

曲牌〔骤雨打新荷〕，又名〔小圣乐〕，属【双调】，用于散曲小令，因元好问此曲中“骤雨过，珍珠乱糁，打遍新荷”一句流传甚广，而被后人惯称为〔骤雨打新荷〕。上片基本句式字数为“四、五、四、四、五、六、七、三、四、四”。下片句式同上片（也有版本首句为六字）。本曲押“歌戈”韵，平仄通押。

这支〔骤雨打新荷〕写作者饮酒消夏、流连光景的生活，颇具诗情画意。

赏 析

此曲通过对初夏清新旖旎风光的描绘，抒发了作者悠游徜徉的心境和情怀，其间也隐隐表露出对现实的思索。

“绿叶阴浓，遍池塘水阁，偏趁凉多。海榴初绽，妖艳喷香罗”，描绘了一幅夏日的静景：绿荫浓浓地遮蔽着，池塘上的水阁中沁满凉意；刚刚舒展开放的海石榴花瓣儿就像柔软轻薄的香罗纱，娇艳明媚。写出了夏日景象独有的繁盛与生命活力。接下来是动景的描写，老燕带着雏燕嘤嘤弄语，一个“弄”字意境全出，仿佛听得到燕子高高低低婉转啁啾的歌唱。而柳枝高处的鸣蝉声声成韵，似乎是与燕子的歌声相应相和。突然，下起了雨，清亮、圆润的雨滴像珍珠一般打落在新出水的嫩荷叶上，给夏日的燥热带来一阵清凉。如此的良辰美景不禁勾起了作者对于人生的思考，生命的美好芳华如同一梦，短暂易逝；而人生际遇是困厄还是通达，似乎已有定数，再怎么忙碌奔波也不过尔尔。倒不如邀一二好友，对酒低歌、徜徉玩赏，一任时光匆匆、日月如梭。

元好问自金亡之后便不再入仕，每日流连于生活光景，此曲便是他日常诗酒生活的一个写照。但是仍然可以从中体会到作者无奈的消极心态，而这种无奈是自己的选择，也便带了一丝主动的洒脱在里面。

整首曲有动景、有静景，动静结合，富于变化，营造的是一个闲适舒逸的徜徉氛围，同时也抒发了作者珍惜当下、流连时光的惬意之情，不禁令人神往。语言雅致工丽、清绮凝练，在消疏之中又有灵动气息，与曲家的闲逸心境相适相宜。

孙　梁

孙梁，字正卿，中山（今河北正定）人，生卒年以及生平皆不详，大概与元好问属同一时期。现存小令一首，附于《遗山乐府》。

【仙吕】〔后庭花破子〕

柳叶黛眉愁①，菱花妆镜羞②。夜夜长门月③，天寒独上楼。水东流，新诗谁寄，相思红叶秋④。

注　释

① 黛眉：深绿近墨色的眉。
② 菱花镜：古时铜镜，因背面有菱花纹而得名。
③ 长门：即长门宫，汉武帝皇后陈阿娇失宠后居于长门宫。
④ “水东流”句：相传唐宣宗时宫女有诗题红叶之上从御河流出，后宫女放归，与拾得红叶之人结为夫妇，诗曰：“流水何太急，深宫尽日闲。殷勤谢红叶，好去到人间。”此句或借以表达昔人尚有红叶可题诗，而自己相思无以寄托的愁绪。

题　解

曲牌〔后庭花破子〕创调自金元时期，属于【仙吕】宫。一般是七句三十二个字，其格式字数为“五、五、五、五、三、四、五”，可以添加衬字。本曲押“尤侯”韵，平声韵脚。

燕南芝庵在《唱论》中说“仙吕调唱，清新绵邈”，虽不尽是，但大致表达缠绵、舒逸的情感。这支曲子表现的是一个闺中女子的春思和闺怨之情。

赏 析

这首小令表达了女主人公的思念与惆怅之情。

女子柳眉弯弯，看到菱花镜中的自己，不禁娇态含羞。小令先勾画出一幅美人临镜图，仿佛读者也能透过妆台上的菱花镜看到她颔首含羞的样子。而室外的景象，则是月亮高悬。借着这寒凉的夜色、月色，她独自登上高楼，望着流水脉脉，而自己新诗已就，却不知寄与谁人。深层次的惆怅，却是不知这一腔相思愁绪寄与何人。

我国文化有登高怀人的传统，曲中女子也不例外。月亮、高楼等让人联想到范仲淹的“明月楼高休独倚，酒入愁肠，化作相思泪”，简单的意象，却带有传统的文化符号，暗含相思这一主题。长门月、天寒，更加渲染了凄清、惆怅的气氛，十分动人。语言婉约清丽，的是发幽怀之语。

商　衜

商衜（dào），生卒年不详，约处于金元之际，与元好问同时，字正叔，或作政叔，曹州济阴（今山东菏泽）人。祖上本姓殷，因避宋宣祖赵弘殷讳，遂改为商姓。本出于簪缨世家，祖上仕宦于金、元，但至正叔时，时局动乱，仕途之路难遂，于是他便寄情于青楼市井之间，吟词作曲，晚年时方获福禄。钟嗣成《录鬼簿》将他列在“前辈已死名公，有乐府行于世者”之列，称为“商政叔学士”。今存完整的小令和套数十二首，见于《阳春白雪》《太平乐府》。其作秾丽光华，但是不流于轻浮淫逸，朱权《太和正音谱》中说：“商正叔之词，如朝霞散彩。”

【越调】〔天净沙〕

寒梅清秀谁知？霜禽翠羽同期①，潇洒寒塘月淡②。暗香幽意③，一枝雪里偏宜④。

注　释

① 霜禽：白色的禽鸟。林逋《山园小梅》中有“霜禽欲下先偷眼”句。

② 潇洒：凄清、寂寥的样子。

③ 幽意：幽闲的情趣。

④ 偏宜：最宜，最合适。

题 解

曲牌〔天净沙〕又名〔塞上秋〕，名称来源于词牌，但是在元曲中多用。其字数句式一般是“六、六、六、四、六”。其中“淡”押“监咸”韵，其余押“齐微”韵，平仄通押，或是因为失韵，或是断句有误。

这支〔天净沙〕主要描绘了冬日雪中寒梅的风姿神韵。

赏 析

这支小令写了雪中寒梅的清淡幽微之美。

冬日夜晚的空中，淡月微微，月下寒冷的水塘边上，一枝梅花独自开放。而偏偏是雪里一枝，将寒梅的淡远、幽静衬托得恰到好处。与霜禽、淡月这些意象融合，似乎暗暗指向了林和靖的“疏影横斜水清浅，暗香浮动月黄昏”，这种互文，用极少的语言隐含更多的内容和更具诗意的意境，让人更觉梅花的“清秀”与静谧之美。

宋人的诗词多是内敛淡雅的幽静之美，是有限的景致之中蕴含无穷曲折微意的美学。“暗香幽意，一枝雪里偏宜”，正是这种简淡的美学的体现。不是“数枝”，而是“一枝”，一枝梅花，映照着月下的白雪，暗香幽幽，在这种淡远的意境之中仿佛看到中国哲学的点悟和体验。

我们传统讲求“诗言志”，而梅花这一意象也在古典诗歌中具有了清高、淡雅的文化含义，因而作者在歌咏梅花孤洁、幽美的同时，也抒发了自己不流于世俗的高情雅意。梅花，是意象化和精神化之后了的吟咏对象。可以说，雪梅一枝，正是作者对个人价值的投射和肯定。

杨　果

杨果（1197—1271），字正卿，号西庵，谥文献，金元时祁州蒲阴（今河北安国）人。1224年中进士，历任偃师、蒲城等地方官，金朝灭亡后，改仕元朝。作为经世之才，杨果不仅政绩显耀，而且身怀抱负、为人情深，后虽出仕元朝，但对故金也怀着眷恋之意。其乐府流丽纤秾、辞采华美、深情动人。现存小令十一首，套数五首，朱权《太和正音谱》说："杨西庵之词，如花柳芳妍。"《阳春白雪》《太平乐府》皆录有其散曲。

【越调】〔小桃红〕

碧湖湖上采芙蓉①，人影随波动。凉露沾衣翠绡重②，月明中，画船不载凌波梦③。都来一段，红幢翠盖④，香尽满城风。

注　释

① 碧湖：浙江湖州和湖南长沙皆有碧浪湖，根据组曲〔小桃红〕下一支"三湘"判断，此处碧湖应是指湖南碧浪湖。当然，也可能是泛指湖泊。芙蓉：荷花的别名。

② 绡（xiāo）：生丝织成的薄纱（绢）。

③ 凌波梦：即〔凌波曲〕，据传唐玄宗夜梦凌波池龙女，为她作此曲。

④ 红幢（chuáng）翠盖：华丽的游船。幢，旌旗一类；翠盖，翠绿色的船顶篷。

题 解

曲牌〔小桃红〕又名〔平湖乐〕、〔采莲曲〕、〔武陵春〕、〔绛桃春〕，是【越调】中的一支北曲，用于剧曲、散曲套数和小令。其定格有八句，基本的字数句式为“七、五、七、三、七、四、四、五”，可以添加衬字。本曲押“东钟”韵，平仄通押。

〔小桃红〕组曲大概是作者重过碧湖，由眼前之景回忆起旧时伤情，感慨往昔，从“采莲人”和“郎君”的角度抒写了离别难以重逢的哀伤和思念之情。此为其中一支。

赏 析

这支小令是〔小桃红〕组曲的第一支，描绘了碧湖夏日采莲，清凉欢悦的景象。

起句描画了一幅江南图景：碧莹莹的湖水之中，俏丽的姑娘泛着船儿在采莲蓬，身影在微波起伏的湖水中悠悠荡荡。作者用意象化的笔法勾画了一幅采莲图，没有对采莲女子面容姿态的细致描写，但是用简笔让人感受到了一种流动的意境美。曲中的线索是时间的推移，也是隐藏的主人公“我”眼中之景跟随时间的变换。渐渐夜色降临，凉露沾衣，月色映着水色，是朦胧而又悠远的意境。在这美好的水乡夜晚，人们入睡是比较晚的，采莲船还在湖中摇荡，那清香淡远的荷香充溢满城。这样的水乡大有“三秋桂子，十里荷花”的风味，沉浸在清香的喜悦之中，充满灵动、纯净的气息。

而在这样充满诗意的环境中，生发出的也是美好的情愫，这一支就为后文写纯净的情感渲染氛围。整支小令语言自然流动，饱含欣悦之情，其朦胧要眇的意境使人心生向往。

商　挺

商挺（1209—1288），字孟卿，一作梦卿，自号左山老人，曹州济阴（今山东菏泽）人，为商衢（正叔）之侄。活动于金末元初，其家与元好问交好。金灭后曾在严实家坐馆教学，历任曹州判官，陕西、四川宣抚副使，参知政事，枢密副使等，后因事两度入狱，不久病亡。元延祐初，被追为鲁国公，谥号文定。元世祖曾说“商孟卿，古之良将也”（《元史·列传第四十六》），对他赞誉颇高。现存小令十九首，见于《阳春白雪》《雍熙乐府》《元明小令钞》等。今观读其曲，多写景、闺情之作，风格或清新明丽，或凄切细腻、婉转悱恻。朱权《太和正音谱》将他列入“词林之英杰”之中。

【双调】〔潘妃曲〕

月缺花残人憔悴，冷落了鸳鸯被①。望天涯人未归，满目残霞景凄凄。塞鸿希②，有信凭谁寄？

注　释

① 鸳鸯被：即绣有鸳鸯图案的被子，表达男女合欢之意。

② 塞鸿：由边塞归来的鸿雁，此处泛指可托书的途径。

题 解

曲牌〔潘妃曲〕又名〔步步娇〕，是一支北曲，与南曲有不同之处，用于剧曲、散曲套数和小令。一般正格有六句，其字数句式为“七、五、三、七、三、五”，可以增添衬字。本曲押“齐微”韵，平仄通押。

这支〔潘妃曲〕表现了一个深闺女子等人未归、寄书不能的愁怀。

赏 析

这支小曲刻画了一幅秋季残月初上、余霞未落的图景，表现了一位闺中女子对远行丈夫的思念与挂怀之情。王国维在《人间词话》中说：“以我观物，故物皆著我之色彩。”这支小令则透彻地阐释了这句话。

先是近景的描写，月缺花残、鸳鸯锦被冷，这时的女主人公则是憔悴不堪的状态，由“冷落了鸳鸯被”一句已经可以猜出她憔悴的原因，而这种思念的忧愁就自然而然使她的目光由室内转到室外。遥望远方，看看丈夫或恋人是否归来，而这一望得到的却是失望，她只看到凄凉的天边残霞，甚至连可传递书信的鸿雁都没有，更加加深了她的落寞之感。通过外在场景的转换与视角的转移，女主人公微妙婉曲的心理变化被表现得淋漓尽致。

闺中女子或是倚门或是凭窗，因处于对丈夫思念的愁绪中，所以在她看来“月缺花残”这样的秋景就更加带上了浓厚的忧郁气息，鸳鸯锦被也仿佛冰凉没有温度，失去了意义。同样是写晚霞，在意气风发的王勃笔下是“落霞与孤鹜齐飞”的优美壮丽景象，在心怀愁绪的女子眼中，却别是一番凄凉，“皆著我之色彩”。

曲中情感细腻婉转、悱恻绵长，所选意象与曲中女主人公的情绪相辅相成，使得整支曲子都笼罩着凝固、静止的惆怅，极富艺术感染力。

刘 秉 忠

刘秉忠（1216—1274），原名刘侃，字仲晦，邢州（今河北邢台）人。祖辈皆为辽、金官吏，其父改仕元朝，他因为不能达其鸿鹄之志而出家，隐居武安山中，法号子聪和尚，号藏春散人。虽然身在方外，但是子聪和尚潜心钻研天文、地理、律历以及政史等，博学多闻、才学高标，后来经人推荐而为元世祖忽必烈赏识，便诏令他还俗，委以重任，位极人臣，为元朝初期的稳定和发展做出了极大贡献，后被封为赵国公。同时，作为曲家，刘秉忠的作品寄托深远，风格“萧闲散淡”，苍劲深远，稳健老到。现存小令十二首，钟嗣成《录鬼簿》将他列在“前辈已死名公，有乐府行于世者”之中，《乐府群珠》《康熙乐府》《阳春白雪后集》等收有其曲作。

【南吕】〔干荷叶〕

干荷叶，色苍苍[1]，老柄风摇荡。减了清香，越添黄。都因昨夜一场霜，寂寞在秋江上。

注 释

① 苍苍：深青色。也形容枯萎暗淡的样子。

题　解

曲牌〔干荷叶〕是【南吕】宫中的一支北曲，据说是刘秉忠自己度的曲子。其字数句式是“三、三、五、三、三、七、五”。本曲押“江阳”韵，平仄通押。

这支曲子描绘了干荷叶衰老凋零的苍凉景象。“干荷叶”在当时被作为女子色衰、失偶的隐语。

赏　析

这支〔干荷叶〕写了秋季常见的一个景象，即江上枯荷。干枯了的荷叶身形癯瘦、粗糙暗淡，在风中轻轻摇摆着，浓郁饱满时的自然清香已经销减，而今枯黄干涩，这都是因为一场秋霜。若单纯以一方秋景视之，干荷叶寂寥、宁静地独立在凛冽江水之上，是一种冷清的美感，高古简淡，令人心怀雅意。

若将“干荷叶”象征色衰、失偶的女子，虽说充满悲凉，但也是十分形象的。女子青春的容颜消逝，如同癯瘦的草木，不能不使人心生怜悯和悲叹。而“独立江上”，若说是失偶，其孤单、冷清的形象则呼之欲出，十分贴切。同时，干荷叶寂寞在秋江上，“都因昨夜一场霜”，也可以理解为高人雅士遭遇难以预测的打击，结局凄凉，给人以凄楚悲凉之感。

中国古代文学话语中，荷多是美好的象征，如“莲子清如水”，是爱情纯洁的象征，“留得枯荷听雨声”表现了一种美的情趣。将江上孤离摇曳的枯荷比作仳离女子，也十分形象贴切，增添了许多市井生活气息，拓宽了枯荷这一诗歌意象所能承载的文化意味。

曲中语言萧闲散淡、苍劲深远，寥寥几笔就刻画出一支支秋季水上枯荷的形象，像一幅大面积留白的水墨画，曲中有画；而且意旨遥深，寄意深远，含有多重象征意义，给人留下无限想象的空间和沉思。《词品》说〔干荷叶〕“凄恻感慨，千古寡和”，并非虚言。

盍 西 村

盍西村，西村或为号，生卒年、名字以及生平皆不详，盱眙（今属江苏）人。钟嗣成《录鬼簿》将他列在“前辈已死名公才人，有所编传奇行于世者”。现存小令十七首，套数一首，见于《太平乐府》《梨园乐府》。今观读其曲，多写景怡情、抒发心怀之作，风格清新流丽、自然清绮，不乏佳作。朱权在《太和正音谱》中说：“盍西村之词，如清风爽籁。”可见其清新舒爽。

【越调】〔小桃红〕

临川八景·市桥月色

玉龙高卧一天秋①，宝镜青光透②。星斗阑干雨晴后③，绿悠悠，软风吹动玻璃皱④。烟波顺流，乾坤如昼⑤，半夜有行舟。

注 释

① 玉龙：此处指临川“市桥”，如玉龙横亘。
② 宝镜：华贵的镜子，此处代指月亮。
③ 星斗阑干：星斗横斜交错的样子。
④ 玻璃：此处指澄澈明净的水面。
⑤ 乾坤：天地之间。

题 解

曲牌〔小桃红〕又名〔平湖乐〕、〔采莲曲〕、〔武陵春〕、〔绛桃春〕，是【越调】中的一支北曲，用于剧曲、散曲套数和小令。其定格有八句，基本的字数句式为“七、五、七、三、七、四、四、五”，可以添加衬字。本曲押“尤侯”韵，平仄通押。

这支《市桥月色》是写临川市桥的夜月之景，对其清亮动人的月色进行了描画。临川位于今江西抚州，盍西村笔下的“临川八景”是东城早春、西园秋暮、江岸水灯、金堤风柳、客船晚烟、戍楼残霞、市桥月色、莲塘雨声。也有作“鲸川八景”，宋家铉翁有《鲸川八景》，与盍西村笔下八景稍有差异，鲸川在今河北。

赏 析

这首《市桥月色》写了临川市桥的夜晚、明亮澄净的月色，以及月色下清丽空灵的景致。

起句“玉龙高卧一天秋”，气势恢宏地将“市桥”横亘在人们眼前，天色清远、秋气爽朗，洁白的市桥宛如玉龙一般，高高横空而过，形成一道恢宏的风景。此时，月亮已经高高地悬在空中，宛如宝镜，泛出隐隐青光。刚刚雨过天晴的星空，星斗横斜，一片澄澈明净的样子。目光向下移动，月光洒在水面之上，清风软软吹拂，碧水清波悠然荡漾，缥缈摇曳，充满朦胧与空灵之美。在这明亮皎洁的月色之中，河水摇曳流动，水烟蒙蒙，天地仿佛处在白昼之中一般。最后一句“半夜有行舟”，侧笔去写行驶在水面上的船只，或许是商船，或许是游船，一方面衬托出这市桥夜月的明亮澄净，另一方面，船中人既在欣赏这月色，也是曲家笔下的市桥一景，行游画中而成画。

整个曲子所表现的意境空明澄净、明亮流动，游人宛如在碧海青天的仙境之中一般，颇有李白笔下“我欲因之梦吴越，一夜飞度镜湖月。湖月照我影，送我至剡溪”（《梦游天姥吟留别》）的轻快明净与飘逸之感。作为临川之一景，曲家笔下的市桥月色也着实空澈超逸、洗人心怀、涤荡性灵。曲家多用比喻，给人以美好的联想，语言清旷自然，娓娓写来，悠然生韵。

王和卿

王和卿，生卒年、名号不详，元初大名（今属河北）人。与关汉卿交好。性格滑稽佻达，浪荡不羁，因不屑仕进，常常混迹于市井青楼之中，赋曲饮酒为乐事，其作多于世俗生活取材，曲风浅显俚俗、佻达放旷。钟嗣成《录鬼簿》将他列在“前辈已死名公，有乐府行于世者”之列，朱权在《太和正音谱》将他列在“词林之英杰”中。现存散曲小令二十一首，完整套数一首，见于《阳春白雪后集》《康熙乐府》等。

【仙吕】〔醉中天〕

咏大蝴蝶

蝉破庄周梦①，两翅架东风②。三百座名园一采个空。难道风流种③，諕杀寻芳的蜜蜂④。轻轻的飞动，把卖花人搧过桥东⑤。

注　释

① 蝉破：破茧而出。庄周梦：出自《庄子·内篇·齐物论》，庄子睡时，梦见自己变作蝴蝶，俄而惊醒，不知是庄周梦见自己变作蝴蝶，还是蝴蝶梦见自己变作庄周。

② 东风：春风。

③ 风流种：轻浮放浪的人，含贬义。

④ 諕（xià）杀：諕，古同“吓”。吓坏。

⑤ 搧（shān）：风吹，拍。

题　解

曲牌〔醉中天〕是【仙吕】宫中的一支北曲，用于剧曲、散曲套数和小令。正格有七句，一般句式字数为“五、五、七、五、六、四、七”，可添加衬字。本曲押“东钟”韵，平声韵脚。

这支〔醉中天〕在对一只逍遥飞舞的大蝴蝶进行吟咏的同时，暗含对仗势作恶的风流权贵的讽刺。

赏　析

这支小令用夸张、拟人、戏谑的笔法描写了一只大蝴蝶。“蝉破庄周梦，两翅架东风”，仿佛这只大蝴蝶是从庄子的梦中挣脱而出，驾驭着春风款款而行，非常轻盈梦幻。接下来用夸张和拟人的笔法形象地写这只大蝴蝶采花蜜的景象，“三百座名园”的花蜜皆采尽，可以想见一只大蝴蝶流连在花丛中的翩翩舞姿；又仿佛人间风流的花花公子，连采蜜的蜜蜂都被这只蝴蝶惊吓到了。看似风趣，实则是非常轻快、优美的自然风光。

最后两句，极尽夸张的手法，“轻轻的飞动，把卖花人搧过桥东”，采遍“名园”的芳馨之后，又跟随卖花人的花担，翩跹起落，仿佛卖花人是被蝴蝶扑簌的翅膀吹过桥东的，十分生动，仿如眼前。

作者用拟人的手法描写一只蝴蝶，在春风中飞动、流连花丛间、跟随卖花人的种种情状，观察细致、长久，可见作者愉悦轻快的心情和流连于自然景致的闲逸。从常见的自然景物中观察到不一样的景致，并且能够从中得到乐趣，无疑作者对平凡、闲适的生活充满着热爱。同时，像大蝴蝶一样风流成性、为非作歹的权贵势力，也成为作者讽刺调笑的对象。

全曲语言戏谑、俚俗，极具口语通俗风味，在谐谑调笑之中表现出一种旷达、游戏人间的态度，也在幽默之中传达出一种讥刺。

【双调】〔拨不断〕

大鱼

胜神鳌①，夯风涛②，脊梁上轻负着蓬莱岛③。万里夕阳锦背高，翻身犹恨东洋小④，太公怎钓⑤？

注　释

① 神鳌（áo）：传说中海里的大龟神鳌，头可负大山。《淮南子》中记载，天柱断裂，洪水四流，女娲炼五色石补天，断鳌足立于四极。

② 夯（hāng）：此处是扛、顶的意思。

③ 蓬莱岛：传说东海中有巨鳌负着三座仙山，即蓬莱山、方丈山、瀛洲山。

④ 东洋：古代一个大概的地理概念，泛指我国东方的大海，此处指东海。

⑤ 太公：此处指姜太公，有才而贤能，在渭水之上垂钓被周文王发现并重用。

题　解

曲牌〔拨不断〕又称〔续断弦〕，是【双调】宫中的一支北曲，用于剧曲、散曲套数和小令。全曲六句，其基本字数句式为“三、三、七、七、七、四”，可增添衬字。本曲句句押韵，押“萧豪”韵，平仄通押。

这支〔拨不断〕的题目是《大鱼》，在吟咏一条硕大的海鱼的同时，寄寓了曲家豪情万丈的胸怀。

赏 析

这支小曲描写了一只“大鱼”，是元散曲小令中难得一见的豪放之作，意境十分狂傲高阔。

置之海中，这条“大鱼”的状态是拍风击浪、任意遨游，胜于海中的神鳌，脊梁上背负着蓬莱岛，也毫无压力与负重感。“万里夕阳锦背高”一句，若作夕阳万里斜照解，“大鱼”在夕阳的万丈光芒下，锦光粼粼，熠熠生辉；若是作夕阳照在“大鱼”背上锦光万里解，则在写出大鱼的壮美的同时，更加突出其庞大。至此，不禁使人想起《庄子·逍遥游》中的鲲与鹏，“北冥有鱼，其名曰鲲。鲲之大，不知其几千里也；化而为鸟，其名为鹏。鹏之背，不知其几千里也”，此“大鱼”颇有鲲鹏的气势。

接下来两句则用对比、夸张的手法，更加突出“大鱼”的庞大。翻身犹觉东洋太小，可见“大鱼”的伟岸。“太公怎钓”一句意味深长。太公在渭水之上垂钓，得到周文王的垂青，但是这句用幽默的语气，说姜太公也无法钓起，一方面写“大鱼”之大，另一方面暗喻自己才高气傲，不屑流连于朝堂的胸怀。

诗中的作者可以说是一改当时诗歌中或愤世，或伤怀，或流连林泉的精神状态，充满着放旷、自信的心态，使人精神为之一振。小令的整体风格豪迈、风趣，语言疏旷豪放，贯通着一股奔涌、流动的气息，实是难得。

白　　朴

白朴（1226—约1306），原名恒，字仁甫，后名朴，字太素，号曰兰谷，祖籍隩州（今山西河曲）。白朴生活在动乱时代，其父白华初仕金朝，金灭亡后改仕南宋，后来又降元朝，金灭时他曾受元好问护佑，幸得逃生。幼时聪颖好学，初有出仕之念，后来在家国变故、山河易主、动乱迭起的境况下，他充满了愤世与悲世的情怀，放弃了入仕道路，转而放浪流连于山水诗酒之间。其词曲典雅志高，愤慨与伤世之念充溢其中，鄙弃乱世功名的气节背纸而出。朱彝尊说："兰谷词源出苏、辛，而绝无叫嚣之气，自是名家。"朱权《太和正音谱》中说："白仁甫之词，如鹏抟九霄。风骨磊磈，词源滂沛，若大鹏之起北溟，奋翼凌乎九霄，有一举万里之志，宜冠于首。"现在看来，无论是词还是曲，白朴确实为一代名家。其曲作见于《太平乐府》《乐府群玉》《康熙乐府》等，钟嗣成《录鬼簿》将他列在"前辈已死名公才人，有所编传奇行于世者"之中，世称白朴与关汉卿、马致远、郑光祖为"元曲四大家"，他的剧曲《梧桐雨》《墙头马上》等也流传极广，脍炙人口。

【仙吕】〔寄生草〕

长醉后方何碍①，不醒时有甚思。糟腌两个功名字②，醅淹千古兴亡事③，曲埋万丈虹霓志④。不达时皆笑屈原非⑤，但知音尽说陶潜是⑥。

注　释

① 碍：挂碍，牵挂；阻碍。
② 糟腌：用酒或糟加上盐及调味品腌制。
③ 醅（pēi）：未经过滤的酒，此处指酒。
④ 曲：元曲。虹霓志：气贯长虹的高远志向。
⑤ 屈原：战国时期楚国三闾大夫，爱国诗人，因与佞臣政见不合而被谗遭流放，后自沉汨罗江身亡。
⑥ 陶潜：即陶渊明，东晋山水田园诗人，因不愿屈节做送往迎来的官职而回归田园。

题　解

曲牌〔寄生草〕是【仙吕】宫中的一支北曲，用于剧曲、散曲套数和小令。一般是七句五韵，基本的字数格式为“三、三、七、七、七、七、七”，可添加衬字。本曲押“支思”韵，平仄通押。

这支曲子表达曲家流连诗酒，志不在功名的豪逸胸怀。

赏　析

生活在元朝的下层文人大多仕进无路，与勾栏艺人为伴，流连诗酒，而白朴则是自我选择放逐。故而曲中多表现出壮志难酬的苦闷与自我开解的矛盾。这支小曲就是白朴对自己以及同时期文人心境的表现。

起句“长醉后方何碍，不醒时有甚思”使用互文手法，曲中的作者清醒时是痛苦的，因为有“碍”有“思”，于是只好长醉不醒，用酒来麻醉自己。下文便透露出自己的所碍所思，那便是“功名字”“兴亡事”“虹霓志”。元朝统治下，白朴是不愿去追求功名仕进的；而金灭元立，他虽然怀着对故金的留念，但是朝代更迭如此，自古皆然；这样一来，自己的长虹之志该如何实现呢？在这种痛苦而又矛盾的心理之下，他只好将生活的追求转向了酒与诗，酒以忘愁，曲词以消闲。

“不达时皆笑屈原非，但知音尽说陶潜是”一句，又用自嘲的口吻直抒胸臆。困厄时人皆笑屈原不识时务，以陶渊明“不为五斗米折腰”的气节自许。而在这种看似戏谑的语调之下，潜藏着作者不愿与时同流、甘愿清苦生活的意志。

整支小曲情感充沛通畅，一气呵成，极具抒情性，语言使用游刃有余，同时将作者复杂矛盾的心情展露无遗。

【越调】〔天净沙〕

冬

门前六出花飞①，樽前万事休提，为问东君消息②。急教人探，小梅江上先知。

注 释

① 六出：一般认为雪花有六瓣，这里“六出”代指雪花。

② 东君：此处指司春之神。五行认为东方属木，主生长，对应的季节是春季。

题 解

曲牌〔天净沙〕又名〔塞上秋〕，名称来源于词牌，但是在元曲中多用。其字数句式一般是“六、六、六、四、六”句。本曲押“齐微”韵，平仄通押。

这支曲子原有四首，分咏春、夏、秋、冬的赏心乐事，此处选取其《冬》一首。

赏 析

这曲〔天净沙〕写了一幅冬日的小景。门外雪花飞扬，飘飘洒洒，而室内的作者则是对酒小酌，或许是觥筹交错，或许是一人独饮，充满着闲情雅致。室外和室内一是景一是人，一冷一暖，远远望去，仿佛是一幅动态的水墨画，而漫天的飘雪造成大片的留白，形成了淡雅悠远的意境。

门前白雪花开，不免使人联想，几时能看到真正的春季花开呢？于是遣人探问，也不必别处他寻，只需看看江边的梅花是否开放。寒梅著花，春天的消息也不会远了呀。

身处冬季，也对春天、对生命的活力充满期盼，怀着一份等待春归的喜悦。内容简约，语言平易自然，但是极具生活情趣。

【双调】〔沉醉东风〕

渔夫

黄芦岸白蘋渡口①，绿杨堤红蓼滩头②。虽无刎颈交③，却有忘机友④。点秋江白鹭沙鸥⑤，傲杀人间万户侯⑥，不识字烟波钓叟⑦。

注　释

① 黄芦：枯黄的芦苇。白蘋：亦作“白萍”，谓水中浮草。

② 红蓼（liǎo）：蓼的一种，一年生草本植物，多生水边，花呈淡红色。

③ 刎颈交：可以生死与共的至交，谓友谊深厚。

④ 忘机友：忘却机心智巧的朋友。《列子》中记载，有一海边生活的人常常去海上与海鸥嬉戏，鸥鸟也不惧怕他，与他亲近。后来有人让他抓一只海鸥来玩，第二天早上他下海时，海鸥都在他头顶飞翔盘旋，不再接近他，因为他存了心机。

⑤ 沙鸥：栖息在沙洲上的鸥鸟。

⑥ 万户侯：食邑万户之侯，这里指处于高爵显位的权贵。

⑦ 钓叟：钓翁，渔翁。

题　解

〔沉醉东风〕是【双调】中的一支北曲，可用于剧曲、散曲套数和小令，最早见于南戏《张协状元》。其基本的字数句式是“六、六、三、三、七、七、七”，或有增添字。本曲押“尤侯”韵，平仄通押。

〔沉醉东风〕在元散曲中多表现隐居山林之乐。白朴后期的愤世之念是非常强的，对蝇营狗苟的官场恶习十分嫌恶，转而佯狂山水之间。这支曲子即表现他远离仕宦，追求平静、淳朴生活的愿望。

赏　析

这支〔沉醉东风〕是写景与抒怀交融，借眼前之景写到心中之“景”，以表达一己胸襟。

“黄芦岸白蘋渡口，绿杨堤红蓼滩头”是眼前之景：江面辽远，水中萍草漂浮，岸边芦苇摇荡；堤岸上杨柳飘摇、红蓼花开，这也是“渔夫”生活中最常见的景象和身处的环境，开阔平静。江上之景不禁使人想起海鸥的典故，在这样淡泊的生活状态之中，虽然没有轰轰烈烈的生死至交，但是有不因任何功名利禄而存机心的友谊，人之相与是坦然淳朴、真诚真心的。在纯净的自然之中，看着鸥鸟点水盘旋，过着朴素、心安的生活，即使是不识字渔父，也胜过人间富贵侯爵了。

作者在曲中的胸襟是十分深厚浑远的，塑造了一个甘于淡泊、大智若愚的渔夫形象，也道出了元一代沉居下僚、隐逸山水的文人的心态，即不屑于与当政者同流合污，追求内心的完整、真诚与宁静。同时，作者措辞用句笔力遒劲、老道，曲风浑厚，其中风骨毕现。

【双调】〔驻马听〕

吹

裂石穿云①，玉管宜横清更洁②。霜天沙漠，鹧鸪风里欲偏斜③。凤凰台上暮云遮④，梅花惊作黄昏雪⑤。人静也，一声吹落江楼月。

注　释

① 裂石穿云：穿入云层，震裂石块，谓声音极其激越高昂。

② 玉管：笛的美称。

③ 鹧鸪：此处应指的是《鹧鸪曲》，鹧鸪鸣叫声似“行不得也哥哥”，常常使客居在外的人牵动归思乡愁。

④ 凤凰台：故址在金陵（今南京），相传南朝刘宋文帝元嘉十六年（439），有三只状似孔雀的大鸟飞落在永昌里李树上，招来各种鸟类，呈现百鸟朝凤的盛世景象。时人于是筑凤凰台。李白《登金陵凤凰台》有“凤凰台上凤凰游，凤去台空江自流”句，后世有关“凤凰台”怀古诗较多，常常表达对历史变迁、昔时不再的感慨。

⑤ 梅花：此处应指笛曲《梅花曲》，《乐府诗集》中说：“《梅花落》本笛中曲也。”高适《塞上听吹笛》中有句“借问梅花何处落？风吹一夜满关山”，李白也有诗句“黄鹤楼中吹玉笛，江城五月落梅花”，可见《梅花曲》多用来表达思乡愁绪。

题　解

曲牌〔驻马听〕是【双调】宫中的一支北曲，名称来源于词牌。其定格的字数句式为“四、七、四、七、七、七、三、七”，可以添加衬字。本曲押“车遮”韵，平仄通押。

这首〔驻马听〕原有四支曲，分别是《吹》《弹》《歌》《舞》，赞誉表演者高超的技艺，此处选《吹》一支。

赏 析

竹笛横吹，声音清亮激越，一按竹管，便给人以“裂石穿云”般的听觉冲击，雅洁清亮的音色一瞬就把听者带入了音乐所营造的意境之中。

或许是一支《鹧鸪曲》，清脆嘹亮的笛声给人感觉上如同身处霜后的沙漠，凄清冷峻，仿佛看得到鹧鸪斜斜、迎风展翅，音乐的流动给人以画面的想象；《鹧鸪曲》也仿佛勾起了行人的思乡之愁绪。下一曲或许是《梅花落》，给人精神上的触动是暮云阴翳，不禁心生感慨惆怅，就好像梅花也感怀这悲戚的笛音，簌簌落下，可以想见其笛声之动人心魄。最后一句是曲子收尾，声调也降了下来，一声凄婉绵长，余味无穷。人静时分，一曲终了，此时江楼月斜，曲人以景结情的笔法更加突出笛声的余韵，袅袅绕梁，留人回味。

在这支描写音乐的小令中，作者使用了通感的修辞，用笛声的缥缈带动人的思绪：由清洌的乐声联想到沙漠霜天，由低沉的乐声联想到云翳梅落，从听觉到触觉、想象，充满了画面感，使得单一的声音鲜活灵动、摇曳多姿，变得立体。从中也可以看出吹笛人技艺的高超以及赋予音乐以意境和神韵的能力。

曲中语言清丽飘逸、绮丽自然，又丰富饱满，有一股气韵流动其间。

胡祗遹

胡祗遹（1227—1293），字绍开，号紫山，磁州武安（今属河北邯郸）人，后谥号文靖。他刻苦用功，积极仕进，曾任中书左右司员外郎、太原路吏、河东山西道提刑按察副使、荆湖北道宣慰副使等职务，后因病辞归。在任时不屈权贵、锄强扶弱，大力提倡教化，政绩十分显著，时人多敬重之。张之翰称赞他“文章勋业乘除里，太白渊明伯仲间”，王恽则说他是“经济之良才，时务之俊杰”，可知胡祗遹不仅功绩卓著，且为人刚正戆直，心胸淡泊飘逸。钟嗣成《录鬼簿》将他列在“前辈已死名公，有乐府行于世者”之列。著作有《紫山大全集》，今存小令十一首，分别收录于《太平乐府》《辍耕录》《阳春白雪》《青楼集》中。观读之，写景以畅幽情之作居多，笔调明快。朱权《太和正音谱》中说：“胡紫山之词，如秋潭孤月。”见其清旷淡雅。

【中吕】〔阳春曲〕

春景

几枝红雪墙头杏，数点青山屋上屏①，一春能得几晴明②。三月景，宜醉不宜醒。

注 释

① 屏：屏风，屏障。

② 晴明：晴朗，明朗。

题　解

曲牌〔阳春曲〕，又称〔喜春来〕、〔惜芳春〕，属【中吕】宫。一般的字数句式为“七、七、七、三、五”，可以添加衬字。本曲押“庚青”韵，平仄通押。

如题，这支〔阳春曲〕是写春景之作。

赏　析

起句是一幅静景的描画，墙头几枝红艳的杏花，就像雪一样堆积着；高远处是数点青山，如同屋子上的屏风一般。远近相对，红杏与青山相映衬，构成一幅鲜活、生动、明艳的春景，仿佛使人置身于那个山水明净的春野之中。春日多桃花雨蒙蒙，晴朗明丽的景象却越发能带给人心情的愉悦。

在这样清朗、风和的三月春景之中，作者不免发出了“宜醉不宜醒”的感慨，一是珍惜大好春光，徜徉其中，一则是心中无杂念，沉醉在悠闲的心境之内。

作者写景没有大肆渲染铺排，而是抓住写意的一笔，将能够体现春日清新绮丽景致的红杏和青山一笔画出，直接触动人的直觉美感，淡雅脱俗，令人神往。

全曲语言也是淡淡道来，使人从中感受到一股淡泊清旷的超逸气质，文气蔚然。

【双调】〔沉醉东风〕

渔得鱼心满愿足，樵得樵眼笑眉舒①。一个罢了钓竿，一个收了斤斧②。林泉下偶然相遇③，是两个不识字渔樵士大夫，他两个笑加加的谈今论古④。

注 释

① 樵：前一个“樵”指樵夫，打柴之人；后一个指柴木。

② 斤斧：即斧头。

③ 林泉：山林与泉石，指世外隐居之地。

④ 笑加加：犹言笑吟吟，笑哈哈。

题 解

〔沉醉东风〕是【双调】中的一支北曲，可用于剧曲、散曲套数和小令，最早见于南戏《张协状元》。其基本的字数格式是“六、六、三、三、七、七、七”，或有增添字。本曲押“鱼模”韵，平仄通押。

曲牌〔沉醉东风〕在元散曲中多表现隐居山林之乐，本曲即是。

赏 析

这支小令描绘的场景十分具有动态的画面感，也是乡野生活常见的一个片段，即一个渔人和一个樵夫在劳作途中相遇，闲话了一番。曲家抓住这个平凡简淡的场景，表现出林泉丘壑生活的自在与自适。

渔人得了鱼，樵夫打到了木柴，他们所乞求得到的生活物质是那样简单和容易满足。在劳动之余偶然相遇，虽是不识字的渔樵，却也能如“士大夫”一般，“谈今论古”，这并不是说他们满腹经纶，有谈古论今的经世之才，而是忙时劳作、闲时谈笑的生活状态十分地惬意闲适。“笑加加”一词的使用更是传神，一方面表现了渔樵平凡生活的愉快，另一方面也给画面加入了动感，使人如闻其声，这种爽朗的笑声也感染了读者。

作者善于选取生活中常见的场景，赋予平凡的生活景象以生动的气息，充满生活情趣，使人心向往之。语言晓畅明白、朴素且具有流动感，体现出元人令曲的通俗化与生活化。

王　恽

王恽（1227—1304），字仲谋，号秋涧，卫州汲县（今河南卫辉）人。与其他或浪迹市井，或隐于林泉的曲家不同，王恽从始至终进身仕途，自从中统元年（1260）进入姚枢幕府，曾任监察御史、平阳路判、翰林学士、嘉议大夫等。曾预修《世祖实录》，后乞归，卒后追封太原郡公，谥文定。其思想情感迥然不同于其他曲家，多了积极用世的态度。作为曲家，他的散曲有传统文人的雅致，诗词和文章更为人所称道，著有《秋涧先生大全文集》。现存小令四十一首，见于《秋涧乐府》。今观读之，多写景之作，清丽明媚、典雅中和。

【越调】〔平湖乐〕

秋风袅袅白云飞[①]，人在平湖醉[②]。云影湖光淡无际，锦屏围[③]，故人远在千山外。百年心事，一樽浊酒，长使此心违。

注　释

① 袅袅：吹拂的样子。

② 平湖：此处应是指汾西平湖。

③ 锦屏：锦绣的屏风，此处指重叠秀丽的山峦和四周景致。

题　解

曲牌〔平湖乐〕又名〔小桃红〕、〔采莲曲〕、〔武陵春〕、〔绛桃春〕，是【越调】中的一支北曲，用于剧曲、散曲套数和小令。其定格有八句，基本的字数句式为“七、五、七、三、七、四、四、五”，可以添加衬字。本曲押“齐微”韵，其中“外”字为“皆来”韵，或是旁入，或是因为断句有误。

这首〔平湖乐〕是组曲中的一支，根据其他曲中“平阳”“汾西”等词判断，大概是作者任平阳路判时所作，当时他官放外任，其中有对仕途的担忧，也有对故人家眷的思念。

赏 析

〔平湖乐〕中的这支曲子是作者游于平湖之上所作，在消闲之中带有些许担忧。

平湖之上的景色，秋风吹拂，白云片片过眼，空中云影倒映在湖面之上，水天一色，茫茫渺渺。在平湖的四周，山峦叠秀、景致秀丽，一派秀美怡人的流转风光。但是在这样的美景之中，作者却怀着忧愁的心事，一是“故人远在千山外”，山水迢迢相隔，不能相见，对旧友心怀牵挂；二则是长久以来的心事，一直令自己担忧，由京城外任，如同降职，这不禁让作者心中充满对未来和仕途的忧虑。所以即使是美景浊酒，亦不能消愁解忧。

清人朱彝尊将这支曲子收入《词综》之中，由思想情感观之，多传统文人流连风光、忧心仕途、借酒消愁的做法，反而与元一朝不羁、放浪的选择大相径庭。书卷气息较为浓重，不仅体现在语言风格，也可从作者思想之中读出。

庾吉甫

庾吉甫，生卒年不详，据隋树森《全元散曲》，庾吉甫名天锡，字吉甫，大都（今北京）人，曾任中书省掾、员外郎、中山府判等官职。曾作杂剧《薛昭误入兰昌宫》《玉女琵琶怨》等十五种，惜今已亡佚。钟嗣成《录鬼簿》将他列在“前辈已死名公才人，有所编传奇行于世者”之中，与关汉卿等人相提并论。现存小令七首，套数四首，见于《乐府群珠》《阳春白雪》等。朱权《太和正音谱》中说：“庾吉甫之词，如奇峰散绮。”今观读之，其作品多清新绮丽、自然洒脱。

【双调】〔雁儿落过得胜令〕

荒荒时务艰①，急急光阴换②。一局棋未终，腰斧柯先烂③。　　百岁霎光间④，莫惜此时闲。三两知心友，鲸杯且吸干⑤。休弹，玉人齐声叹⑥；狼山⑦，兴亡一笑间。

注　释

① 荒荒：惊扰慌乱的样子。

② 急急：急切，急忙的样子。

③ “一局棋”句：任昉《述异记》记载，晋人王质到石室山伐木，看见数名童子下棋歌唱，一童子给了他一物，含在口中，不觉饥饿。过了一会儿，童子问他为何还不离开，他这才起身，却发现斧柄已经腐烂。回到家后，同代人也已经消失不见。《列仙全传》亦有记载。刘禹锡便有“怀旧空吟闻笛赋，到乡翻似烂柯人”诗。此处谓时光流逝之快。

④ 霎光间：霎时间，顷刻间。

⑤ 鲸杯：此处谓大杯。杜甫《饮中八仙歌》中有“饮如长鲸吸百川，衔杯乐圣称世贤”之句，谓狂饮。

⑥ 玉人：姿容娇美的人。

⑦ 狼山：又称紫琅山，在今江苏南通，是佛教名山，上有骆宾王墓。

题 解

〔雁儿落过得胜令〕是一支带过曲，由〔雁儿落〕和〔得胜令〕两支曲牌组成。其基本的字数句式为“五、五、五、五；五、五、五、五、二、五、二、五”，可添加衬字。〔雁儿落〕又名〔平沙落雁〕，也可以带过〔碧玉箫〕、〔清江引〕；〔得胜令〕又名〔阵阵赢〕、〔凯歌回〕，也入【商调】宫。在南北合套的曲子中，〔雁儿落〕必带〔得胜令〕，已经成为定格。本曲押“寒山”韵，平仄通押。

根据其余曲判断，庾吉甫应是曾经闲居于狼山。这支带过曲无题，表现曲家对时光飞逝的感叹。

赏 析

《录鬼簿》中，庾吉甫属“前辈已死名公才人”，他大约生活在元初，对于当时的社会动荡以及政局应感触颇深。这支曲子通过对自己感触的抒发来表现岁难时艰和历史兴亡的倏忽迅疾。

“荒荒时务艰，急急光阴换”，时务艰难，岁月流转，“荒荒”“急急”，起句两个叠词连用，营造出一种慌忙紧急的氛围，使人感受到时间的紧迫。接着便用了“棋未终斧柯烂”的典故，夸张地表明时间流逝之快。百年的光阴不过霎时之间，为何还要吝惜此时的闲暇呢？与知心之友相伴宴饮，一曲弹罢，咨嗟叹息不已，千古的兴亡变迁亦不过一瞬之间。

曲中所表现的，是较为常见的对于历史变迁与时光流逝的感慨，但是曲家的情感十分细腻复杂。感慨时务艰难的同时，又不得不承受时间的消逝，在意识到岁月倏忽的前提之下，便只好忙里偷闲，歌弹饮酒，千古之间的兴亡也便付诸笑谈了。看似轻松的语气之下，隐藏着曲家深沉的感慨和对世事、时间的感受，带着些许通透的无奈。从历史变迁与时间消逝之中感受到虚无，从而得到珍惜眼前逸乐生活的结论，也是对生活意义的一个探索。

这支小令语言融绮丽与质实为一体，在雅致之中多了细腻的情感，又有深切真挚的感慨，看似平平，实则丰富蕴藉。

王 实 甫

王实甫，生卒年不详，名德信，字实甫，元代大都（今北京）人，祖籍河北保定，约与关汉卿为同时人。钟嗣成《录鬼簿》将他列在“前辈已死名公才人，有所编传奇行于世者”之中。早年跻身仕途，但是官场之路并不顺利，充满坎坷，因而在六十岁之前归隐田园。时人一般将王实甫与关汉卿并称，关汉卿作杂剧善用民间语言，生动活泼，被誉为“本色派之首”，而与之相对的王实甫则以辞藻旖旎优美见长，是为“文采”一派。朱权《太和正音谱》说他的词“如花间美人”，“铺叙委婉，深得骚人之趣”。现存杂剧作品有《崔莺莺待月西厢记》《吕蒙正风雪破窑记》和《四大王歌舞丽春堂》，其中《西厢记》一出，便广为天下传颂，其曲词、剧情为历代文人所激赏，被赞为北曲的“压卷之作”（王世贞），“天下夺魁”（贾仲明）。现存小令一首，见于《中原音韵》《尧山堂外纪》，其辞藻、情致旖旎动人。

【中吕】〔十二月过尧民歌〕

别情

自别后遥山隐隐①，更那堪远水粼粼②。见杨柳飞绵滚滚③，对桃花醉脸醺醺。透内阁香风阵阵④，掩重门暮雨纷纷⑤。　　怕黄昏忽地又黄昏⑥，不销魂怎地不销魂⑦。新啼痕压旧啼痕⑧，断肠人忆断肠人。今春，香肌瘦几分，搂带宽三寸⑨。

注 释

① “遥山隐隐”句：杜牧的《寄扬州韩绰判官》诗：“青山隐隐水迢迢，秋尽江南草未凋。二十四桥明月夜，玉人何处教吹箫。”此处意境化用杜牧诗而来。

② 那堪：怎堪，怎能禁受、忍受。

③ 杨柳：杨树和柳树的并称，二者俱在春夏相交时节结絮吐绵。

④ 内阁：女子的居室，内堂里屋。

⑤ 重门：由外室向内层层的门。欧阳修《蝶恋花》中有“庭院深深深几许？杨柳堆烟，帘幕无重数”的句子，谓女子的住所幽深隐蔽。

⑥ 忽地：忽然，突然。张炎《梅子黄时雨·流水孤村》中有“最愁人是黄昏近”一句，谓黄昏令人生愁情。

⑦ 怎地：怎样，如何，怎么。销魂：此谓极其哀愁，语出江淹《别赋》第一句，“黯然销魂者，唯别而已矣”。

⑧ 啼痕：泪痕。

⑨ 搂带：衣裙上的带子。柳永《蝶恋花》中有“衣带渐宽终不悔，为伊消得人憔悴”句，此处取其意而用之。

题 解

〔十二月过尧民歌〕是一支带过曲，〔十二月〕和〔尧民歌〕同属于【中吕】宫，二者俱不单用作小令。带过曲中〔十二月〕的定格字数句式为“四、四、四、四、四、四”，经常在每句句首添加三个衬字；〔尧民歌〕的定格字数为“七、七、七、七、二、五、五”。本曲押“真文”韵，平仄通押。

题目《别情》为点睛之笔，抒写离情别思。

赏 析

这支带过曲写了一个深闺女子与丈夫分别之后的离愁别绪与对对方的思念，辞藻秾丽繁艳，十分委婉隐幽，与一般元散曲的风格迥然相异，多了文人曲折婉转的心思和情致。

自从分别之后，青山隐隐相阻隔，远水粼粼莫能相及，离人的身影消失不见，两人之间隔着重重山水。窗外杨柳飞绵，一方面牵动了曲中女子的离愁别思，另一方面离人的身影就像飘摇的杨柳飞絮一般，不知现在何处，也不知何时才能相见，在愁闷的暮春，她借酒消除愁闷之怀，醉脸迷蒙、面若桃花。春风透过她的内室，香风阵阵，可是转眼就暮雨纷纷，不得不掩上重重闺门，更加增添了她的愁绪。上半部分的〔十二月〕由远景到近景，从室外到室内，展现了女主人公自从丈夫离开之后的惆怅难安，但是表达方式比较含蓄，只是用景物描写和自己的表现来隐喻愁闷、思念之情。

到下半部分〔尧民歌〕，曲中女主人公的情绪表达就比较直接了。最怕令人情绪愁闷的黄昏时分，可黄昏偏偏降临得这么早。此处是她的心理感受时间，在惧怕黄昏愁闷的心境之下，更觉得时间流走得匆忙。光影昏暗，使她愁闷的心绪之上蒙了一层阴影。旧的泪痕还未干，新的泪水又不断滴流。女子在闺中想念着远人，一想到远在千里之外的丈夫也在思念着自己，实是"一处相思，两处闲愁"。在相思折磨之下，她瘦损了香肌，衣带也宽松了。作者以直接叙述和抒情的方式表现她的悲愁与思念之情。

前半部分的〔十二月〕用了"隐隐""粼粼""滚滚""醺醺""阵阵""纷纷"等叠词，音韵优美和谐，宛如歌唱，是元曲的一大特点。在前半部分铺垫之后，后半部分的抒情热烈直白、真挚动人。全曲表达情感幽深委婉，语言精工富丽、秾丽雅致，深得文人之趣。

张 弘 范

张弘范（1238—1280），字仲畴，易州定兴（今河北定兴）人。其父张柔，曾从金改仕元，官居高位，张弘范是其第九子，故后世称他张九（元帅）。作为武将，张弘范曾率兵进攻临安、平定岭海，为元初平定天下立下了赫赫战功，是元朝的开国功臣，封淮阳王，谥献武。他为人爽朗豪放，诗词曲皆佳，钟嗣成《录鬼簿》将他列在“前辈已死名公，有乐府行于世者”之列，朱权《太和正音谱》将他列入“词林之英杰”之中。其作或豪迈奔放，或婉约别致，被辑为《淮阳集》《淮阳乐府》。

【双调】〔殿前欢〕

襄阳战

鬼门关①，朝中宰相五更寒②。锦衣绣袄兵十万③，枝剑摇环④，定输赢此阵间。无辞惮⑤，舍性命争功汗⑥。将军战敌，宰相清闲。

注 释

① 鬼门关：古关隘名，在今广西北流、玉林之间，其地有两山对峙，形同关隘，甚险恶，中间通道，为古代中原通往钦、廉、雷、琼及交趾的要冲。此处用来代指地势险要、易守难攻的襄阳城。

② 宰相：襄阳之战是从1267年起至1273年，其间前后在朝中任丞相的分别是伯颜和阿术，而阿术曾任襄阳之战的总指挥。

③ 锦衣绣袄：华贵的衣物，此处指作战将士的衣服。

④ 枝剑：应该指的是蒙古军使用的“环刀”，细长而有一定弧度，刀柄后有环。

⑤ 辞惮：因为胆怯、害怕而推辞。

⑥ 功汗：功劳。

题 解

曲牌〔殿前欢〕又名〔凤将雏〕、〔小妇孩儿〕、〔小凤孙儿〕、〔燕引雏〕，是【双调】宫中的一支北曲。定格的字数句式为“三、七、七、四、五、三、五、四、四”，可添加衬字。本曲押“寒山”韵，平仄通押。

这支小令题目是《襄阳战》，以襄阳之战为背景。襄阳之战是历史上宋元朝代更迭的关键性战役，由南宋咸淳三年（1267）到九年，历时六年，以宋军投降、元军攻占襄阳城而结束。这支小令描写的应是襄阳之战中的一次战前的情况和心理活动。

赏 析

作为武将散曲，这支《襄阳战》从战争一方的将领的角度出发，可以说代表了张弘范性格和生活中豪迈勇武、不同于一般散曲作家的一面。

从内容来看，是曲家在一次战役前所作。起句“鬼门关”三个字，阴森恐怖，说明是一场惊险紧张的战役，也为小令打下寒凉惊怖的基调。面对这样一场惊险的战役，朝廷指挥的宰相也是“五更寒”，对战况充满担忧和关注，不能安眠。而军中将士的状态则是“锦衣绣袄”“枝剑摇环”，整装待发、气势轩昂，因为输赢就在此一举。而作为战役一方的统军将领，作者的心态则是坚定而自信的，不会因为惧怕而退缩，而是斗志昂扬，立誓拼却性命建立汗马功劳。这是对自己的期望，也是对士兵的鼓舞之辞。末句则与第一句相呼应，仿佛是在向宰相保证，有作战的将领在，宰相大可以袖手清闲，不必紧张难寐。

在一个朝代的上升时期，朝中高官朝乾夕惕，武将骁勇自信，兵士装备齐全、斗志昂扬，可以说这支小令由内而外散发着奋发、乐观的英雄主义豪情，非无有胸襟之人所吐之言。曲中所表现的作者自信豪迈、恳切忠诚，实是大将风范。语言平实、厚重，表现出意志的雄浑坚定。

姚　燧

姚燧（1238—1313），字端甫，号牧庵，谥曰文。其先祖是柳城（今辽宁朝阳）人，后迁居河南洛阳。姚燧幼年失怙，由其伯父姚枢养育教导，后来拜当时大儒兼理学家许衡为师，其文章宗唐，追求复古，终成一代古文大家，对当时古文影响极大。步入仕途之后，曾担任过翰林直学士、大司农丞、江西参政、太子少傅等官职，历游江南江北。钟嗣成《录鬼簿》将他列在“前辈已死名公，有乐府行于世者”之列，以“姚牧庵参政”称之。朱权在《太和正音谱》将他列在“词林之英杰”中。现存有小令二十九首，套数一首，见于《阳春白雪》《太平乐府》等，后人辑其作品为《牧庵集》。作为散曲家，姚燧的风格虽然浅白流畅，但文气浓郁，多有婉丽雅致之味，与卢挚并称为“姚卢”。

【中吕】〔普天乐〕

浙江秋①，吴山夜②，愁随潮去，恨与山叠。塞雁来③，芙蓉谢，冷雨青灯读书舍④，待离别怎忍离别？今宵醉也，明朝去也，宁奈些些⑤！

注　释

① 浙江：即钱塘江。
② 吴山：在今浙江杭州西湖东南，春秋时为吴国西界。
③ 塞雁：塞北飞到南方过冬的大雁。

④ 青灯：指油灯，灯光呈青黄色，故称青灯。
⑤ 宁奈：忍耐。些些：一些，一点儿。

题 解

曲牌〔普天乐〕是【中吕】宫中的一支北曲，多用于剧曲和散曲套数。其基本的字数句式为“三、三、四、四、三、三、七、七、四、四、四”，共十一句，可添加衬字。词牌之中也有〔普天乐〕，曲牌名应是来源于词牌。本曲押“车遮”韵，“别”字为入声，在《中原音韵》中派作阴平韵，故平仄通押。

这支曲子是作者离别前夜的心境写照。

赏 析

这支〔普天乐〕描写了离别前夕主人公依依不舍的愁绪。

“浙江秋，吴山夜”，先是描写了外部环境，是秋凉的夜晚，而这江南的山山水水此时在作者看来也充满着愁绪。拍打着的浪潮仿佛他源源不断的愁思，重叠的山峰也像他绵延的离恨。

而此时，大雁的鸣叫、芙蓉开残的颓败景象，又添离愁。室外冷雨簌簌，室内青灯黯淡，在这样凄凉的环境之下，主人公的离思更加一层，离别之情喷薄而出，“待离别怎忍离别？”就只好借酒消愁，姑且劝慰自己，明朝就离开了，今晚权且忍耐一下。越是压抑这种愁情，便越是愁苦。

晚潮、塞雁、青灯、冷雨，这些平常的景象在主人公看来也成了愁思的来源，反过来这些景致也渲染了作者的离情之苦。整首小曲的情感绵绵不绝，情景交融，感染力极强。

小令以口语入曲，与平常生活多了份切近，朴实真挚，但是表现情感并非一味滔滔倾泻，而是收放有度，哀而不伤，多了文人曲家的含蓄、收敛和雅致。

【越调】〔凭阑人〕

寄征衣

欲寄君衣君不还①，不寄君衣君又寒。寄与不寄间，妾身千万难②！

注　释

① 衣：即征衣，出征将士的军服，此处应指旅人之衣。
② 千万：非常，十分。

题　解

〔凭阑人〕是【越调】中的一个曲牌。定格有四句，其字数句式为“七、七、五、五”。一般用来描写简约的小景和抒发一己之幽怀。本曲押“寒山”韵，平声韵。

这支〔凭阑人〕的题目是《寄征衣》，表现一个女子在寄与不寄之间的心理活动。

赏　析

这支小令虽然寥寥数语，但是将一个女子的复杂心情表露无遗。丈夫远行在外，天气寒冷，该寄送冬衣之时，她却有点犹豫了。寄给丈夫冬衣，会担心他在外面安逸悠然，乐不思蜀；不寄冬衣，又担心丈夫寒冷难耐。寄与不寄之间，她充满了矛盾与犹豫，这矛盾与犹豫的情绪中是一腔缠绵的眷恋与思念。

一方面，她的担心不无道理，古时交通不便，别时容易见时难，丈夫归与不归她是无法左右的；另一方面，字里行间充满了她对丈夫的思念与企盼。这种担忧与爱恋之间，女子细微、敏感的私密情绪感人甚深。

整支曲全无一个难读难解之词，浅白流畅、通晓质朴，但是在真实情感之中充溢着“性灵”气韵，使得整个意境流动起来，有了活泼之感，充满生活气息；同时，将这一生活中常见的心理感受意象化，使之饱含诗意，可见作者对人物心理微妙之处的把握极为精准和真切，提炼生活现象入曲的“诗心”也十分敏锐。

卢　挚

卢挚（约 1243—1315 后），字处道，又一字莘老，号疏斋，祖籍河北涿州。少登仕途，曾历任江东提刑按察副使、陕西提刑按察使、集贤学士、翰林学士承旨等，熟知朝廷宫禁之事，能深思远虑。因才高好修文，诗文与刘因、姚燧齐名并称，有“刘卢”“姚卢”之名，也与马致远、白朴、张可久、揭傒斯等文人墨客互相唱和，与杂剧女艺人朱帘秀为恋人。著有《文心选诀》《文章宗旨》等，其《疏斋集》今已亡佚。现存小令一百二十首有余，见于《太平乐府》《太和正音谱》《乐府群玉》等。“酸斋”贯云石曾在《阳春白雪·序》中说“疏斋之词媚妩，如仙女寻春，自然笑傲”，对他的乐府赞誉极高。卢挚的曲词也确是错落有致、风流跌宕、典雅清丽，为一代元曲大家。

【黄钟】〔节节高〕

题洞庭鹿角庙壁①

雨晴云散，满江明月。风微浪息，扁舟一叶。半夜心，三生梦②，万里别，闷倚篷窗睡些③。

注　释

① 鹿角：洞庭湖畔的小镇，原名鹿角港，地处洞庭湖东岸，一峰

临湖突兀，形如鹿角，因而得名。

② 三生：佛教用语，指前生、今生和来生。

③ 篷窗：用竹篾、苇席、布等做成的窗子。睡些：睡一会儿。

题 解

〔节节高〕是【黄钟】宫中的一支曲子，剧曲和散曲皆可用。一般的字数句式为“四、四、四、四、三、三、三、六”，可增添衬字。本曲押“车遮”韵，平仄通押。

元成宗大德年间，卢挚出任湖南岭北道肃政廉访使，赴任途中作出此曲。卢挚这次外放湖南，心情不是很愉快，而从长江进入洞庭湖以后，又遇上了阴雨天气，这样更使他内心充满了愁闷和烦躁。

赏 析

夜宿在洞庭湖畔的泊舟中，阴雨初晴，但是曲家的心情却没有伴随放晴的天气而变得开朗，种种烦闷涌上心头，形成了这支小令沉闷烦愁的气氛。

作者起句营造了一个开阔清冷的大环境，雨晴云散，明月朗朗，流光注入江水，是空旷澄净而空灵的夜晚。但是在这样明亮的情景之中，反而让人感受到一种冷清和空寂。风轻轻地吹拂，浪潮也已经平静下来，该是夜深酣眠的时辰。此时，曲中的主人公却辗转反侧，难以入睡，人生种种杂感交涌心头，平生际遇萦绕心间。深夜搅扰他心绪的是不顺意的平生遭际、红尘杂务，加上外任之际，与家人、故人以及所挂念的人万里相别，伤怀伤情之感就愈加浓烈。但是这样的伤感无计消除，他也无心无意去寻求消愁之法，只好宽慰自己，“闷倚篷窗睡些”，权且闷睡一会儿，也不计醒后如何。

虽然是写愁情，但是卢挚流宕空疏的笔法依旧不减，反而为写愁营造了更为动人的意境。“半夜心，三生梦，万里别”，数字倍加，排比的修辞使其愁闷更具气势和感染力。至此，则愁笔骤停，收合有度，使人越能感受到他外任中的愁闷，达到共情效果。

【中吕】〔普天乐〕

湘阳道中

岳阳来①，湘阳路②。望炊烟田舍，掩映沟渠③。山远近，云来去。溪上招提烟中树④，看时见三两樵渔。凭谁画出⑤，行人得句⑥，不用前驱⑦。

注　释

① 岳阳：在今湖南东北部，古称巴陵，又名岳州。

② 湘阳：在今湖南岳阳。

③ 沟渠：此处指南方农田中为灌溉、排水等开挖的水道。

④ 招提：梵语，本为佛教用语，其义为“四方”，指佛寺或者僧人。

⑤ 凭：任凭。

⑥ 行人：行路之人，此处是作者自指。

⑦ 前驱：驱动牛马向前赶路。

题　解

曲牌〔普天乐〕是【中吕】宫中的一支北曲，多用于剧曲和散曲套数。其基本的字数句式为“三、三、四、四、三、三、七、七、四、四、四”，共十一句，可添加衬字。词牌之中也有〔普天乐〕，曲牌名应是来源于词牌。这支小令押“鱼模”韵，平仄通押。

这支曲子大致是卢挚出任湖南廉访使时所作，描写了湘阳优美怡人的山野景致。

赏 析

起句犹如民间歌谣，“岳阳来，湘阳路”，朗朗上口，同时又交代了地点，流畅欢快。

接下来是对湘阳道上风景的描画：一眼望去，农舍人家点缀，炊烟袅袅，灌溉的水道在农田之间若隐若现，是一幅宁静富足的田间小景。远远望去，山峦层叠，错落有致，白云悠闲地来来去去，也是清新辽远的清旷之景。作者移步换景，再望向流动的溪水山坳，水雾氤氲，山树隐隐，溪上有寺僧或涉水过桥，或溪中取水，偶尔有三三两两渔人樵夫隐然路过，皆是闲适悠然、淡泊静谧的景致与生活状态。而行走在这如画般的景色里，作者也沉浸在吟咏的诗意情态中，既已吟出佳句，也不必急忙赶路，而是缓缓行驱，欣赏这怡人舒适的景致。

在曲中，作者使用移步换景的笔法，一步一景，描绘出一幅幅动态的湘阳道中景致，农田屋舍、溪流远树、渔樵行人，作者沉浸在这景色之中，而读者看到的是包含作者在内的一幅南方乡村动态的景。整支曲子用笔淡雅，仿佛一幅清新流动的设色图，给人以舒缓、恬淡的感受。加上作者遣词用语摇曳生姿，流丽淡雅，整体创造出浑融的意境，引人无限遐思和流连。

【双调】〔沉醉东风〕

秋景

挂绝壁松枯倒倚，落残霞孤鹜齐飞[1]。四围不尽山，一望无穷水，散西风满天秋意。夜静云帆月影低，载我在潇湘画里[2]。

注　释

① 鹜（wù）：野鸭，此句化王勃“落霞与孤鹜齐飞，秋水共长天一色”一句而来。

② 潇湘画：宋代宋迪有八幅山水画，描画的是潇湘一带八处景观，分别是平沙落雁、远浦帆归、山市晴岚、江天暮雪、洞庭秋月、潇湘夜雨、烟寺晚钟、渔村夕照，作者所游览之地未必是潇湘地区。

题　解

〔沉醉东风〕是【双调】中的一支北曲，可用于剧曲、散曲套数和小令，最早见于南戏《张协状元》。其基本的字数格式是“六、六、三、三、七、七、七”，或有增添字。本曲押“齐微”韵，平仄通押。

〔沉醉东风〕在元散曲中多表现隐居山林之乐。这支曲子表现了作者对自然景致的喜爱。

赏 析

这支小令主要描绘了一处山水胜地由黄昏时分到夜晚的秋景。“挂绝壁松枯倒倚”，作者在船上，行游在水波之上，是仰视或者向高远处遥望的角度，看到悬崖绝壁上枯松倒挂的奇崛景象。而视野向下转移、向平远处望去，则是夕阳西下时分，鹜鸟披着落霞满天的温暖色调，一派和谐优美的景致。四周群山连绵，远处秋水茫茫，空气中也弥漫着清朗的秋意。

渐渐地，水上人归夜静了，月影低低地照着船帆，而意兴未尽的作者依旧陶醉流连于这山水景观，仿佛真的置身于潇湘画图中。徜徉于山水清明的景观之中，作者的心情也是畅快和煦的，一方面表达了对于自然景致的真挚喜爱与欣赏，另一方面也暗含了他远离是非俗务、寄情山水的自在与旷达。

整支曲子情感直贯而下，流畅豪迈，将作者乐山乐水的旷达胸襟直直写出，优美秀丽的山水可以使人开怀，游人也使自然风光增色不少，两相辉映，创造出意气风发、欢畅淋漓的意绪，极具感染力。

【双调】〔殿前欢〕

作闲人①，向沧波濯尽利名尘②。回头不睹长安近③，守分清贫④。足不袜发不巾⑤，谁嗔问⑥？无事萦方寸⑦，烟霞伴侣⑧，风月比邻⑨。

注　释

① 闲人：此处指不仕、不务俗之人。

② “向沧波”句：屈原《楚辞·渔父》(《渔父》是否屈原所作存疑）中有“沧浪之水清兮，可以濯吾缨；沧浪之水浊兮，可以濯吾足”，谓天下太平则可仕进，天下污浊，则退而避之。

③ 长安：此处借指京城，是追名逐利之地。

④ 守分：安守本分。

⑤ 不袜不巾：作动词用，谓脚上不穿袜子，头上不戴巾（一种帽子）。

⑥ 嗔问：生气地责问。

⑦ 方寸：即方寸心，因心处胸中方寸之处，故借称心为方寸。

⑧ 烟霞伴侣：与山水烟霞结为伴侣，是说质性爱好自然山水，也指隐士。白居易有“平生烟霞侣，此地重徘徊”，唐隐士丘丹也有“久作烟霞侣”的诗句。

⑨ 风月：清风明月，此处也是指代自然。

题　解

曲牌〔殿前欢〕又名〔凤将雏〕、〔小妇孩儿〕、〔小凤孙儿〕、〔燕引雏〕，是【双调】宫中的一支北曲。定格的字数句式为“三、七、七、四、五、三、五、四、四”，可添加衬字。本曲押“真文”韵，平仄通押。

这支曲子抒发了曲家安贫乐道的淡泊情志。

赏　析

如果说吟咏山水乡间的秀丽风光是卢疏斋对自然的热爱，对不仕闲居生活的向往，那么这支曲子就是直白地表现了他对仕途官场生活的厌倦和对平静的隐逸生活的倾心。

首句便开宗明义，“作闲人”，谓不在官场的洪流之中沉浮起落，无论天下有道或无道，他已然决心回归隐逸生活，不再因为红尘名利而苦苦挣扎。“回头不睹长安近”，这句语序应是“长安近回头不睹”，即使京城富贵名利近在眼前，他也无意青眼以观，甘心清贫淡泊的生活，这是他的选择。远离官场之后，不再受礼节杂务烦扰，即使足不裹袜，头不戴巾，自在畅快，也无人责问。最重要的是心中无事萦绕，不必为俗务担心挂怀，不用担忧进退得失，心中无忧便是平静安逸的生活。可喜的是，还有山水烟霞、清风明月做伴，生活在恬静优美的自然之中。

在这支曲子里，作者将出仕和隐逸两种生活做了对比，得出了自己喜欢在无忧无思的山水之间生活的结论，即使安守清贫，也不愿再沾惹俗务，束缚自己，这样的结论是作者由多年宦海沉浮的经历所得。全曲流畅典雅，摇曳流丽，化用典故诗句自然无痕，可见作者的才思和笔力。

刘 敏 中

刘敏中（1243—1318），字端甫，号中庵，济南章丘（今属山东）人。自幼聪颖超凡，胸怀远志，且喜读书，长大后积极仕进，历任监察御史、翰林直学士、河南行省参政、山东宣慰使等官职，最终因疾辞官归乡，逝世后追封齐国公，谥文简。为官期间，刚直清廉，敢于直谏，做到了“自幼至老，相见而无愧色”(《元史》)，归乡闲居时又恬淡宁静、消闲自适，是一个耿介志诚之士。他诗、文、词俱佳，著有《中庵集》，其小令现存两首，见于《中庵乐府》，风格恬淡闲适、典雅清丽。

【正宫】〔黑漆弩〕

村居遣兴（其一）

长巾阔领深村住①，不识我唤作伧父②。掩白沙翠竹柴门，听彻秋来夜雨。闲将得失思量③，往事水流东去。便宜教画却凌烟④，甚是功名了处⑤。

注 释

① 长巾阔领：元朝官服领、袖都比较窄，此处的长巾阔领都是平常衣服。深村：比较幽僻的村落。

② 伧（cāng）父：粗俗、鄙陋的人，泛指村夫。

③ 思量：思虑，考虑。

④ 便宜：指有利国家、合乎时宜的事情。凌烟：即凌烟阁，唐贞观十七年（643），唐太宗李世民命阎立本给魏徵、长孙无忌、房玄龄、尉迟敬德等二十四位功臣作画像，挂在凌烟阁上，以示表彰。

⑤ 甚是：极是，果真是。

题 解

〔黑漆弩〕又名〔鹦鹉曲〕、〔学士吟〕等，是【正宫】中的一支北曲。定格有八句，字数句式为“七、七、七、六、七、六、七、七”。这支曲子押“鱼模”韵，仄声韵。

题目是《村居遣兴》，即描写村居时的幽怀雅意，应是曲家告疾辞官乡居时所作。

赏 析

不同于一般村居遣兴之作，这支曲子是刘敏中功成志满之后所作，在恬淡胸怀的背后，是功业已就，心无所憾、所愧的自信。

身着极其普通的平民衣装，不认识的人以为他就是普通的村夫，但是曲家也并没有因此而口角相争，而是悠游自在地过着乡居的恬静生活。翠竹柴门轻掩，晚间静听秋雨窸窣，是非常具有诗意的悠闲生活。闲来无事的时候，思虑回顾往事，怀着一任往事流走的心境，反省自己人生的得失。即使名列高位之间，此时此处幽居，也算是功名圆满了。

全曲以非常闲淡的笔触缓缓写来，表现了一个功名圆满、无愧于心的士人的所思所感。他的心境是十分平和与自信的，回顾往事也是平静的心态。这与未曾得志，或笑傲山水的隐士心态是迥然不同的，带有一种士人经世致用的收敛与朴素，真诚而有底气，文人气息浓重。

这支曲子的语言也是朴素平淡的，但是在恬淡的表达之中饱含幽怀雅意，是一种淡雅的诗意。

【正宫】〔黑漆弩〕

村居遣兴（其二）

吾庐却近江鸥住[①]，更几个好事农父。对青山枕上诗成，一阵沙头风雨。酒旗只隔横塘[②]，自过小桥沽去。尽疏狂不怕人嫌[③]，是我生平喜处。

注 释

① 江鸥：《列子》中记载，有一海边生活的人常常去海上与海鸥嬉戏，鸥鸟也不惧怕他，与他亲近。后来有人让他抓一只海鸥来玩，第二天早上他下海时，海鸥都在他头顶飞翔盘旋，不再接近他，因为他存了心机。“近江鸥住”则是表明不存机心的生活。

② 横塘：古堤名，江苏苏州和南京均有横塘，此处泛指水塘。

③ 疏狂：豪放，不受拘束。嫌：不满。

题 解

本曲曲牌与上一支相同，韵脚以及韵字的顺序亦相同。

上一支曲子是对自己乡居生活的大概勾勒和对人生功名往事的思索，这支则更侧重于对自己恬淡闲适的乡居生活的刻画。

赏 析

曲家在这支曲中对自己的居住环境和散淡的诗酒生活进行了描画，从中可读出一个恬淡、平静、潇洒的村居者形象，令人心生艳羡。

先是对居住环境的描写：所居靠近江边，鸥鸟飞还往来，是不存机心，非常纯净的自然环境。相与相交的，是几个“好事农父”，“好事”人即非常热心的人，周围的人文环境也非常融洽和谐。曲家在这样的氛围之中，闲来便是眼望青山，吟诗作曲，听听江头风雨，过着闲散清淡、诗情雅逸的生活。可喜的是，小酒铺相隔横塘，咫尺可得，这又给原本闲适的生活增添了一些趣味。散淡疏狂、随心而行，也不用顾忌他人眼光。可见，在村居生活之中，曲家是非常适意、随性的，完全展露了自己的天然质性而生活。

全曲情感清淡简素，但是能让人感受到曲家心灵的丰盈和饱满，语言简淡而含典雅之意，闲适随性而不失清雅，给人舒适、平易之感。

赵　岩

赵岩，生卒年不详，字鲁瞻，湖南长沙人。才思敏捷，传说他醉后能赋诗百篇，先时极受宗室欣赏，后来为谗言所伤而心灰意懒，退居江南。郁郁不能得志，每日借酒消愁，后来醉病而亡。今存小令一首，见于元末孔克齐《静斋至正直记》（又称《至正直记》《静斋类稿》）。

【中吕】〔喜春来过普天乐〕

琉璃殿暖香浮细①，翡翠帘深卷燕迟，夕阳芳草小亭西。间纳履②，见十二个粉蝶儿飞。　　一个恋花心，一个搀春意③。一个翩翩粉翅，一个乱点罗衣。一个掠草飞，一个穿帘戏。一个赶过杨花西园里睡，一个与游人步步相随。一个拍散晚烟，一个贪欢嫩蕊，那一个与祝英台梦里为期④。

注　释

① 琉璃殿：用琉璃装饰的殿堂，此处指称富丽的屋子。

② 纳履（lǚ）：穿鞋。

③ 搀：带着。

④ 祝英台：中国传统民间故事《梁山伯与祝英台》中的女主人公，女扮男装进学堂读书，与梁山伯相恋但遭到家人反对，二人死后化为蝴蝶双宿双飞。“梁祝”故事产生于晋朝，于唐朝的《十道四蕃志》《宣室志》中有史料记载，已经被列入国家级非物质文化遗产名录。

题 解

〔喜春来过普天乐〕是一支带过曲。曲牌〔喜春来〕，又称〔阳春曲〕、〔惜芳春〕，属【中吕】宫，一般的字数句式为“七、七、七、三、五”，可以添加衬字。曲牌〔普天乐〕同属【中吕】宫，多用于剧曲和散曲套数，其基本的字数句式为“三、三、四、四、三、三、七、七、四、四、四”，共十一句，可添加衬字。本曲押“齐微”韵，平仄通押。

这支曲子通过对蝴蝶的描写表现曲家的悠闲情趣。

赏 析

这支带过曲描写了在生机盎然的春天，一群蝴蝶各自生动可爱的姿态。作者先是写了室内的景象，“琉璃殿暖香浮细，翡翠帘深卷燕迟”，暖香浮动，梁上春燕还迟迟未归，但是门帘高卷，主人还在等待它们回来，由此可见主人是非常具有爱心和情趣的。

由室内移步到庭院中，正是夕阳西下、芳草萋萋的好景致，闲闲“纳履”间，无意中瞥见了这群春日里活泼的生灵。有的花上吮蜜，有的粉翅翩翩，有的款款点草，有的飞环罗衣，有的随人脚步，有的似梦似睡……这群蝴蝶使得静谧慵懒的春日黄昏充满意趣和色彩。曲家对于这群蝴蝶的比喻和描写也是充满诗意的，“赶过杨花西园里睡”“拍散晚烟”，与柔软的杨花一起颉颃起舞、上下翻飞，灵动欢快的翅膀仿佛拍散了傍晚的烟霞。与黄昏温柔、朦胧的环境相映照，营造出唯美、旖旎的意境，仿佛使人感受得到春日里流光溢彩的美好。

作者用拟人、排比的修辞，写出了春日傍晚的静谧和生动，置身其中，满是趣味和对自然与生活的热爱。将生活中细微的乐趣与美好放大，获得一种不可言说的对自然美的感受。在这自然的美好中，获得一种灵性。

陈 草 庵

陈草庵（1247—？），名陈英，或陈士英，字彦卿，号草庵，析津（今北京）人。钟嗣成《录鬼簿》将他列在“前辈已死名公，有乐府行于世者”之中，称“陈草庵中丞”，隋树森《全元散曲》仅载“官中丞”，而据孙楷第《元曲家考略》，陈草庵曾在元大德年间任过宣抚使，在延祐年间任河南左丞，后罢官。现存小令二十六首，见于《乐府群珠》。观读其现存令曲，充满对尘世汲汲于功名利禄之事的厌倦，以及对田园渔樵生活的陶醉，风格通俗晓畅，充满讥刺意味。

【中吕】〔山坡羊〕

晨鸡初叫，昏鸦争噪，那个不去红尘闹①？路迢遥②，水迢迢，功名尽在长安道③，今日少年明日老。山，依旧好；人，憔悴了。

注 释

① 红尘：佛教用语，指世俗人间。
② 迢遥：遥远。
③ 长安：今西安一带，曾为十三朝都城，此处代指国都，即追名逐利、求取功名之地。

题 解

曲牌〔山坡羊〕又名〔山坡里羊〕、〔苏武持节〕，属【中吕】宫，常用于散曲小令。其基本的句式字数为“四、四、七、三、三、七、七、一、三、一、三”，可增添衬字。本曲押“萧豪”韵，仄声韵脚。

此曲写了对俗世之中追名逐利、奔波疲累的讥刺。

赏 析

这支〔山坡羊〕以充满讥刺的口吻表达了对世俗中人熙熙攘攘追名逐利的鄙薄，表现了作者对时间永恒与世事短暂的辩证关系的思考。

晨鸡、昏鸦争相鸣噪，纷纷扰扰，就恰恰像在世间追逐功名利禄的芸芸众生，而追求功名的道路是那样漫长。一方面，从历时来说，从古至今人们向都城宫阙寻求闻达富贵的人生道路没有改变；另一方面，就共时来说，这条功名之路对于一个个体可能是耗尽数年的光阴，而最终也只是空望一场。“今日少年明日老”一句在警示之余，充满了怅怅的痛惜之情。

或许作者早年经历了追求人生功成名就的仕宦生活，因而对这样的人生道路选择充满反思和切身的感悟。“山，依旧好；人，憔悴了”一句，以不变的事物与个体短短的数载光阴进行比较，更加说明以有涯之生去追求虚妄碌碌功名的不值，充满无力与惋惜之情。

作为一个曾经经历仕途的文人，草庵从过来人的角度冷峻地去看待人世间纷纷扰扰追求功名的现象，在惋惜的同时，也是对世人的示警和劝诫。

刘　因

刘因（1249—1293），原名骃，字梦骥，后来改名为因，字梦吉，号樵庵、静修、雷溪真隐等，雄州容城（今保定容城）人。刘因对小学颇有研究，贯通经义传疏、诗文律赋，对理学的研究也甚深，是元初一代大儒。黄宗羲《宋元学案》评价他说："有元之学者，鲁齐（许衡）、静修（刘因）、草庐（吴澄）三人耳。"祖上仕金、元政权，但他却对故宋怀着深厚情感，蒙元政权屡征不就，不得已被召至京城，也很快辞官归乡，以教学、著述为务，后被追封为容城郡公，谥文靖。他著述颇丰，有《四书精要》，诗文集《静修集》等，现存小令二首，见于《樵庵词》《静修集》《历代诗余》等。今观读其词曲，兼具婉约与豪放二家之长，洗练、清雅，文气浓重，颇具学者风范。

【黄钟】〔人月圆〕

自从谢病修花史①，天意不容闲。今年新授，平章风月②，检校云山③。门前报道④，曲生来谒⑤，子墨相看⑥。先生正尔⑦，天张翠幕，山拥云鬟⑧。

注　释

① 谢病：托病归隐，或者借病谢绝宾客。修花史：花史，即花的历史，此处指过着赏花的闲居生活。

② 平章：官名，也有品评、评处之意。

③ 检校：官名，亦有查核、察看之意。

④ 报：报告，报知。

⑤ 曲生：《太平广记》载，有一道士名叶法善，擅长法术，一次正待客宴饮，从外来一人，名“曲秀才”，高谈阔论，语惊四座，法善以剑击之，原是一只酒器。谒：拜谒，拜访。

⑥ 子墨：出自扬雄《长杨赋·序》，赋中写道：“聊因笔墨之成文章，故藉翰林以为主人，子墨为客卿以风。”子墨是赋中虚构的人物。

⑦ 正尔：正当。

⑧ 云鬟：女子高耸的秀美发髻。

题　解

曲牌〔人月圆〕来源于词牌，其定格的字数句式为“七、五、四、四、四、四、四、四、四、四、四”，用在散曲小令之中。宋代词人王诜的词中有“年年此夜，华灯盛照，人月圆时”的句子，故而以〔人月圆〕为名。又因为宋代词人吴激的词中有“江州司马，青衫泪湿，同是天涯”的句子，故又称〔青衫湿〕。本曲押“寒山”韵，平声韵脚。

这支〔人月圆〕是写曲家沉吟花月风云的闲居生活。

赏　析

这支小令写了曲家吟风弄月的闲居生活，全曲用拟人的修辞手法，使得自然万物都充满人的意味，十分有趣。

起句说“自从谢病修花史，天意不容闲”，自从自己谢病之后，“天意”也容不得自己悠闲下来，这就引起了读者的好奇，曲家在“忙”些什么呢？接下来便交待了自己的事务：“今年新授，平章风月，检校云山”，原来是忙着做风月平章、云山检校，徜徉在风花雪月、青山流云的清静景致之中。有“曲秀才”登门来访，却是闲闲饮酒畅怀，搦管蘸墨吟诗作文。如此风雅、恬淡的生活之余，偶然抬头，看见青天浩渺，如翠幕铺张，青山锦簇，似云鬟相拥，可以说是良辰美景、赏心乐事了。

曲家将一应的自然景致都拟人化，自己则是风月主人，新巧特别。同时，巧妙地使用志怪和虚构故事的典故，扩大了曲子的容量，充满奇幻色彩，可见曲家读书之广博，也增添文人的风雅气息。语言看似平平叙来，平淡之中的巧思如奇峰突起，使曲子饱含趣味。

马 致 远

马致远（1250—1324），号东篱，元大都（今北京）人。与关汉卿、郑光祖、白朴一起被后人誉为“元曲四大家”。他才华馥郁，早年潜心仕途，孜孜以求功名富贵，在仕宦的道路上跋涉了小半生，以期能够仕途腾达，但没有被统治者所赏识和重用，不得不沉居下僚。所以最后看透功名世事，以老庄的清静无为、不问是非而终。钟嗣成《录鬼簿》将他列在“前辈已死名公才人，有所编传奇行于世者”之中。他的杂剧作品有《江州司马青衫泪》《破幽梦孤雁汉宫秋》《吕洞宾三醉岳阳楼》《半夜雷轰荐福碑》《马丹阳三度任风子》《开坛阐教黄粱梦》《西华山陈抟高卧》等，多反映落魄举子，后期多神仙道化剧。贾仲明的《凌波仙·吊马致远》说：“万花丛里马神仙，百世集中说致远，四方海内皆谈羡。战文场、曲状元，姓名香、贯满梨园。《汉宫秋》《青衫泪》《戚夫人》《孟浩然》，共庚白关老齐肩。”对其杂剧赞誉极高。词曲作品有《东篱乐府》，朱权《太和正音谱》中说他的词曲“如朝阳鸣凤……有振鬣长鸣，万马齐喑之意”。现观读其词曲，典雅清丽、情感深挚，实为上品。

【越调】〔天净沙〕

秋思

枯藤老树昏鸦，小桥流水人家，古道西风瘦马。夕阳西下，断肠人在天涯[①]。

注 释

① 断肠人：悲伤欲绝之人，指作者自己。

题 解

曲牌〔天净沙〕又名〔塞上秋〕，名称来源于词牌，但是在元曲中多用。其字数句式一般是“六、六、六、四、六”。本曲句句押韵，押“家麻”韵，平仄通押。

这是马致远流传最广、最为人所熟知和称道的一支小令。大概是马致远前期孜孜追求仕途生活时所作，在外奔波、百感交集而成此曲。《秋思》是题目，我国传统中，多有女子伤春、文士悲秋的思致，如初唐沈佺期有“落叶流风向玉台，夜寒秋思洞房开”句，明徐贲有“满空云冻动秋思，飞泉落日何萧骚”句等，秋思也成为文人笔下一大抒写内容。

赏 析

这支小令起始三句刻画了三幅相独立的景象，营造了一个秋日日暮十分凄凉萧瑟的氛围。

“枯藤老树昏鸦”，秋日黄昏，老树叶落、枯枝缠绕，一群乌鸦围绕着枯树盘旋起落，它们呕哑嘲哳的叫声更是加重了作者凄凉的心绪。《古诗十九首·行行重行行》中说“胡马依北风，越鸟巢南枝”，曹操《短歌行》中也有“绕树三匝，何枝可依”之句，乌鸦尚有枝可归，作者孤身一人却在外漂泊流离。乌鸦绕树勾起的不仅是作者的归思，这隐含在内的“何枝可依”更是饱含了他怀才不遇的艰辛心曲。“小桥流水人家”，小桥简朴，淡泊人家，是一幅安详静谧的山居图，一方面是作者归思的投映，另一方面也寄寓着他回归淡泊宁静生活的期待。与上句形成明显对比的就是“古道西风瘦马”，心中向往安定生活，可是身不由己，现实中的自己却是与瘦马为伴，踽踽独行于山间古道，奔波漂泊，不得安枕于席。夕阳西下时分，常使人增添愁绪，古人诗句中有“日暮客愁新”

（孟浩然）、“日暮乡关何处是”（崔颢）、“日暮思亲友”（阮籍）等，此时作者的交集百感更加浓烈，终于得以倾泻，“夕阳西下，断肠人在天涯”，一个“断肠人”将他沉积在心中的苦闷表现了出来。

曲中看似选取了四个相独立的画面，但是每一幅场景都由曲家流动的内在情感相连接，形成浑融凄凉的意境，将他郁愤苦闷的身世之感寄寓其中。化用典故和诗句，全无痕迹，典雅清丽，又流畅简淡，实为动人。这首《秋思》成千古绝唱，不愧其名。

【双调】〔庆东原〕

叹世

三顾茅庐问①，高才天下知②，笑当时诸葛成何计③？出师未回④，长星坠地⑤，蜀国空悲⑥，不如醉还醒，醒而醉。

注　释

① 三顾茅庐：语出诸葛亮《出师表》，谓刘备多次拜访诸葛亮于南阳，请他出山。

② 高才：才智过人。

③ 诸葛：即诸葛亮，三国中的诸葛亮使用将计就计、空城计、离间计、欲擒故纵等计谋为蜀汉赢得多次胜利和上风，此处反讽诸葛亮无计可施。

④ 出师未回：此处应指诸葛亮最后一次出师，与司马懿对阵于五丈原，因操劳过度而病重离世。

⑤ 长星坠地：东晋孙盛《晋阳秋》曰："有星赤而芒角，自东北西南流，投于亮营，三投再还，往大还小。俄而亮卒。"传说诸葛亮去世时有星坠于地，谓一代英才的离世。

⑥ 蜀国：即三国时期蜀汉，由公元 221 至 263 年，共四十三年，始于刘备，终于后主刘禅。

题　解

曲牌〔庆东原〕又名〔东庆园〕、〔郓城春〕，是【双调】宫中一支北曲曲牌。定格字数句式为"三、三、七、四、四、

四、五、五”，可添加衬字，其字数句式有多种，此曲为其中一种。〔庆东原〕亦存于词牌中，在元曲中多用。本曲押“齐微”韵，仄声韵脚。

这支〔庆东原〕应为马致远中后期所作，题目《叹世》既是感叹诸葛亮“出师未捷身先死”的悲剧，也是感慨自己孜孜追求仕途理想而未果的虚妄。

赏 析

这支〔庆东原〕以寥寥数笔勾画了诸葛亮传奇而使人泪下沾襟的一生，作者看似是“笑”的态度，可实际上充满了惋惜和悲楚。

当年刘备对诸葛亮“三顾茅庐”，极尽惜才爱贤之礼，诸葛亮的谋略才华也天下皆知。蜀汉得到贤才和民心，本该能做出一番事业，诸葛亮也用尽巧计妙法帮蜀汉赢得许多次胜局，可最终没能逃脱“一朝长星坠”的悲剧结局，空留蜀国臣民挽车恸哭，蜀汉定天下的宏图伟业也终于一旦。这在初时还怀着出仕济世理想的马致远看来，未免多了苦涩怅惘的心境。一方面，高才如诸葛孔明者，尚且功业未成而丧身殒命，何况乱世之下的自己。另一方面，即使才名天下广闻，也得到明主重用，结局也还是蜀国败亡，心血成空，让作者产生了历史虚无的感想。这样绝望落寞的心境之下，自然也产生了佯狂避世、借酒浇愁的回避心态。

在曲中，作者表达的不只是一己理想不成之悲愁，也反映出历史变迁中令人扼腕叹息的悲剧感，是作者对古往今来历史变迁的思考和反思。但是作为仕途失意的作者，也只是醒醉之间而已。

全篇以“笑”的方式写诸葛亮，虽为表现功名虚妄，却失之矫枉过正。但是其间表现作者的苦涩和无奈真切感人。

【双调】〔清江引〕

野兴

东篱本是风月主①，晚节园林趣②。一枕葫芦架③，几行垂杨树，是搭儿快活闲住处④。

注 释

① 东篱：马致远号东篱，此处是作者自称。风月主：五代人欧阳彬任嘉州刺史时，见嘉州山水景致，曾经说过："青山绿水中为二千石，作诗饮酒为风月主人，岂不佳哉！"后来人以"风月主"来指领管风光景色的主人或闲散自适的人。

② 晚节：也指晚年。

③ 一枕：一行，一排。葫芦架：葫芦，攀缘草本植物，也称壶芦、匏瓜等，道家文化中，也以葫芦指仙家修炼之地。

④ 是搭儿：这儿，这个地方。

题 解

曲牌〔清江引〕又称〔江儿水〕，是【双调】宫中的一支北曲。常用句式为"七、五、五、五、七"，多用在带过曲之中，可以增添衬字。本曲押"鱼模"韵，仄字韵。

马致远的《野兴》流传下来的有八支，这支是最后一曲，大致作于后期，其中多表达对世事的慨叹和对山野乡居生活的喜爱。

赏　析

小令一开头就铿锵有力地表明作者的思想情趣，“东篱本是风月主，晚节园林趣”，自己的志向和情趣不再是追逐慷慨济世和功名富贵，也不愿在起伏不遂心志的宦海之中奔波，而是寄情于园林景致、风光月色，陶冶情操，坚守自己的晚节。

作者居住的自然环境也是十分简约清新，一排葫芦藤蔓架，几行垂杨柳树，淡泊静谧的环境衬托出主人淡雅不俗、悠然自适的情趣，景与作者之情志互出互见，他也由衷地发出了“是搭儿快活闲住处”的感叹。

其环境淡雅清幽，其人放旷脱俗，闲闲几笔就勾画出一位追求宁静清淡生活的隐士形象，这是马致远一贯的风格。看似简约缥缈，实则笔力情思俱能精准有力而形象地表现一己之怀抱，俊逸飘摇、潇洒清旷，无愧为“马神仙”之笔。

阿里西瑛

阿里西瑛，生卒年不详，名木八剌，字西瑛，时人简称他为里西瑛，又因他身材魁伟，人称之“长西瑛”，或讹作“常西瑛”，西域人。《太平乐府》下有注文曰“里耀卿学士之子”，是阿里耀卿学士之子。最初，他的父辈居于陕西蓝田，后来阿里西瑛隐居于杭州，所居处取名为“懒云窝”，当时他多与杭州文士诗酒唱和、相聚于此，一时成为佳话。现存小令四首，见于《词林摘艳》《太平乐府》等，今观读之，流畅自然、雅致闲散。朱权《太和正音谱》将他列在“词林之英杰”中。

【双调】〔殿前欢〕

懒云窝

懒云窝①，醒时诗酒醉时歌。瑶琴不理抛书卧②，无梦南柯③。得清闲尽快活，日月似撺梭过④，富贵比花开落。青春去也，不乐如何？

注　释

① 懒云窝：作者的居处名。

② 瑶琴：装饰着金玉的琴，或为琴的美称。

③ 南柯：即南柯一梦，出自唐传奇《南柯太守传》，写淳于棼醉后梦入大槐安国，官任南柯太守，享尽荣华富贵，醒来后发觉那只不过是一场梦。后人便用“南柯一梦”来比喻一切荣华富贵不过是过眼云烟，如梦境般虚幻。

④ 撺梭：穿梭，形容迅疾。

题 解

曲牌〔殿前欢〕又名〔凤将雏〕、〔小妇孩儿〕、〔小凤孙儿〕、〔燕引雏〕，是【双调】宫中的一支北曲。定格的字数句式为“三、七、七、四、五、三、五、四、四”，可添加衬字。本曲押“歌戈”韵，平仄通押。

《懒云窝》是题目，“懒云窝”也是阿里西瑛退居时为自己的住所取的名字，多位曲家有令曲和此《懒云窝》。

赏 析

这支〔殿前欢〕，作者写于隐居杭州之后，他以自己的居所为题，表达了不以荣华富贵为念，追求身心清闲自在的志向。

悠闲地生活在“懒云窝”之中，饮酒、歌吟、作诗，无兴致时，瑶琴不抚、诗书不阅，且高高卧眠。即使在梦中，对功名富贵的追求也不会出现。作者是非常珍惜如此清闲的时光的。日升月落，时间飞逝，而功名富贵就像一季的花开，非常短暂。最后一句“青春去也，不乐如何”既是他对自己说的，也是对世人的劝诫。时光匆匆，为何要把宝贵的时间浪费在追求短暂的荣华富贵之上呢，不如及时行乐。

懒云，也是闲云，就像作者追求的生活一样，悠闲自在、心无挂碍。隐居以追求悠闲生活的呼声在每个朝代都有，而在元代尤其多，或愤世嫉俗以隐，或仕进无门以隐，而作者则是纯粹看透了世间荣华，认识到了生命的真谛不在汲汲于功名富贵，而是达到个人生命意志的自由状态，并且快乐地生活。虽说“及时行乐”的观念与传统儒士文人“再使风俗淳”的理念相违背，但是在元一朝，在传统文人受到打压的境况之下，能够由自我意志之中自主地生发出对生命价值的思考，也是非常有积极意义的。

曲中所流露出的情感是非常饱满、闲逸和自然的，可见曲家对于闲居隐逸生活的满意和流连。语言自然流畅、闲雅明快，颇有俏皮意味。

赵 孟 頫

赵孟頫（1254—1322），字子昂，号松雪道人，别署水精宫道人、鸥波等，浙江吴兴（今浙江湖州）人。祖上为宋朝宗室，其父赵与訔在南宋曾官至户部侍郎、浙西安抚使等。南宋灭亡后，赵孟頫一度安居在家，后来应新朝征召，出仕元朝，深受朝廷宠信和敬重。历任兵部郎中、集贤直学士、同知济南路总管府事、翰林侍读学士等，在政事上做出了极大贡献。他自幼聪敏好学，后又孜孜不倦、研习不怠，精通书法、绘画、金石、曲律等，书法尤甚，其文章、书法、绘画被当时人称为“三绝”。他对书法诸体皆善，被称为“赵体”，与欧阳询、柳公权、颜真卿并称“楷书四大家”。作为曲家，其小令也是清新秾丽、别具一格，今存散曲二首，见于《松雪斋乐府》《历代诗余》等，朱权《太和正音谱》将他列在“词林之英杰”之中。

【仙吕】〔后庭花破子〕

清溪一叶舟，芙蓉两岸秋。采菱谁家女，歌声起暮鸥。乱云愁，满头风雨，戴荷叶归去休。

题 解

曲牌〔后庭花破子〕创调自金元时期，属于【仙吕】宫。一般是七句三十二个字，其格式字数为“五、五、五、五、

三、四、五”，可以添加衬字。本曲押“尤侯”韵，平声韵。

这支曲子是写一个采莲女子遇雨急归的生活场景。

赏　析

描写采莲姑娘的诗词历来多如繁星，或写其姿态，或写其歌声，或写其状貌，或写其纤柔的手指，这支小令则抓住了风雨之时，采莲女归家的可爱状态。

如同一幅小景，清澈的溪水之上开满荷花，溪水两岸已经是秋时景象。这时一叶小船缓缓驶入人们的视线，而远远地未见其人，就已经听到她清亮的歌声惊起了栖在水上的鸥鸟。一般形容歌声嘹亮婉转会说“绕梁三日”“响遏行云”，但是采莲姑娘的歌声伴随着飞起惊叫的鸥鹭的鸣声，如闻在耳，十分具有生活的真实感和乐趣，不禁让人想起李清照《如梦令》的“争渡，争渡，惊起一滩鸥鹭”。而曲家笔锋突然一转，愁云带雨飘落而下，采莲的姑娘或许也一时焦急，但是也并没有窘迫淋雨，而是匆忙之间采了荷叶作斗笠，轻松地淡然归去，她活泼灵动的形象就更加恍若眼前。

小令用自然的语言，捕捉住了水乡生活一幕极其常见的景象，人融于景，仿佛一幅水乡动态图，充满自然宁静的气息。而采莲姑娘取荷叶遮雨，则是对原始生活状态的朴素描写，充满诗意。虽然寥寥几笔，却仿佛讲了一个完整的“遇雨急归”的故事，起承转合完备，引人入胜。

对俏丽可爱的采菱女子和清新自然的水乡的描写中，透露出曲家的喜爱与向往之情，归隐之念也暗藏其间。

冯 子 振

冯子振，生卒年不详，字海粟，自号怪怪道人，又号瀛洲客，攸州（今湖南株洲攸县）人。曾官至承事郎、集贤待制。据《元史》载，冯子振有才名，常常能才思泉涌，视纸张数奋笔疾书，而文采斐然似花团锦簇。宋濂曾说："海粟冯公以博学英词名于时。当其酒酣气豪，横厉奋发，一挥万余言，少亦不下数千，真一世之雄哉！"钟嗣成《录鬼簿》将他列在"前辈已死名公，有乐府行于世者"中，称"冯海粟待制"。现存小令四十四首，见于《太平乐府》《尧山堂外纪》《阳春白雪》等。今观读其曲，多表现山水逸兴，怀古感旧之作也颇多，风格清新明丽，婉约古雅。

【正宫】〔鹦鹉曲〕

野渡新晴

孤村三两人家住，终日对野叟田父①。说今朝绿水平桥，昨日溪南新雨。【么】碧天边云归岩穴②，白鹭一行飞去。便芒鞋竹杖行春③，问底是青帘舞处④。

注 释

① 野叟田父：泛指农人。

② 云归岩穴：古人认为云生于深山岩石之中，故云散去被认为是

归于岩穴。

③ 芒鞋竹杖：草鞋和竹制的手杖，苏轼的《定风波·莫听穿林打叶声》就有“竹杖芒鞋轻胜马”之句。行春：此处指游春。

④ 底：何处，哪里。青帘：旧时酒馆门前悬挂的幌子，多用青布制成，此处是酒家的代称。

题 解

在散曲中，一般小令是单支的，如果要表达较为复杂的内容或者抒情较长，就会采用两种方式：一种是写“么”（读如幺）篇，一种是写“带过曲”。“么”篇就是按照原来的宫调重复写一遍，中间加一个“么”字。这支〔鹦鹉曲〕有“么”篇。

〔鹦鹉曲〕又名〔黑漆弩〕、〔学士吟〕，属【正宫】，用于散曲小令。其定格的字数句式为“七、七、七、六、七、六、七、七”。本曲押“鱼模”韵，仄声韵脚。

这支曲子题目是《野渡新晴》，描写了雨后初晴的田园风光，表现了作者对自然的喜爱之情。

赏 析

这支〔鹦鹉曲〕不管是前一篇还是“么”篇，都紧紧围绕题目“野渡新晴”四字，只是从不同的视角描写了野外津渡新晴的清新怡人景象，表现对田园生活的喜爱和享受。

起句是一幅概括的远景描写，少有人迹的孤村只有三三两两的人家，疏淡静谧。作者终日相交的也只是朴素的田园农人，远离一切世俗生活的客套和繁文缛节，回归到生命最自然的状态。所谈论的话题也是“今朝绿水平桥，昨日溪南新雨”，一场春雨过后，河水丰足，几乎与桥相平，给人以春日生机饱满的感觉。

“么”篇则以春景直接点“晴”字。日出云散去，一行白鹭也展翅飞向长空，万物在阴湿的雨后又重新焕发出阳光的活力。此时的作者也不例外，新晴之后仿佛人的心情和精神也晴朗起来，手拿竹杖，趿着芒鞋便可兴致勃勃地去游春，而饮酒自然是乡居生活的乐趣之一。

这支令曲语言清新自然，抒写了乡居雨后新晴的优美怡人的景致，同时也表达了作者喜爱自然、乐山乐水的恬淡心境。意象选择天然随意，如水流汩汩，使人充满无限向往。

朱 帘 秀

朱帘秀（约1260—约1320），或作珠帘秀，籍贯以及生平皆不详。元初期名震一时的伶人，主要活动地区在扬州，与关汉卿、胡紫山、冯子振等人交好，其中与卢挚情谊尤甚，互相之间有曲词往来唱和。夏庭芝的《青楼集》中说："朱帘秀，姓朱氏，行第四。杂剧为当今独步，驾头、花旦、软末泥等，悉造其妙。"她的杂剧表演技艺精湛，当时的伶人辈称呼她为"朱娘娘"。作为少有作品流传下来的女性曲家之一，她的词曲也写得极佳，现存小令一首，套数一首，见于《太平乐府》。

【双调】〔寿阳曲〕

答卢疏斋①

山无数，烟万缕，憔悴煞玉堂人物②。倚篷窗一身儿活受苦③，恨不得随大江东去。

注 释

① 卢疏斋：即卢挚，号疏斋。

② 玉堂人物：居住在玉堂之中的才俊之士，泛指显贵的文士，此处指卢挚。

③ 篷窗：指船上的窗子。

题 解

曲牌〔寿阳曲〕又称〔落梅风〕、〔落梅引〕，与南曲【小石调】中的引子不同。其基本的字数句式为“三、三、七、七、七”。本曲句句押韵，押“鱼模”韵，仄声韵脚。

这支曲子的题目是《答卢疏斋》，据推算是卢挚应翰林召，即将入京时二人分别所作。卢挚即将离去时赠朱帘秀一支〔寿阳曲〕，朱帘秀作同牌曲子酬答。卢挚的赠作《别珠帘秀》是：“才欢悦，早间别，痛煞煞好难割舍！画船儿载将春去也，空留下半江明月。”

赏 析

虽然是送别之作，但是却无一字明写离别之哀伤，而是从女性特有的婉转心曲出发，抒写离别之忧、不舍之苦，细读之令人动容。

起句“山无数，烟万缕”，是虚写，曲家想象对方离开之后，前路山水迢遥，渺渺茫茫，该是怎样难耐的境况啊，大有柳永“念去去、千里烟波，暮霭沉沉楚天阔”的风致。“憔悴煞玉堂人物”，是从内心发出的一种担忧和关怀，在长久的旅途奔波之后，对方一定是憔悴不堪的了吧，一想到他一人独自倚着篷窗，飘零寂寥，便恨不能跟随对方而去。其间包含着担忧、怜惜、不舍等种种情绪，曲家的情感是非常悱恻、缠绵和真挚的。

一般闺秀女子送别，情辞之中多了些期盼和等待的被动，而作为伶人的朱帘秀，与所挂念之人之间的关系就相对比较自由，没有对方去而不返的担忧和惆怅，而可以单纯地设身处地为对方的境况挂怀和思虑，这也是这支小令动人之处之一。

在交通不便的时代，有时候分别就相当于永别，因而古人十分重离别，也能由分别引起种种人生感怀。这支曲子则单单是表现曲家一时一地的离别伤情，满怀忧愁、语出肺腑，将女性曲家特有的温柔细腻的情感表现出来，细读之感人深切。

曾　瑞

曾瑞，生卒年不详，字瑞卿，号褐夫，大兴（今北京大兴）人。因喜浙江一带人才风物而移家南方。善于画山水，学范宽，他的画作意境深远，颇有意趣。一生不仕，淡泊名利、耿介拔俗，时儒士多喜与他相交，颇受人敬重。钟嗣成《录鬼簿》将他列在“方今已亡名公才人”之中，并有小传，朱权《太和正音谱》将他列在“词林之英杰”中。作为曲家，其曲作多闺情、叹世及描写江南景致，风格多样，既能嬉笑怒骂、讥时刺世，也能淡雅超然、清新典雅，语言浅易、通晓自然。现存小令九十五首，套数十七首，被收于《太平乐府》《乐府群珠》《雍熙乐府》等。

【中吕】〔山坡羊〕

自叹

南山空灿，白石空烂①，星移物换愁无限②。隔重关，困尘寰③，几番肩锁空长叹④。百事不成羞又赧⑤。闲，一梦残。干⑥，两鬓斑。

注　释

① 南山：宁戚是春秋时期齐国大夫，他少年未闻达时，作为商贾夜宿在城外。恰齐桓公夜间出城迎客，宁戚在车下喂牛，望见齐桓公便敲着牛角高歌：“南山矸，白石烂，生不遭尧与舜禅。短布单衣适至骭，从昏饭牛薄夜半，长夜漫漫何时旦？”齐桓公与他交谈，发现宁戚是栋梁之材，便封他为大夫。

② 星移物换：星位移动，景物改换，指时序变迁。王勃《滕王阁序》中有“闲云潭影日悠悠，物换星移几度秋”的句子，表示时光流转。

③ 尘寰：人世间。

④ 肩锁：谓被限制和束缚。

⑤ 赧（nǎn）：脸红，羞愧。

⑥ 干：干谒，求取禄位和仕进。

题 解

曲牌〔山坡羊〕又名〔山坡里羊〕、〔苏武持节〕，属【中吕】宫，常用于散曲小令。其基本的句式字数为“四、四、七、三、三、七、七、一、三、一、三”，可增添衬字。本曲押“寒山”韵，平仄通押。

这支〔山坡羊〕题目是《自叹》，即曲家表现自己的身世之叹，可以说是对于人生选择的真实感受。

赏 析

虽然曾瑞卿一生淡泊名利，但是也未尝不曾怀着得遇明主、匡扶天下的抱负，此曲便体现了他在追逐淡泊生活的同时，感叹自己于仕途上碌碌无所为的矛盾的心理。

首句以反用宁戚受到齐桓公起用的典故，表明物换星移、时序飞转，但是自己却并没有像宁戚一般，得遇能够赏识一己才能的明主。宁戚尚且在城外得遇齐桓公，对比自己当下，却是“隔重关，困尘寰”，与明君贤主之间隔着重重关隘，沉居下僚、郁郁不得志。对于这样的束缚，自己也是无可奈何，只好长叹几声罢了。回顾自己的人生路，许多事情都没有做好，虽然这是作者的自叹之语，难免过谦，但是却也能够反映出他一时的羞惭之深切。虽然“百事不成”，虽然自叹“南山白石”，但是他似乎并没有孜孜以求仕进的决心，最后一句就反映出他的矛盾心理。“闲，一梦残。干，两鬓斑”，闲居市井，不过一梦而过，但是求取仕进，也不过落得两鬓斑白。此处使用互文手法，意在说明无论是闲居还是追求功名，最终都不过是人间一梦、鬓发空白而已，在矛盾的同时又消解了对立，同时也就表明了追求仕途功名的无意义。

传统文人大都有在仕与不仕之间的犹疑和抉择，元朝尤甚。一方面是民族政策给汉族文人带来的困难道路，在想进身而不能的矛盾之中徘徊；另一方面则是文士自身的精神气节，在碌碌于仕途和坚守自身淡泊心怀之间的矛盾。这就导致了很多文人一边固守市井林泉生活，又一边自叹于仕路无进的状态。但是曾瑞卿能够在这种矛盾之中依然坚守自己淡泊名利、笑傲林泉的情怀，也着实超凡拔俗。

这支小令语言清新典雅、工巧浅易，以生动流丽的笔触抒发一己之情怀，真挚而不愤懑，自叹而不流于哀伤，能够使人达到共鸣。

赵 天 锡

赵天锡，生卒年不详，据孙楷第考证，赵天锡名禹珪（隋树森作禹圭），字天锡，汴梁（今河南开封）人，曾为江南行省大司农管勾、镇江府判等官职。钟嗣成《录鬼簿》将他列在“前辈已死名公才人，有所编传奇行于世者”之中。曾作剧曲《试汤饼何郎傅粉》《贾爱卿金钗剪烛》，今已亡佚。今观读其遗曲，或婉约清丽，或疏朗旷远，或激越奋发，风格多样。朱权在《太和正音谱》中说：“赵天锡之词，如秋水芙蕖。”见其清雅。其散曲作品现存七首，散见于《阳春白雪》《太平乐府》《词林摘艳》等。

【双调】〔雁儿落过清江引碧玉箫〕

美河南王

秉乾坤秀气清①，凛冰雪丹心正②。奉朝中天子宣，领阃外将军令③。　战马远嘶边月冷，卷地旌旗影。风生虎帐寒④，笔扫狼烟静⑤，咫尺间领三公判内省⑥。　满腹才能，幕府夜谈兵⑦。唾手功名⑧，麟阁要图形⑨。诸葛亮八阵图⑩，周亚夫细柳营⑪。羡此行，南蛮平定⑫。听，和凯歌回敲金镫⑬。

注　释

① 秉：秉持，秉承。

② 凛：一派威严而使人敬畏。丹心：赤诚的心。

③ 阃（kǔn）外：指朝廷或者京城以外，或外任将吏驻守和管辖的地域。

④ 虎帐：用虎皮编成的大幄，指将军的营帐。

⑤ 笔扫：谓下笔气势磅礴。狼烟：烽烟，喻指战乱纷争。

⑥ 咫尺间：形容时间极短。三公：古时中央三种最高官衔，周朝是太师、太傅、太保；西汉是丞相（大司徒）、太尉（大司马）、御史大夫（大司空）；东汉是太尉、司徒、司空。唐宋沿汉制，明清沿周制。内省：门下省，与中书令参总，专判省内事务。

⑦ 幕府：指将帅大臣的府邸。

⑧ 唾手：也说唾掌，即动手就可以得到，比喻极容易做到。

⑨ 麟阁：即麒麟阁，汉代未央宫内的阁名，汉宣帝命画霍光、张安世、苏武等十一位功臣的画像，悬挂在麒麟阁内，以示其功勋卓著。

⑩ 八阵图：打仗用兵的一种阵法，传为诸葛亮所创，杜甫作《八阵图》赞诸葛亮："功盖三分国，名成八阵图。"

⑪ 细柳营：细柳，地名，在今陕西咸阳。《史记·绛侯周勃世家》记载，汉文帝时，以周亚夫为将守备河内，文帝亲自慰问军队，到细柳营时，守备戒严不得入内，军门都尉说："军中闻将军令，不闻天子之诏。"等周亚夫传令开门之后，文帝方得入，周亚夫以军中礼制相迎。后来便以"细柳营"称军纪严明的军队。

⑫ 南蛮：对南方敌人的称呼。

⑬ 金镫：金马镫。

题　解

〔雁儿落过清江引碧玉箫〕是【双调】中的一支带过曲，三支都是【双调】宫中的北曲。〔雁儿落〕较少单独使用，常与〔得胜令〕或〔清江引〕连成带过曲，一般是四句，句式字数为"五、五、五、五"；曲牌〔清江引〕，北曲又叫〔江儿水〕，属【双调】宫，共五句，正格句式为"七、五、五、五、七"；〔碧玉箫〕一般字数句式是"四、五、四、五、三、五、三、三、一、五"，可增添衬字。本曲押"庚青"韵，平仄通押。

这支带过曲的题目是《美河南王》，据孙楷第先生说，河南王是卜怜吉带，曾官至河南行中书省左丞相，后封河南王，这支小令则是对他文韬武略、义气忠心的赞誉，也是在他出征之前的壮行之词。

赏　析

这是对河南王的颂美之词，因而多处用典，在字里行间极尽溢美，将河南王在外领兵戍守、在内运筹帷幄的风姿一一道尽，刻画出了一位骁勇善战、足智多谋、忠心义胆的蒙古将领形象。

“秉乾坤秀气清，凛冰雪丹心正”，起句是一句概括之词，表现了河南王的气骨和人格。秉受乾坤秀气，一片丹心似清洁冰雪，历来对于臣子来说，赤诚丹心是最高的评价，也是为人臣者的追求，这两句无疑是对河南王气格的最高赞颂。接着则分别对河南王的武略和文韬进行了刻画和赞美。作为武将，河南王能够领受天子、将领的军令，戎马倥偬、远战边疆。在边地寒冷严峻的形势之下，运筹谋划，平定边乱，也因此很快便位极人臣，领三公内省。从中可以读出河南王卜怜吉带确实于军事上有过人才能。作为军政大臣，他又满腹才华，于帐内指挥筹划，功名对于他来说几乎是唾手可得的事情，他也为国家立下汗马功劳，可堪比孔明之才略，亚夫之治军有度。曲家以汉家历史上最具有军事才华的功臣来比喻河南王，可见其赞誉程度之高。

由于是出征壮行之词，故最后一句虚写，仿佛看到了河南王平定南边战乱，凯歌还朝时意气风发的样子。这样的曲作在一片林泉丘壑的元曲中着实少见，全曲洋溢着乐观向上的气氛，也充满一个民族昂扬向上的精神。

张 养 浩

张养浩（1270—1329），字希孟，号云庄，山东济南人。与元明善、曹元用一起被时人称为“三俊”。少时才学过人，出仕后曾历任太子文学、监察御史、礼部侍郎、中书省参知政事等，后来辞官归隐。天历二年（1329），关中大旱，张养浩重新出仕，赈灾救饥，因积劳成疾，卒于任上，后被追封滨国公，谥文忠。怀着兼济天下的胸襟，张养浩为官时勤政爱民，闲居时也心怀时弊，这在他的曲作中反映得也比较明显。作为曲家，其散曲作品题材丰富、内容广泛，社会现实、政治、自然景致、缠绵爱情等，无所不包，其风格豪放、婉约与优美兼具，实乃散曲一大家。明人尹旻说他“风绰高致，节全始终，名留天地，齐鲁一人”，朱权在《太和正音谱》中说“张云庄之词，如玉树临风”，对其人品和曲品评价都很高。元人词曲有别集流传的仅有三人，其中之一便是张养浩，他的诗文集有《闲居类稿》，散曲作品集为《云庄休居自适小乐府》（简称《云庄乐府》）。

【双调】〔庆东原〕

鹤立花边玉，莺啼树杪弦①，喜沙鸥也解相留恋②。一个冲开锦川③，一个啼残翠烟④，一个飞上青天。诗句欲成时，满地云撩乱⑤。

注　释

① 树杪（miǎo）：即树梢。

② 解：明白，理解。

③ 锦川：锦江，此处未必实指，泛指锦绣河川。

④ 翠烟：青烟，烟霭。

⑤ 撩乱：纷乱，杂乱。

题 解

曲牌〔庆东原〕又名〔东庆园〕、〔郓城春〕，是【双调】宫中一支北曲曲牌。定格字数句式为“三、三、七、四、四、四、五、五”，可添加衬字，其字数句式有多种，此曲为其中一种。这支曲中很明显添加了较多衬字。〔庆东原〕亦存于词牌中，在元曲中多用。本曲押“先天”韵，平仄通押。

这支〔庆东原〕大概是至治元年（1321）到天历二年（1329）之间，曲家闲居在家八年期间所作，记其闲逸的生活和轻快的精神状态。

赏 析

这支〔庆东原〕描绘了一幅动态的春景图，图中灵动的自然生物或歌鸣，或飞动，为融融平静的春景增添了活泼的气息。

白鹤独立在花枝旁边，昂首抬步之间都充满优雅宁静的气息，似有玉之质性；黄莺在树梢上嘤鸣婉转，可堪喜悦的是，不怀机心的沙鸥仿佛也能明白“我”对它们的喜爱与留恋：白鹤游在水面上，划开一道浮萍，水波向后缓缓流动；黄莺嘹亮的啼声，响彻烟霭、云间；洁白的沙鸥展翅飞向天空，翱翔悠游。一只只水边禽鸟姿态各异，但是都自由自在、毫无拘束地徜徉在自然之中。作者捕捉到的，恰好是一瞬间的动景，意欲吟诗作赋记下这美景时，那即时的景致已然不再，但是正是那一瞬的景象让曲家感动和惊喜。就像陶渊明的《饮酒》所说：“此中有真意，欲辩已忘言。”就在他构思出诗句之时，白鹤、沙鸥们已经纷纷展翅，洁白的羽翼就像天上的云朵一般盘桓游动，无限的喜爱之情融于这最后的一幅画面中，意蕴悠长。

曲家善于发现生活中的美和令人解颜的瞬间，并能够捕捉其动态的细微美感，本身就是诗心之所在。在这支小令中，翠烟、青天、白鹤，色彩交融，形成清新明丽的景致。作者所选取的意象，如白鹤、莺、沙鸥，都是具有自然高洁品性的生灵，而他着意刻画的沙鸥，尤其具有不存世俗机心的清淡之交的象征，表明了曲家心怀纯净自然、不带任何功利之心的追求和向往。

这支小令中，作者的视线始终是移动的，看到的景致也是动态的，这样活动的生灵与静态的景物相结合，描画出一帧帧动静结合的景物画，呈现给读者的也是流动的山河，令人对如此自然风光心生无限向往。

【双调】〔折桂令〕

过金山寺①

长江浩浩西来②，水面云山③，山上楼台。山水相连，楼台相对，天与安排④。诗句成风烟动色⑤，酒杯倾天地忘怀。醉眼睁开，遥望蓬莱⑥，一半儿云遮，一半儿烟霾⑦。

注　释

① 金山寺：在今江苏镇江金山上，东晋元帝时创建，梁武帝时始设水陆法会，是佛教禅宗名寺。

② 浩浩：水流盛大、开阔的样子。

③ 云山：高耸入云的山。

④ 天与安排：听任天（自然）的布置，犹言天然造化而成。

⑤ 动色：谓风景的变化或变幻。

⑥ 蓬莱：即蓬莱仙岛，传说中蓬莱、方丈、瀛洲是东海上的三座仙岛，岛上有仙人和长生不老之药。

⑦ 霾：即埋，埋藏，隐藏。

题　解

曲牌〔折桂令〕属于【双调】宫，是一支北曲，又名〔广寒秋〕、〔蟾宫曲〕、〔蟾宫引〕、〔步蟾宫〕、〔天香引〕、〔秋风第一枝〕、〔折桂回〕。其定格的句式字数为“六、四、四、四、四、四、七、七、四、四、四”，第五句以后可增添四字句，其变格不一而足。本曲押“皆来”韵，平声韵。

此处金山寺，据“长江浩浩西来”一句，应是指江苏镇江金山寺。金山寺位于镇江西北的金山上，始建于东晋，高四十四米，依山就势，大门正对长江。延祐三年（1316），张养浩作为礼部侍郎为朝廷征船舶于泉南（今泉州），一路游历江、浙、闽诸地，大概这支〔折桂令〕便是作者此时途经金山寺所作。作者在赞赏、陶醉江南美景的同时，也隐隐流露出对仙道隐逸生活的向往。

赏 析

这支〔折桂令〕是一篇写景抒情之作，描写了作者途经金山寺时的所见。

站在高处眺望，滚滚长江浩浩荡荡由西而来，一派气势雄浑的景象。水中岛屿上的山峰高耸入云，山上楼台林立。这样水天一色、山水相接，楼台遥相呼应的朦胧大气景象，恐怕也只有自然造化安排而成了。金山寺因循山水走势而建，与自然和谐地融为一体，作者为这样辽阔、磅礴的景象感到震撼和惊奇。在这般流动的美景之中，诗思不及景致变化得快，诗句刚成，风吹烟动之下，眼前已经换了一片景色；一杯酒尽，似乎能够忘却天地万物的存在。此处大有庄子“坐忘”的意境，自然而然地达到一种“忘我”“忘万物”的境界，与万物融为一体，更毋庸说身外的功名利禄、烦恼得失。作者在这样辽远、旷阔的景致之中获得的是一种精神的宁静与饱满。

但是当“醉眼睁开”，心中向往的蓬莱仙岛却是“一半儿云遮，一半儿烟霾”。一方面是写金山寺周遭水云蒸腾、朦胧氤氲，犹如仙境；另一方面，也反映出作者追求逍遥仙境的不可实现。

曲家在写景之时，也隐隐透露出对人生的感悟与哲思。由眼前朦胧大气的景观不由得想到人的终极问题，怀有对长生仙道的向往，可回到现实之中，又对其遥遥不可追产生疑惑，这也是困惑很多传统文人的一个问题，如李白。

这支曲作的语言十分流畅和凝练，使用对偶、顶真等修辞，充满整饰的美感。所选意象缥缈开阔，潇洒飘逸，营造出大气磅礴、天地氤氲的宏伟灵动的意境。

【双调】〔沽美酒兼太平令〕

在官时只说闲①，得闲也又思官，直到教人做样看②。从前的试观，哪一个不遇灾难？　　楚大夫行吟泽畔③，伍将军血污衣冠④，乌江岸消磨了好汉⑤，咸阳市干休了丞相⑥。这几个百般，要安，不安，怎如俺五柳庄逍遥散诞⑦？

注　释

① 说闲：说着“去官得闲”这样的话。

② 做样：做样子，佯装。

③ 楚大夫：即屈原，屈原因做过楚国三闾大夫，故此处称“楚大夫”。屈原直言进谏，遭受谗言而被多次流放，最终抱石自沉汨罗江。《渔父》中有“屈原既放，游于江潭，行吟泽畔，颜色憔悴，形容枯槁”，故此曲中说“楚大夫行吟泽畔”。

④ 伍将军：即伍子胥，名员，字子胥，也称申胥，春秋末年吴国大夫，曾因劝谏吴王夫差灭越，而被吴国太宰伯嚭谗言，夫差赐属镂剑令其自杀。

⑤ 乌江岸：此处指项羽事迹。秦朝灭亡后，项羽和刘邦两派军事势力对峙，后来垓下一战中，项羽大败，自刎于乌江边，跟随他的将军们也非死即伤。消磨：磨灭。

⑥ 咸阳市：即咸阳街市；干休：了结。此处指李斯事迹。李斯曾为秦丞相，助秦统一天下、加强中央集权，最终被陷害，于秦二世时被腰斩于咸阳街市。

⑦ 五柳庄：此处代指隐居之地。晋陶渊明曾隐居，于门前植五棵柳树，并作《五柳先生传》，自称五柳先生。散诞：放诞不羁，逍遥自在。

题 解

〔沽美酒兼太平令〕是一支带过曲。曲牌〔沽美酒〕和〔太平令〕都是属于【双调】之中的北曲，这两支曲子常常连用。“兼”即相当于“带过曲”中的“带”“过”或“带过”。〔沽美酒〕的基本格式是“五、五、七、四、六”，共五句;〔太平令〕南曲中亦有之，属于【中吕】宫，北曲中的一般格式是“七、七、七、七、二、二、二、七”，共八句。本曲押“寒山”韵，“相”字“江阳”韵，或是失韵，或是因为断句有误。

这支曲子大概是作者八年隐居期间所作，表现在出仕与归隐之间的矛盾心理，以及出仕为官的险恶与艰难。

赏 析

传统儒家文人坚持“学而优则仕”的理念，“达则兼善天下，穷则独善其身”，作者也是如此，心怀天下，期冀能够尽自己的力量革除弊端，造福百姓。但是出仕为官，必定与自己幽静独善的文人气格相忤，两者不能兼美。于是就处于仕与不仕的矛盾与摇摆态度之中。

在这种矛盾心态之下，曲家联想到前代功勋卓著但是惨遭横祸的政治家、为官者：屈原一心为楚，最终被流放，投水而亡；伍子胥坚守吴国利益，被谗而遭赐剑自刎；项羽乌江战败，跟随他的将士们也多身死名灭；李斯政绩过人，最终还是惨遭腰斩。种种例子表明了官场仕途的艰难险恶，有的是君主见弃，有的是遭宵小谗言陷害，有的是功败身亡。如此结果，作者便想到还是回归山林丘壑的好，逍遥自在、不受拘束，也没有性命之忧。

虽然作者意识到了仕途的艰难险阻，但是实际中他还是选择了“为生民立命”，最终病卒于任上。大有“明知不可为而为之”的气概。

这支曲子语言质实朴素，胜在真诚。一则敢于表达真实无掩饰的想法，二则也道出了历代文人的心曲。其典故充满对历史的反思和总结，给人无限思索。

【中吕】〔十二月兼尧民歌〕

寒食道中

清明禁烟①，雨过郊原，三四株溪边杏桃，一两处墙里秋千。隐隐的如闻管弦②，却原来是流水溅溅。　　人家浑似武陵源③，烟霭蒙蒙淡春天④。游人马上袅金鞭⑤，野老田间话丰年⑥。山川，都来杖屦边⑦，早子称了闲居愿⑧。

注　释

① 禁烟：禁烟节，即寒食节，在清明节前几天，寒食期间不动烟火，只吃冷食。

② 管弦：管乐是箫、笛、笙等乐器，弦乐器则是琴、瑟等，此处“管弦”二字指代音乐。

③ 浑似：完全像。武陵源：陶渊明《桃花源记》中有武陵渔人误入桃花源，看到一与世隔绝之境。

④ 烟霭（ǎi）：烟雾，云雾。

⑤ 袅：谓轻轻摇晃。

⑥ 野老：村野老人。

⑦ 杖屦（jù）：手杖和鞋子。

⑧ 早子：趁早，赶早。

题 解

〔十二月兼尧民歌〕是一支带过曲。〔十二月〕和〔尧民歌〕同属于【中吕】宫，二者俱不单用作小令。带过曲中〔十二月〕的定格字数句式为“四、四、四、四、四、四”，经常在每句句首添加三个衬字;〔尧民歌〕的定格字数为“七、七、七、七、二、五、五”。一般带过曲的两支曲牌用“带”“过”或“带过”连接，这支曲子用“兼”接连。本曲押“先天”韵，平仄通押。

题目《寒食道中》，是作者寒食时节外出踏青所见所闻所感。

赏 析

作者在这支曲子中采用了移步换景的写法，变换一下立足点和视角，就看到一幅别样的景致，一路骑马行将过去，看到不同的乡野风光，引人向往。

清明寒食节气，一场春雨刚刚洒落，山原川谷在雨水的浸润下清新饱满。骑马行走在山野道中，一眼望去，几株桃杏盛开在溪水边上，隐隐地可以望见路边人家院子里悠悠的秋千。一路走来，看见的是春日里生机盎然、充满意趣的景致。忽然听到隐隐约约的音乐声，寻迹而来，原来是清脆朗然的流水声。在旖旎怡人的景色中，作者的心情也是轻快舒畅的。

后半部分〔尧民歌〕继而描写了乡间闲适静谧的生活。桃花树树，风景恬适怡人，住在此处的乡野人家简直就如陶渊明笔下的桃花源；烟霭袅袅，朦胧淡远，仿佛春色在这样的漫漫烟霭之中也淡了几分。游人骑在马上，金鞭袅袅，途经之处，看到的是笑吟吟的乡野老人散淡地谈论着这又是一个丰年。到此处，作者不禁想到，自己若能竹杖芒鞋，早些遂了自己归隐闲居的愿望多好。

此曲之中，曲家表达较多的还是对于闲居生活的向往，可是此时自己骑着马，金鞭袅袅，还是在仕途之中奔波忙碌。两种生活相比较之下，他就更加期待能够竹杖芒鞋，闲居乡里。

在他一路行来，是一幅幅山川秀美、花开水流的清新淡雅的景致，且随着游人的脚步而变换，是一篇写景佳作。

白　贲

白贲，生卒年不详，字无咎，号素轩，祖籍太原文水，居钱塘（今浙江杭州）。约活动于宋末元初。其父白珽为南宋遗民，因而白贲为当时“南人”。早年曾进京出仕中书省郎官，后遭不白之冤返回故乡，任平阳州教授、常州路知事等官职，郁郁潦倒，有才华而未能见大用。钟嗣成《录鬼簿》将他列在“前辈已死名公，有乐府行于世者”之列，朱权《太和正音谱》说他的词：“如太华孤峰，孑然独立，岿然挺出，若孤峰之插晴昊，使人莫不仰视也。”现存小令二首，完整套数三首，见于《阳春白雪》《乐府新声》等。白贲善画，他的散曲也老到沉稳，写景灵动深婉，写情闳约雅丽。

【正宫】〔鹦鹉曲〕

侬家鹦鹉洲边住①，是个不识字渔父。浪花中一叶扁舟②，睡煞江南烟雨③。【么】觉来时满眼青山④，抖擞绿蓑归去⑤。算从前错怨天公，甚也有安排我处⑥。

注　释

① 侬：自称，犹言“我”。鹦鹉洲：在今湖北武汉西南的长江之中，因汉末祢衡《鹦鹉赋》而得名，唐崔颢《黄鹤楼》中有“晴川历历汉阳树，芳草萋萋鹦鹉洲”句。

② 扁舟：小船。

③ 煞：语助词，表示程度深。睡煞，即长睡。

④ 觉（jué）来：醒来。

⑤ 抖擞：用手拿起来振拂。绿蓑：用草或棕制成的蓑衣，用来防雨。

⑥ 甚：副词，诚，真，确实。

题　解

这支〔鹦鹉曲〕有“么”（读如幺）篇，“么”篇就是按照原来的宫调重复写一遍。〔鹦鹉曲〕又名〔黑漆弩〕、〔学士吟〕，定格有八句，字数句式为“七、七、七、六、七、六、七、七”。本曲押“鱼模”韵，仄声韵。

白贲的〔鹦鹉曲〕在情旨和音韵上都高标独立，曾名噪一时，少有人及。这支曲子表现一己隐逸闲散之远怀。

赏　析

这支小令以渔父的口吻抒写不问俗务、置身山水之间逍遥自由的生活，表达了淡泊放旷、追求精神自由的情志。

“侬家鹦鹉洲边住，是个不识字渔父”，起句通俗简明，表明了作者的视角，点明了所要表现的环境和内容。渔父的生活并不总是每日奔波忙碌，而是一叶扁舟往来于江上绿波间，在江南朦胧的烟雨之中悠游自适，无事便酣然长眠，不问时间早晚，不问得鱼几何。酣眠之后精神抖擞，眼前也是青翠山水，悠然归去，心境畅快怡然。这是对渔父理想生活的描画。

如果说前面部分是对向往生活的勾画，末句“算从前错怨天公，甚也有安排我处”则是点睛之笔，将曲家的心志剖白无遗。也曾埋怨过、失落过，为自己郁郁不得志，没能找寻到正确的人生位置。而现在一叶扁舟逍遥江上，不为世事烦恼，闲适快乐，这才是他真正想追求的东西。

“渔父”的生活未必是实写，就像“渔樵”“林泉”一样，只是隐逸生活的借代。但是其中蕴含的自由无羁、淡泊自在的情怀，对世俗生活的厌倦，才是曲家真正的情志所在，也是一代文士高标脱俗的追求。

赵　雍

赵雍，生卒年不详，字仲穆，湖州（今属浙江）人。赵孟頫之子。赵雍书法绘画俱佳，真行草篆、山水人物皆善，常常能代替赵孟頫作书画以应酬。曾任昌国、海宁二州官，后又历任翰林待制、同知湖州路总管府事等，著有《赵待制稿》一卷。现存小令二首，见于《词综》《赵待制词》，今观读之，其风格柔腻委婉、情致悠长。

【黄钟】〔人月圆〕

人生能几浑如梦①，梦里奈愁何？别时犹记，眸盈秋水②，泪湿春罗。绿杨台榭，梨花院宇③，重想经过。水遥山远，鱼沉雁渺④，分外情多⑤！

注　释

① 浑：全，都。
② 秋水：清明澄澈的眼波。
③ 院宇：有院墙的屋宇，院落。
④ 鱼沉雁渺：鱼雁可传信，鱼沉雁渺则谓杳无音信。
⑤ 分外：格外，特别。

题　解

曲牌〔人月圆〕来源于词牌，其定格的字数句式为“七、

五、四、四、四、四、四、四、四、四、四”，用在散曲小令之中。宋代词人王诜的词中有“年年此夜，华灯盛照，人月圆时”的句子，故而以〔人月圆〕为名。又因为宋代词人吴激的词中有“江州司马，青衫泪湿，同是天涯”的句子，故又称〔青衫湿〕。本曲押“歌戈”韵，平仄通押。

这支〔人月圆〕恰是写人月不能圆的哀愁伤感，两相反比，令人哀愁无限。

赏 析

这支〔人月圆〕是从离人的角度来回忆与所恋女子离别的情景，那别离又勾起了曲家的离愁别恨，生出无限哀凄的愁闷。

我们常说“人生如梦”，作者也以人生如梦起句，但是笔锋一转，却是写如梦的人生对于愁情也无可奈何。这不禁使人好奇作者的愁又是什么呢？“别时犹记，眸盈秋水，泪湿春罗”，原来是离别相思之愁。离别时，她泪水盈盈，沾湿了春衫，依依不舍之情可见。那依傍着绿杨柳的台榭楼阁，那种植着溶溶梨花的院落，此时在离人心中是想要重温和经历的美好。但是，青山隐隐、远水迢迢两相阻隔，音讯也杳然难寻，这便在他心中生出无限感伤愁闷的情愫，引人泪下。在传统文化的语境之下，男性作家几乎皆遵循诗文正统，词曲不似诗文人道，反而给了他们更多抒写个人情绪的通道，表达更加私人化。

整支曲子缠绵婉转、雅丽纤秾，把远在万里之外的离人思念恋人、故土的情绪表现得缠绵悱恻、韵味悠长，感人至深。

郑光祖

郑光祖，生卒年不详，字德辉，平阳襄陵（今山西临汾襄汾县）人。曾经任杭州路吏，后葬于西湖边灵芝寺。钟嗣成在《录鬼簿》中将他列在“方今已亡名公才人”之中，为他作传，并作有《凌波曲》吊词。钟嗣成传曰：“光祖……为人方直，不妄与人交，故诸公多鄙之；久则见其情厚，而他人莫之及也。”可见郑光祖是一个深沉重情的人。周德清在《中原音韵·序》中以“字畅语俊，韵促音调”将他与关汉卿、白朴、马致远并称。朱权《太和正音谱》中说：“郑德辉之词，如九天珠玉。其词出语不凡，若咳唾落乎九天，临风而生珠玉，诚杰作也。”当时曲坛之上郑光祖的文采锦绣是广为人所称道的。今存小令六首，套数二首，并有杂剧《倩女离魂》《㑳梅香骗翰林风月》《王粲登楼》等，文采斐然、情辞并佳，被伶人们敬称为“郑老先生”。

【双调】〔蟾宫曲〕

梦中作

半窗幽梦微茫①，歌罢钱塘②，赋罢高唐③。风入罗帏，爽入疏棂④，月照纱窗。缥缈见梨花淡妆⑤，依稀闻兰麝余香⑥。唤起思量⑦，待不思量，怎不思量。

注 释

① 微茫：微弱朦胧，渺茫。

② 钱塘：即钱塘江，在下游钱塘段称为钱塘江。钱塘自古多佳话，《乐府广题》曰："苏小小，钱塘名倡也，盖南齐时人。西陵在钱塘江之西，歌云'西陵松柏下'是也。"《乐府诗集·杂歌谣辞》有《苏小小歌》："妾乘油壁车，郎骑青骢马。何处结同心，西陵松柏下。"此处以钱塘苏小小事代指梦中与恋人欢歌的场景。

③ 高唐：战国时楚国台观名，在云梦泽。宋玉写有《高唐赋》，楚王游高唐，夜有巫山神女自荐枕席，"王因幸之"。此处借指曲人梦见与恋人缱绻。

④ 疏棂：木框稀疏、格子比较大的窗户。

⑤ 梨花淡妆：女子的妆容像梨花一般淡雅素净，也可以理解为，"梨花"是比喻女子白皙秀雅的面庞，她微施淡妆。

⑥ 兰麝：兰花与麝香，都是香料。

⑦ 思量：想念，相思。

题 解

曲牌〔蟾宫曲〕属于【双调】宫，是一支北曲，又名〔广寒秋〕、〔折桂令〕、〔蟾宫引〕、〔步蟾宫〕、〔天香引〕、〔秋风第一枝〕、〔折桂回〕。其定格的句式字数为"六、四、四、四、四、四、七、七、四、四、四"，第五句以后可增添四字句，其变格不一而足。本曲押"江阳"韵，平仄通押。

这首《梦中作》表现了对"梦中人"的深切思念情绪。

赏 析

前人说"念君怜我梦相闻"，这支〔蟾宫曲〕也是曲人思念到极致，方在梦中与对方相会，梦醒时分的留恋更加引起相思之情和惆怅。

在朦胧迷茫的梦中，曲人仿佛见到了自己朝思暮念的女子，好像苏小小的歌声刚刚停歇，又好像才和神女欢会在高唐，他们度过了非常美好甜蜜的一段时光。这是对梦境感受的描述。但是好梦尚未能留人睡，清风入窗，他醒来，发现原来是夜半一梦，月明如水正照映在纱窗之上。此时他还沉浸在对缱绻情思的留恋之中，久久回味着梦境，仿佛还看得见梦中人如梨花般素净清丽的面庞，室内还萦绕着她的香味。这些都唤起他对伊人的思念之情，后一句“待不思量”尚且稍稍开解一番，但是怎么会不相思呢？越是故意淡化自己的情感，思念之情就越是强烈。

整支小曲分为三层。先是对梦境的虚写；再是梦初醒时分对梦境的留恋，以及发现是梦后的失落与惆怅；最后，是他清醒之后，因梦境而引发对梦中人真实的眷念和思念。层层递进的感情越来越打动人。无论所梦之人是否在现实中存在，小令中创造的意境朦胧优美、缥缈悠远，将梦境与梦醒之后的缱绻之情写得慵懒真挚，用司空图《诗品》中的“雾余水畔，红杏在林”来形容再恰当不过。加之情感饱满朦胧，语言清丽如月照流水，充满美感、令人神往。

周文质

周文质（？—1334），字仲彬，先祖原是浙江建德人，后来移居杭州。与钟嗣成相交二十年，钟嗣成《录鬼簿》将他列在“方今已亡名公才人”之中，并为之作传，说他“体貌清癯，学问渊博，资性工巧，文笔新奇。家世儒业，俯就路吏。善丹青，能歌舞，明曲调，谐音律”，是一位精通绘画、音乐、歌舞、词令的曲家，才华洋溢。现存小令四十三首，套数五首。朱权《太和正音谱》评他的词“如平原孤隼”。今观读其所存令曲，多咏物达情之作，风格清旷疏达，清丽动人。

【双调】〔折桂令〕

过多景楼

滔滔春水东流，天阔云闲，树渺禽幽①。山远横眉②，波平消雪，月缺沉钩③。桃蕊红妆渡口，梨花白点江头。何处离愁，人别层楼，我宿孤舟。

注　释

① 禽幽：禽鸟鸣声幽雅。

② 山远横眉：初春冰雪消融，山还未转绿，远山像女子黛墨色的眉。

③ 沉钩：垂钓用的弯钩，此处形容月缺如钩。

题解

曲牌〔折桂令〕属于【双调】宫，是一支北曲，又名〔广寒秋〕、〔蟾宫曲〕、〔蟾宫引〕、〔步蟾宫〕、〔天香引〕、〔秋风第一枝〕、〔折桂回〕。其定格的句式字数为“六、四、四、四、四、四、七、七、四、四、四”，第五句以后可增添四字句，其变格不一而足。本曲押“尤侯”韵，平声韵脚。

多景楼在今江苏镇江北固山甘露寺内，宋代郡守陈天麟在唐代临江亭的旧址上修建。古名北固楼，也被称作春秋楼、梳妆楼等。

赏析

这支〔折桂令〕写了离别后曲人暂时停泊在北固山下，黄昏时分，秀丽的江南景致反倒让他有了离别的愁绪。

初至多景楼下，放眼望去，滔滔江水缓缓东流去，天高云阔，远树渺渺，鸟鸣声声，啁啾怡人。四周的景致总之是一派春光。接着他又选取了几处特写景致：远山在初春时节，还未完全转为苍翠之色，黛墨的色泽就像女子秀丽的眉峰，将视线下移，则是波浪悠悠，水波白得就像初融的雪水，江水中倒映的弯弯的月牙儿宛如沉潜在水中的钓钩似的，这是以山为视线焦点的景。接下来将视线锁定在江头渡口：渡口桃花初绽，好像为此处景致点上了红妆；白色的梨花点点，若隐若现地点缀在江头，作者用写意的笔法画出了一幅怡人心怀的江边渡口风光。

但是最后一句笔锋突转，此时的自己，内心深处是这秀美景色也无法慰藉的离思别愁。自从别离之后，便孑然一身，独栖在一叶孤舟之中。乐景写哀情，便倍增其哀，外在的景色越是美好，越能衬托出作者内心的孤寂和哀愁。

这支小令写景从大处着笔，先是渲染整体环境，再具体到小景，渡口桃蕊、江头梨花，非常具有层次性。再是山色、月色、水色、花色，多种色彩交织，把江头景色的清新秀丽、勃勃生机描画得沁人心脾。

贯 云 石

贯云石（1286—1324），本名小云石海涯，畏兀儿（今称维吾尔族）人。忽必烈重臣阿里海涯之孙，父亲名为贯只哥，故取贯为姓，字浮岑，号酸斋、疏仙、成斋、芦花道人等，与“甜斋”徐再思并称，今人任讷（二北）编有《酸甜乐府》。贯云石文武俱全，最初因袭父亲官位，但是无心于仕宦，就让位于弟弟，跟从姚燧学文。到元仁宗朝，官拜翰林侍读学士、中奉大夫，但是他仍然无心仕途，称病辞官，隐居江南，与渔樵耕牧悠然为伴。钟嗣成《录鬼簿》将他列在“前辈已死名公，有乐府行于世者”之列，称为“贯酸斋学士”。贯云石的词作风格清新俊逸、清旷脱俗，“铁崖”杨维桢曾称赞他为“一代词伯”，朱权《太和正音谱》中则说：“贯酸斋之词，如天马脱羁。”历来受到很高评价。现存小令八十八首，套数十首，见于《太平乐府》《雍熙乐府》《词林摘艳》《元明小令钞》等。今观读其曲，风格清新明丽、俊逸超拔、委婉典雅，多体兼备。

【南吕】〔金字经〕

紫箫声初散①，玉炉香正浓②，凉月溶溶小院中③。从别来衾枕空④。游仙梦⑤，一帘梅雪风⑥。

注 释

① 紫箫声：传说萧史是秦穆公时人，善吹箫，能引来孔雀白鹤。秦穆公的女儿弄玉亦喜吹箫，秦穆公便以女妻之，萧史教弄玉学凤凰鸣

唱，引来凤凰，二人化作仙人而去。后来“紫箫”“吹箫”等也有好道之意。李白赠道士友人元丹丘的《凤吹笙曲》中就有“仙人十五爱吹笙，学得昆丘彩凤鸣”之句。

② 玉炉：道家炼丹炉。焚香、炼丹是道士生活的重要内容。

③ 溶溶：明净洁白的样子。

④ 衾枕：被子和枕头，泛指卧具。

⑤ 游仙梦：指梦中漫游仙界。《开元天宝遗事》记载，龟兹国进贡了一枚枕头，颜色如玛瑙，温润如玉，看起来朴素无奇。睡觉时枕着这枚枕头，会梦见十洲、三岛、四海、五湖，于是被称为“游仙枕”。

⑥ 梅雪风：吹过梅树和白雪的风，此处指雅洁清净之风。

题 解

〔金字经〕又称〔阅金经〕，是【南吕】宫中的一支曲牌。其定格的字数句式为“五、五、七、六、三、五”，或认为是“五、五、七、一、五、三、五”，二体皆有之。本曲押“东钟”韵，平声韵。

这支曲子是写飘逸超脱的神仙道化生活，充满奇幻色彩。

赏 析

这支〔金字经〕写了隐居的仙道生活，充满丰富浪漫的想象，将读者带入一个洁净无尘的高士生活之中。

起句是对生活环境的描写。才罢了紫箫声，炉中的香烟正袅袅升起，这是一位修道之人室内的生活场景。而将目光投向窗外，明净澄澈的月光洒满小院之中，整体营造的是一种朦胧、空灵、不染尘埃的澄澈意境，这宁静、雅洁的环境也为后文神秘飘逸的梦境创造了条件。夜晚的枕衾中不见道人，自然这是虚写，他的神思已经梦入神界，遨游仙境了，只余一帘清风微微拂动。

以游仙为主题的诗词早在《楚辞》中已经出现，六朝时郭璞的游仙诗尤为著名，或富贵而游仙，或困厄而游仙，以求在这种逍遥自在的情境之中追求一种超脱、不羁的人生境界，此曲作者亦是如此。

贯云石放弃仕途，选择了淡泊逍遥的隐居生活，这支小令则是其生活的一个侧面的反映。在隐居的简淡生活中追求淡泊、宁静、与世无争的状态。曲中所选的意象清洁澄明，也象征着曲家追求的境界是洁净飘逸、不落尘俗的，充满神秘与奇幻。

【双调】〔蟾宫曲〕

送春

问东君何处天涯①？落日啼鹃②，流水桃花。淡淡遥山，萋萋芳草③，隐隐残霞。随柳絮吹归那答④？趁游丝惹在谁家⑤？倦理琵琶，人倚秋千，月照窗纱。

注　释

① 东君：此处指司春之神。五行认为东方属木，主生长，对应的季节是春季。

② 啼鹃：传说古蜀国皇帝杜宇让位于臣子，自己则隐归山林，死后化为杜鹃日夜悲鸣直至啼出血来，而杜鹃啼鸣成为悲春的一个意象。

③ 萋萋：草木茂盛。

④ 那答：也作“哪答”，何处，哪儿。

⑤ 游丝：空中飘荡的蛛丝。

题　解

曲牌〔蟾宫曲〕属于【双调】宫，是一支北曲，又名〔广寒秋〕、〔折桂令〕、〔蟾宫引〕、〔步蟾宫〕、〔天香引〕、〔秋风第一枝〕、〔折桂回〕。其定格的句式字数为“七、四、四、四、四、四、六、六、四、四、四”，第五句以后可增添四字句，其变格不一而足。本曲押“家麻”韵，平仄通押。

题目《送春》，意为送别春天，这支曲子表达了曲家浓浓的惋春、惜春、伤春之情。

赏 析

伤春悲秋是我们文化中常见的一个主题，往往表现对于美好生命力的珍惜与对盛时不再的叹惋，这支〔蟾宫曲〕表达了惜春、叹春的淡淡闲愁。已是暮春时节，夏气渐热、草木繁茂的空气中多了一丝慵懒。而身处这样温软的时令中，难免有百无聊赖的情绪。

首句以问句直接点题，不知春神归于天涯何处，留下的只是一派残山剩水。而作者对于这暮春景象的描写却充满了流动的美感。是由近及远视线的转移：不见暮春景，先闻杜鹃啼，由“悲春”的杜鹃声破入，仿佛人的各种感官渐渐苏醒，眼前看到的景近是桃花流水，远是隐隐青山、浓浓草绿；视线向上移去，则是黄昏正至，残霞缕缕。这向晚的景象与春日的离去相互映衬，造成怅怅与慵懒的意境。

看到此番景象，曲中女主人公不禁又疑惑东君何处，与第一句“问东君何处天涯”相呼应，形成一咏三叹的情感气势。而“随柳絮吹归那答”“趁游丝惹在谁家”这两个问句连发，有种调侃的幽默意味，仿佛春神也像贪玩的人间少年一般，被牵绊在某处，忘记归来。

在暮春景象的层层铺垫之后，诗歌的女主人公才缓缓出现。也不待理琵琶，静静倚着秋千，从黄昏离去到月影初升，整个意境弥漫着一种静止、凝固的怅惘，对读者也极具感染力。

【双调】〔清江引〕

弃微名去来心快哉[①]，一笑白云外。知音三五人，痛饮何妨碍？醉袍袖舞嫌天地窄。

注 释

① 微名：微不足道的声名。快哉：称心，满足，畅快。

题 解

曲牌〔清江引〕，北曲又叫〔江儿水〕，属【双调】宫。共五句，定格的句式字数为“七、五、五、五、七”；南曲属【仙吕】宫，二者有别。本曲押“皆来”韵，仄声韵。

这支小令描写作者辞官以后的轻松心情，大有陶渊明《归去来兮辞》中返归东篱林下的急迫与喜悦之情。

赏 析

这支〔清江引〕极具抒情性，首句破入十分畅快，表达作者快意酣畅的情绪。“弃微名去来心快哉”，大有陶渊明“归去来兮”的决断，而在做出这一决定之后更是心情畅快，也为全曲铺设一个轻松豪迈的基调。下一句“一笑白云外”，更有放下重负之后的轻松，离开官场去追寻理想的生活，一笑便在万里白云外，与杜甫《闻官军收河南河北》中“即从巴峡穿巫峡，便下襄阳向洛阳”一句有异曲同工之妙，在愉悦的心境之下，仿佛前路漫漫不再枯燥，转眼间山海平。

在逃离仕宦生涯之后，接下来便是叙述自己的理想生活：知音三五人，不拘官场礼仪进退，醉酒当长歌，如《礼记·檀弓上》所说“人喜则斯陶，陶斯咏，咏斯犹，犹斯舞”。作者已然在自己的理想王国中达到精神的自由与喜悦。

若说元代多数文人是被迫隐居于林泉丘壑，多少带着对世事的不满与无奈，而贯云石则是自主放弃富贵豪奢的生活，选择与渔樵牧农为伴，陶醉于诗酒自然之中，更显其质性自然，难能可贵。

这支小令的情感一气贯之，曲家的精神气质流动其间，饱满、飞扬，给人以极大的感染力。

【中吕】〔醉高歌过红绣鞋〕

看别人鞍马上胡颜①，叹自己如尘世污眼②。英雄谁识男儿汉，岂肯向人行诉难？
阳气盛冰消北岸③，暮云遮日落西山，四时天气尚轮还④。秦甘罗疾发禄⑤，姜吕望晚登坛⑥，迟和疾时运里攒⑦。

注　释

① 胡颜：何颜，犹言有何面目，意思是极其羞愧。
② 污眼：弄脏眼睛，意谓不值得一看。
③ 阳气：暖气，生长之气。古人谓春天到来，阳气始生，万物开始生长。
④ 轮还：运行，轮流。
⑤ 秦甘罗：即甘罗，是战国时期秦国大臣甘茂之孙，自幼聪敏，十二岁时出使赵国，为秦赢得十数座城池，被秦王嬴政赐为上卿。发禄：即发迹，腾达。
⑥ 姜吕望：即姜子牙，也称吕尚、姜尚。姜子牙晚年曾经在渭水垂钓，西伯姬昌赏其才华，便车载而归，后来为周朝立下赫赫功勋。
⑦ 时运：人的凶吉遭际在时间里的变化。攒（zǎn）：通“攒”，积攒，蓄积。

题　解

〔醉高歌过红绣鞋〕是一支带过曲。〔醉高歌〕属于【中吕】宫，是一支北曲，其基本字数句式为“六、六、七、六”，常常与〔红绣鞋〕、〔喜春来〕、〔摊破喜春来〕合为带过曲；曲牌〔红绣鞋〕又称〔朱履曲〕，属【中吕】宫，用于剧曲、散曲套数和小令，北曲共有六句，一般的字数格式为“六、六、七、五、五、五”，可添加衬字，不一而足。本曲押“寒山”韵，平仄通押。

这支带过曲表现了曲家怀才不遇和时运不济的愤懑。

赏 析

在贯云石的散曲作品中，很少看到愤世之作，这支带过曲则一改平常，在自我否定之中表现出对抱负不施的气愤，但是又以运皆有其时来自我开解，批判抱怨的意味不甚浓烈。

起句“看别人鞍马上胡颜，叹自己如尘世污眼”，应是远大抱负未能施展，充满对自己的否定，甚至是以“尘世污眼”来形容。我们知道，贯云石仕途顺遂，即使一时不得意，也不至于“污眼”，而“胡颜”二字，则更多的是对自身的要求。作为“英雄”“男儿汉”，他也不屑于向人诉难，将一个倔强、满含委屈的男儿形象勾勒出来。前文表明不愿倾诉，后文则紧接着对自己进行开解。北岸冰冷，阳气盛时也自然消解，暮云遮时是因为日落西山，四季的时节是处于轮转运行中的。作者以自然现象的变化来比拟自己的遭际，使自己能够以平常心去看待。接着又举了两个历史人物腾达的例子来说明此理。甘罗少年时就腾达，而姜尚在白发苍苍之时才开始自己的政治生涯，以说明人的繁盛也自有其时运所在。如此一来，小令开始的愤懑之情就淡了许多。

曲中的情绪经历了由盛而弱的变化，虽然对时人不解英雄胸襟充满愤懑，但曲家在其中对自己进行了开解，使得这种气势没有延续下去。曲中用典故由自然而历史，“天马脱羁”，不受束缚，情感也收放自如。

乔 吉

乔吉（约1280—1345），字梦符，号笙鹤翁，又号惺惺道人，山西太原人，于江、浙、闽一带漂泊四十年。钟嗣成《录鬼簿》将他列在“方今已亡名公才人”之中，并为之作传，说他：“美容仪，能词章，以威严自饬，人敬之畏之。”乔吉早年积极追求仕进，渴望能够做出一番事业，但是怀才不遇，一直沉居下层，郁郁寥落，最终病卒。作为曲家，乔吉风格较为多样，或调笑戏谑，或风流蕴藉，或工巧典雅，时人对他赞誉极高，与张可久齐名并称。朱权《太和正音谱》说：“乔梦符之词，如神鳌鼓浪。若天吴跨神鳌，噀沫于大洋，波涛汹涌，截断众流之势。”言其散曲气势雄伟；李开先则说他的曲作：“蕴藉包含，风流调笑，种种出奇而不失之怪；多多益善而不失之繁；句句用俗而不失其为文。”即言他嬉笑怒骂，精巧工奇，又不失文雅。今存剧曲《两世姻缘》《扬州梦》《金钱记》三种，小令二百余首，套数十一首，见于《太平乐府》《乐府群玉》《乐府群珠》等。元人词曲有别集流传的仅有三人，其中之一便是乔吉，有《乔梦符小令》《文湖州集词》二集传于世。

【正宫】〔绿幺遍〕

自述

不占龙头选①，不入名贤传②。时时酒圣③，处处诗禅④，烟霞状元⑤，江湖醉仙，笑谈便是编修院⑥。留连，批风抹月四十年⑦。

注 释

① 龙头：史载汉魏时，华歆、管宁、邴原三人交好，被时人称为“一龙”，华歆为龙头，邴原为龙腹，管宁为龙尾。后来便用“龙头”来称呼状元或者才俊首领。柳永《鹤冲天》中曾经写过“黄金榜上，偶失龙头望”。

② 名贤：名流贤士。

③ 酒圣：称能够豪饮的人。

④ 诗禅：写诗以喻禅理，或诗中隐含的禅理。

⑤ 烟霞状元：谓总领山水自然的领袖。

⑥ 编修院：修史机构，宋朝开始设编修官，负责史传、文献等的修撰。

⑦ 批风抹月：即吟风弄月，文人诗家吟诗作对以状其闲适悠然的生活。

题 解

曲牌〔绿幺遍〕又名〔六幺遍〕，是【正宫】中的一支北曲，用于散曲套数和小令。但是本曲的字数句式与【仙吕】宫中的〔六幺遍〕较为接近，为“三、三、四、四、四、四、七、二、七”。本曲押“先天”韵，平仄通押。

这支曲子的题目是《自述》，即曲家自述寓居江湖四十年的生活。

赏 析

这支《自述》可以说是乔吉对自己半生江南生活的一个概述，虽然极尽调笑口吻却也不失其真实。

“不占龙头选，不入名贤传”，小令一开头，曲家便把自己从传统的读书进身、贤士名流之中排除出去，以表明自己走的不是以世事为务的道路。相反，自己的生活是饮酒作乐、参禅吟诗，以烟霞山水为伴侣，逍遥其间。笑谈之中，褒贬人物、批点历史，也似编修官了。“留连，批风抹月四十年”，可以说是对自己人生的概括了，流连光景、吟风弄月，半生忙而闲、闲而忙，在这样的一种状态之中度过。曲家的口吻看似闲淡，其中也包含着些许无奈。选取“龙头选”“名贤传”“状元”“编修院”这些仕途道路上所谓成功的代言词，来和自己的生活做比较，本身就包含着愤郁不平的心理，也便只好以逍遥流连的生活状态来自嘲、开解。所以说在看似佻达放旷的态度之中，也隐含了曲家一丝无奈和心酸。“批风抹月四十年”，一句话岂能概括一个人的一生？其间欲说还休的隐忍到口边也只是化作浅浅淡淡一句调笑之词罢了。

全曲多用对仗、叠词，营造出一种轻松、清淡的氛围，戏谑通俗，也能使人感受到隐藏其间的无奈。

【中吕】〔满庭芳〕

渔父词

秋江暮景，胭脂林障①，翡翠山屏②。几年罢却青云兴③，直泛沧溟④。卧御榻弯的腿疼⑤，坐羊皮惯得身轻⑥。风初定，丝纶慢整⑦，牵动一潭星。

注　释

① 胭脂林：胭脂，古时女子化妆用品，多为红色，一般用来点染腮红或者口唇。胭脂林指秋季变红的树林，也可以指夕阳染红的树林。

② 翡翠山：翡翠，玉石的一种，色彩鲜艳明丽，较多青绿色。翡翠山指翠绿的青山。

③ 青云兴：追求高官显位的兴致。青云，即指远大志向和抱负。

④ 沧溟：苍茫辽远的大海。

⑤ 御榻：皇帝的坐卧具，此处指华贵的高官的坐卧之处。

⑥ 羊皮：羊皮坐垫，指代舒适的坐卧用具。

⑦ 丝纶：钓丝，纶粗于丝线。

题　解

曲牌〔满庭芳〕是【中吕】宫中常用的一个曲调，南曲入【中吕】宫则为引子，因唐代吴融《废宅》中“几树好花闲白昼，满庭芳草易黄昏”而得名。与词调〔满庭芳〕相同，但在词中一般用双叠，用韵比较稀疏，在曲中则为单片，用韵较为稠密。其定格的基本字数句式为“四、四、四、七、四、七、七、三、四、五”，在曲中可以添加衬字。本曲押“庚青”韵，平仄通押。

《渔父词》本是唐代的教坊曲名，又名《渔父》《渔父引》《渔歌子》，后来演变成词牌、曲牌，以张志和的《渔歌子》最为有名，专写渔父简淡的生活和清雅恬静的情怀。

赏 析

这支《渔父词》承袭了以往的渔父词的内涵，既是写渔父来往于江河之上的生活方式，也是写徜徉在绿水青山之间的渔人清雅淡泊的心怀。

秋日的江林傍晚，夕阳照在渐渐变红的树林之上，仿佛一片片殷红的胭脂色的帷障，青翠的山峦重重叠叠，也犹如天然屏障。整个环境是一幅明丽、鲜艳、活泼的秋江暮景图。罢却了追求仕途高位的志向已经数年，而是驾着一叶小舟泛向江河湖海，逍遥自在。接着，是渔人生活与庙堂高位的一个对比：“卧御榻弯的腿疼，坐羊皮惯得身轻。”“卧御”带来的不仅仅是身体上的疲累、虚弱，更是精神上的束缚与困顿。对比之下，渔父的生活状态则是轻松恬静，淡泊快意。微风初定，夜幕渐渐降临，渔父慢慢收起钓竿，钓丝在水面上微微抖动，仿佛牵动了倒映在水中的星星。这句十分清奇特别，满含雅致的情思和诗意。

同样，这支《渔父词》抒发了曲家不愿为世俗之务所束缚，追求一种逍遥自适的生活的胸怀。语言清新可爱，娓娓道来，又充满灵动之感，尤其是最后一句，堪为点睛之笔。

【双调】〔折桂令〕

荆溪即事

问荆溪溪上人家①，为甚人家②，不种梅花？老树支门③，荒蒲绕岸④，苦竹圈笆⑤。寺无僧狐狸样瓦⑥，官无事乌鼠当衙⑦。白水黄沙，倚遍阑干，数尽啼鸦。

注　释

① 溪上：此处指溪边。

② 甚人家：什么样的人家。

③ 老树支门：老树枯木支架着门，谓门比较破败。

④ 荒蒲：荒杂地生长着的蒲草。

⑤ 苦竹：竹子的一种，其笋味道较苦。

⑥ 样：通“漾”，摇漾、荡漾。

⑦ 乌鼠当衙：谓吏治昏乱。

题　解

曲牌〔折桂令〕属于【双调】宫，是一支北曲，又名〔广寒秋〕、〔蟾宫曲〕、〔蟾宫引〕、〔步蟾宫〕、〔天香引〕、〔秋风第一枝〕、〔折桂回〕。其定格的句式字数为“六、四、四、四、四、四、七、七、四、四、四”，第五句以后可增添四字句，变格不一而足。本曲押“家麻”韵，平声韵脚。

这支〔折桂令〕的题目是《荆溪即事》，荆溪在晋陵荆溪（今江苏宜兴），自古荆溪一带多种植梅花，杨万里《雪夜寻梅》中有：“今年看梅荆溪西，玉为风骨雪为衣。”可见荆溪梅花远名之盛。曲家借对荆溪破败荒杂景象的描写来表现人民生活之荒凉惨淡，直接将矛头指向吏治腐败。

赏　析

小令开头便是一个“问”字，问荆溪边上所居人家，为甚不种梅花？在引起读者好奇发问的同时，也为后文埋下伏笔。

荆溪一带历来多种梅花，花团锦簇也是生活美好宁静的一种象征，而荆溪人家不种梅花就引起了曲家极大的讶异。再接着，便是对“不种梅花”人家景象的描写。老树枯枝支撑着破败的门户，荆溪岸边丛生着荒乱的蒲草，篱笆用苦竹编成。在古诗词中，苦竹一般与凄苦荒凉的环境联系在一起，如“苦竹寒声动秋月，独宿空帘归梦长”（李白《劳劳亭歌》），“住近湓江地低湿，黄芦苦竹绕宅生”（白居易《琵琶行》）等，可见荆溪人家生活已经残败至此。

接着，则是对造成人民生活如此困苦的原因的揭示，“寺无僧狐狸样瓦，官无事乌鼠当衙”，原来是因为统治者不管理、吏治腐败造成此等情状，直截了当地表达对统治者的讽刺和批评。言至此，曲家的忧愤之情难以排解，看着这荒凉残败的白水黄沙，倚遍阑干，也无济于事，只听见树梢乌鸦的阵阵鸣啼。

在乔吉众多的流连光景之作中，这支〔折桂令〕可以说是比较具有思想性的，曲家对现实社会生活做出了思考，并将矛头指向统治管理的腐败无能，直白而犀利。使用设问、比喻等修辞手法，语言真挚平易、通俗浅近，结尾又用啼鸦渲染环境，留给人无尽怅惘与遐思。

刘 时 中

刘时中，元代散曲家有两位刘时中，一名致，字时中，号逋斋，山西石州宁乡（今山西中阳县）人，曾官至待制，后辞官浪游，大致活动在元初；一刘时中为山东济南历城人，官至州判，生活在元末。今题名为刘时中的作品，存小令七十四首，套数四首，难以确定是否出自同一人之手，或哪一位刘时中之手。今观读其小令，风格明丽简洁、蕴藉典雅，或有叹世之作，幽愤慷慨。朱权在《太和正音谱》将刘时中列在“词林之英杰”中。

【中吕】〔山坡羊〕

侍牧庵先生西湖夜饮

微风不定，幽香成径，红云十里波千顷[①]。绮罗馨[②]，管弦清，兰舟直入空明镜[③]，碧天夜凉秋月冷。天，湖外影；湖，天上景。

注 释

① 红云：此处应是指湖中大片的红色荷花。

② 绮罗：华贵的丝织品或者丝绸。

③ 兰舟：以木兰木做的船，用作小船的美称。空明镜：空旷澄澈的镜子。

题 解

曲牌〔山坡羊〕又名〔山坡里羊〕、〔苏武持节〕，属【中吕】宫，常用于散曲小令。其基本的句式字数为“四、四、七、三、三、七、七、一、三、一、三”，可增添衬字。本曲押“庚青”韵，仄声韵脚。

这支小令的题目是《侍牧庵先生西湖夜饮》，即与牧庵先生一同夜饮于西湖之上所作，牧庵先生即元初大家姚燧，号牧庵。曲家曾得姚燧赏识，一直追随姚燧。

赏 析

小令刻画了一幅月光澄明、管弦袅袅之中的西湖夜饮图，将夜晚的西湖美景与畅游湖上的快意愉悦心情交融在一起，柔和舒逸。

夜晚的西子湖中，微风习习，吹人心怀，风中带着阵阵的幽香。红荷片片在眼前伸展，碧绿的水波一望无际。在这样舒适柔和的良夜，游人宴饮的小船缓缓驶入湖面，但闻得女子绮丽的衣裳散发出阵阵馨香，船上所奏之乐清雅宜人。此时，明月已经高高挂在天边，抛洒下袅袅清辉，水天一色、夜色微凉，行驶在湖面上的小船就像进入了一面空明澄澈的镜中一般，冲淡旷远。倒映在水中的天光就仿佛湖水的影子，而湖面之景也仿佛是天外仙境了。

这是一支记宴游的小令，但是丝毫不落俗套，将西湖夜景写得清洁、明净，仿如遗世而独立的仙道之境，碧海青天，空明而流光。夜游的小船与自然景致融为一体，形成了浑融、圆满的意境。曲中表现的也是清净、澄澈、雅洁的文人飘逸情怀，寄托了冲淡超逸、清远疏旷的襟怀，不禁使人心生向往与景仰。

“意在笔先，神余言外”（况周颐《蕙风词话》），这支小令字句之间充溢着曲家淡泊超逸的心志，以及神游物外的超然追求，语言清丽雅洁、高标俊逸，实为卓荦超诣。

【双调】〔折桂令〕

樵

正山寒黄独无苗①，听斤斧丁丁②，空谷潇潇③。有涧底荆薪④，淮南丛桂⑤，吾意堪樵。赤脚婢香粳旋捣⑥，长须奴野菜时挑。云暗山腰，水冱溪桥⑦，日暮归来，酒满山瓢⑧。

注　释

① 黄独：一种根茎类植物，遇霜雪时，则枯萎无苗。

② 斤斧丁丁（zhēngzhēng）：语出《诗经·小雅·伐木》："伐木丁丁，鸟鸣嘤嘤。"丁丁形容斧头伐木的声音。

③ 潇潇：形容空谷之中的回声。

④ 涧底荆薪：山涧底部的柴草。韦应物《寄全椒山中道士》中有句："涧底束荆薪，归来煮白石。"

⑤ 淮南丛桂：淮南，即淮南王刘安，其门客淮南小山有《招隐士》（或称是刘安自己所作），中有句曰："桂树丛生兮山之幽，偃蹇连蜷兮枝相缭……王孙兮归来，山中兮不可以久留。"表现对山中隐士才人的渴慕。

⑥ 赤脚婢：语出韩愈诗《寄卢仝》，中有"一奴长须不裹头，一婢赤脚老无齿"句，泛指奴仆。香粳：有香味的粳米。

⑦ 冱（hù）：冻结，滞流。

⑧ 山瓢：山野中人使用的水瓢，泛指简陋的饮器。

题　解

曲牌〔折桂令〕属于【双调】宫，是一支北曲，又名〔广寒秋〕、〔蟾宫曲〕、〔蟾宫引〕、〔步蟾宫〕、〔天香引〕、〔秋风第一枝〕、〔折桂回〕。其定格的句式字数为“六、四、四、四、四、四、七、七、四、四、四”，第五句以后可增添四字句，其变格不一而足。本曲押“萧豪”韵，平声韵脚。

这支曲子的题目是《樵》，表现了一位樵者隐士的生活。

赏析

一般写樵夫生活，我们会想到白居易的“可怜身上衣正单，心忧炭贱愿天寒”（《卖炭翁》），抑或朱买臣负薪读书，但是这支写樵夫生活的曲子充满衣食无忧、逍遥自在的气息，完全是一位高人隐士的避世生活。

起句交代了时令，已是深秋时分，远处传来丁丁当当的伐木之声，山谷之中是潇潇的回声。涧底荆薪、淮南丛桂，都是樵者想要砍伐的。“涧底荆薪”本身就是隐者可随意而拾取的，预示了他隐居山中的身份。而“淮南丛桂”则是淮南王《招隐士》中的句子，“王孙兮归来，山中兮不可以久留”，对隐居的贤人充满渴慕，但是曲中说“吾意堪樵”，则表明了归隐不出的坚决态度。下一句“赤脚婢香粳旋捣，长须奴野菜时挑”，更加表明曲中的樵者不是一般的樵夫，而是世外高人隐士，他的生活也是毋庸担忧的。粳米、野菜，完全是纯净、淡泊的山间生活。日暮时分，山间阴云黯淡，溪桥中水流滞沍，也透露出山间环境的清幽静美，伐木负薪的樵者回到家中，山瓢饮酒，也是一副安闲逸乐的状态。

曲中没有正面出现樵者的身影，但是一切景物都是由他观之、闻之，斤斧丁丁、空谷潇潇，云暗山腰、水沍溪桥，都是樵者眼中的山间景致。如王国维所说：“无我之境，以物观物，故不知何者为我，何者为物。”正是在不含曲中人主观情感态度的境况之下，冷静地表现他与静谧恬淡的山中生活之融合。

曲中的情绪非常平淡宁静，隐约透露出樵者对于环境的喜爱以及他的舒逸情怀。语言典雅蕴藉，郁郁文气充溢其间，使人感受到一种清淡静谧的美感。

阿鲁威

阿鲁威，生卒年不详，字叔重（一作叔仲），号东泉，人又称鲁东泉。蒙古族人，故其汉名又译作阿鲁灰、阿鲁翚（huī）等。曾在延祐年间任南剑太守，即延平路总管；至治年间任南泉州路总管；泰定年间任翰林侍讲学士。后来因受累蒙冤连坐，冤情明白之后闲居杭州。为人正直，散曲作品也情感深沉、格调雅丽，朱权《太和正音谱》中说："阿鲁威之词，如鹤唳青霄。"可见其清隽。今存小令十九首，见于《阳春白雪》《乐府群珠》《乐府群玉》等。

【双调】〔蟾宫曲〕

问人间谁是英雄？有酾酒临江①，横槊曹公②。紫盖黄旗③，多应借得，赤壁东风④。更惊起南阳卧龙⑤，便成名八阵图中⑥。鼎足三分⑦，一分西蜀，一分江东。

注释

① 酾（shī）酒：斟酒。

② 横槊（shuò）：横持长矛。形容气概雄伟的样子。

③ 紫盖黄旗：指现于斗牛之间的云气，古代术士附会为帝王符瑞的象征。

④ 赤壁东风：指东吴与西蜀联合借东风火烧曹船的事。

⑤ 南阳卧龙：指诸葛亮，为有才之士，时隐居河南南阳，人称"卧龙"。

⑥ 八阵图：打仗用兵的一种阵法，传为诸葛亮所创，杜甫作《八阵图》赞诸葛亮："功盖三分国，名成八阵图。"

⑦ 鼎足三分：指汉末天下三分，魏、蜀、吴各据一方的局势。

题 解

曲牌〔蟾宫曲〕属于【双调】宫，是一支北曲，又名〔广寒秋〕、〔折桂令〕、〔蟾宫引〕、〔步蟾宫〕、〔天香引〕、〔秋风第一枝〕、〔折桂回〕。其定格的句式字数为“七、四、四、四、四、四、六、六、四、四、四”，第五句以后可增添四字句，其变格不一而足。本曲押“东钟”韵，平声韵。

这支曲子旨在表现曲家对于英雄功业的思考和向往。

赏 析

这支〔蟾宫曲〕充满英雄气概，并没有从谁是谁非的历史角度去评判，而是吟咏了三国时期的诸位英杰豪雄，表达作者对英雄的向往和崇敬。

起句气势极为宏大，“问人间谁是英雄？”一方面为下文伏笔，一方面也引起读者思考。作者对“英雄”的认定就是“酾酒临江，横槊赋诗”（苏轼《赤壁赋》）的曹操，出现帝王符瑞的吴主，以及鸣则惊人的诸葛卧龙。三国时期，群雄逐鹿，曹操胸怀大略、东吴韬略横生、西蜀定计天下，各出奇招，意气风发。除却以谋略夺取天下的目的，三国时期面对人民艰苦的困境，群英誓要拯救苍生的向上的、勃发的意气，也是那个时代英雄主义豪情的一个来源。

作为一个性情豪迈的曲家，阿鲁威崇敬英雄气概不足为奇，但是放在特定的没有英雄的时代，那就是对英雄精神的一种呼吁与期待。在元朝诸文人高歌林泉丘壑、曲酒美人这般或避世，或徜徉的态度对比下，这支赞颂英雄豪杰的令曲着实独出一帜、令人振奋，整支曲中回荡的是一股勃发向上的英气，字里行间充溢着对英雄人物的敬仰和艳羡。

元一代的时代精神，除却关注现实民生之外，亦有积极奋发的开拓精神，这也构成了元曲中一股向上的力量，成为元曲中多彩的一部分。

薛 昂 夫

薛昂夫（约 1267—1359），西域人，其本名为薛超兀儿，又作薛超吾，字昂夫。据孙楷第《元曲家考略》载，薛昂夫先祖由西域内徙，迁至江西龙兴，后又居怀孟路（在今河南沁阳），他便取汉姓马，号九皋，因“薛”与“司”读音相近，他也被称为“司马昂夫”。作为西域贵族，曾历任江西省令史、太平路总管、衢州路总管等官职。更为显著的是他的词曲作品，一时为人称道。钟嗣成《录鬼簿》将他列在“方今名公”之列，并称此列曲家“高才重名，并于乐府留心”。朱权在《太和正音谱》中说“薛昂夫之词，如雪中翠竹”，“马昂夫之词，如秋兰独茂”，“马九皋之词，如松阴鹤鸣”。今观读其诗曲，流丽闲婉，俊朗飘逸，跌宕豪放，嬉笑怒骂皆可成词曲，着实自成高格。现存小令六十五首，套数三首，散见于《阳春白雪》《太平乐府》《词林摘艳》等。

【双调】〔湘妃怨〕

集句

几年无事傍江湖，醉倒黄公旧酒垆①。人间纵有伤心处②，也不到刘伶坟上土③，醉乡中不辨贤愚④。对风流人物⑤，看江山画图⑥，便醉倒何如？

注 释

① “几年”句：此句直接用了陆龟蒙《和袭美春夕酒醒》中的句子，原作是：“几年无事傍江湖，醉倒黄公旧酒垆。觉后不知明月上，满身花影倩人扶。”江湖：泛指四方各地，引申为退隐。黄公酒垆：魏晋时阮籍、嵇康等“竹林七贤”饮酒之处，此处指酒店、酒肆。

② “人间”句：此处是化用，高骈《句》中有“人间无限伤心事，不得尊前折一枝”；元好问《鹧鸪天》中也有“人间更有伤心处，奈得刘伶醉后何”一句。

③ “也不到”句：此句化李贺《将进酒》“劝君终日酩酊醉，酒不到刘伶坟上土”而来。刘伶：“竹林七贤”之一，放旷不羁而嗜酒。

④ “醉乡”句：此句化用白居易《对酒五首》“巧拙贤愚相是非，何如一醉尽忘机”一句。

⑤ 对风流人物：苏轼《念奴娇·赤壁怀古》中有“浪淘尽、千古风流人物”句。

⑥ 看江山画图：文天祥《题滕王阁》中有“日月四时黄道阔，江山一片画图长”句，宋赵彦端《虞美人》中也有“一醉中秋月，江山拟作画图临”句，“江山画图”在前人诗词中常用。

题 解

曲牌〔湘妃怨〕即〔水仙子〕，又称〔湘妃引〕、〔凌波曲〕、〔凌波仙〕、〔冯夷曲〕等，是【双调】宫中的一支北曲。其基本的字数句式为“七、七、七、六、七、三、三、四”，常与〔折桂令〕组成带过曲。本曲押“鱼模”韵，平声韵脚。

这支曲子题目是《集句》，顾名思义，是一首集句曲。所谓集句，就是直接借用，或者化用前人诗词曲句，重新组合，形成一首合辙押韵，意思、意境不同于原作的新的作品，重点在于其巧妙化用和组合。

赏 析

这支集句曲化用前人之句而来，但是形成了自己独特的意境，表现了曲家潇洒超脱、旷达豪放的胸襟。

"几年无事傍江湖，醉倒黄公旧酒垆"，可以说是原作的神韵犹在，表现曲家诗酒江湖、逍遥闲散的生活。即使人间有伤心烦恼之事，也便可借酒消愁，一醉方休。在醉中，哪管什么贤愚不肖。与潇洒风流人物相交，把这无尽江山作千里画图看，即使醉倒也无妨。

这支曲子的内容十分简明，曲家以潇洒流畅、俊逸飞动的笔触刻画出了一个悠游人间、于世事无所挂怀的风流逸士形象，轻松超拔，自然无拘束。这与元一朝大多因愤世嫉俗而产生的逍遥林泉的胸怀不同，而是发自内心的一种富足的潇洒情怀的流露，颇有唐人胸襟。

集句曲对曲家的诗词积淀修为要求很高，而本曲作者能够将不同的诗词融为一体，形成了一支浑融、流动而气息饱满的新的曲子，可见其才力之盛。整体风格豪放疏朗，于刻意之中达到工巧自然、无雕刻之痕的境界，着实超凡脱俗。

钟嗣成

钟嗣成（约1275—约1345），字继先，号丑斋，自署“古汴人”（今河南开封），寓居浙江杭州。曾攻明经科，但是屡次与心所违，于是闭门修身养志。钟嗣成叹惋同时的曲家不遇之愤懑，编《录鬼簿》录“前辈已死名公才人”和“方今名公”等有乐府和传奇流传在世者，为我们了解当时的元曲作家留下了宝贵材料。无名氏《录鬼簿续编》说他：“德业辉光，文行温润，人莫能及。善音律，能隐语……”钟嗣成曾以仕途为念，但是屡遭挫折，故而其写世情的散曲作品多愤世嫉俗的感慨，写景令曲也多优美淡泊之感，朱权《太和正音谱》说：“钟继先之词，如腾空宝气。”今存小令五十九首，套数一首，见于《乐府群玉》和《太平乐府》。

【南吕】〔骂玉郎过感皇恩采茶歌〕

四时佳兴·春

梅花漏泄阳和信①，才残腊又新春。东风北岸冰消尽。元夜过②，社日临③，中和近④。　天气氤氲⑤，花柳精神。驾香轮⑥，驰玉勒⑦，醉游人。清明过了⑧，飞絮纷纷。隔孤村，闻杜宇⑨，怨东君⑩。　叹芳辰，已三分，二分流水一分尘。寂寂落花伤暮景，萋萋芳草怕黄昏。

注　释

① 阳和信：阳和，温暖，春暖。阳和信，即春天到来的讯息。

② 元夜：即元宵节，亦称上元节，农历七月十五是中元节，十月十五是下元节。

③ 社日：古时祭祀土神的日子，有春社和秋社之分，一般在立春、立秋后第五个戊日，晏殊有词“燕子来时新社，梨花落后清明”，此曲中也是指春社。

④ 中和：即中和节，起源于唐代贞元年间，为农历二月初一，时百姓互赠瓜果谷物，祭祀春神句芒以及祈福等。

⑤ 氤氲（yīnyūn）：天地阴阳之气和合交会，此处是指天气温暖，有和谐之气。

⑥ 香轮：此处是马车的美称。

⑦ 玉勒：玉饰的马衔，此处借指马。

⑧ 清明：清明节，在阳历四月五日前后，是日民间有上坟扫墓、插柳、踏青、春游等活动。

⑨ 杜宇：传说古蜀国皇帝杜宇让位于臣子，自己则归隐山林，死后化为杜鹃日夜悲鸣直至啼出血来，因而杜宇也指杜鹃。

⑩ 东君：此处指司春之神。五行认为东方属木，主生长，对应的季节是春季。

题　解

〔骂玉郎过感皇恩采茶歌〕是元散曲中常见的一支带过曲，〔骂玉郎〕、〔感皇恩〕、〔采茶歌〕三支曲子都是【南吕】宫中的北曲。〔骂玉郎〕又名〔瑶华曲〕，〔感皇恩〕又名〔瑶华令〕，〔采茶歌〕又名〔楚江秋〕。其基本的字数句式为“七、五、七、三、三、三；四、四、三、三、三、四、四、三、三、三；三、三、七、七、七”，共二十一句，可适当增加衬字。本曲押“真文”韵，平仄通押。

这支带过曲旨在表现初春至暮春之景以及伤春之情。

赏　析

这支带过曲连缀了三个曲子，写了从春信初至到暮春时节的景象，表达了伤春、留恋春光的情绪。

〔骂玉郎〕一支是初春景象，梅花开放已经送来春天将至的讯息，而春天的脚步也非常匆忙，不知不觉腊月、新春已过，春风送暖、冰雪消融，初春的元宵节、社日和中和节也一个个临了又去。季节感在节日的氛围中更加鲜明，这一个个节日也象征着人们对万物复苏的春季的祈盼和美好向往。从“天气氤氲”句开始，〔感皇恩〕一支是对春正盛时、万物繁茂景象的描写。天气和暖，一派恬适融融的气氛，花柳繁盛，游人也在尽情地享受这醉人的春意。可是好景不能长久，“梨花落后清明”，清明一过，春意便开始凋零，杜鹃声声，有了暮春的衰残景象。最后一支〔采茶歌〕则是伤春之情。这美好的春景到最后也只是付与了流水与飞尘，一片飘零陨落的景象。寂静无声花落去，草木萋萋满目繁盛，一片“绿肥红瘦”的景象，给人繁花开败的失落之感。

这支带过曲不同于别的写春令曲，只截取春日的一个片段，而是将盼春、春至、暮春的过程完整地写出来，最后表达哀春、惋春的伤怀之情，大有一种“三春过后诸芳尽”的寥落之感。

周　　浩

周浩，生卒年、生平均不详。生活时间大概与钟嗣成同时。仅余一支小令，题于《录鬼簿》上。

【双调】〔蟾宫曲〕

题《录鬼簿》

想贞元朝士无多①，满目江山，日月如梭。上苑繁华②，西湖富贵，总付高歌。麒麟冢衣冠坎坷③，凤凰城人物蹉跎④。生待如何？死待如何？纸上清名⑤，万古难磨。

注　释

① 贞元朝：公元785—805年，贞元是唐德宗李适的年号。贞元年间有白居易、刘禹锡、孟郊、韩愈、李翱等才子汇集，一时成翰林一景。

② 上苑：即上林苑，是秦汉时期的皇家园林，秦朝始建，汉武帝建元三年（前138）扩建。司马相如有《上林赋》以吟咏上林苑的豪奢与繁华。

③ 麒麟：传说中的上古神兽，是祥瑞的象征。也用来比喻才能杰出之人或者王侯贵族。衣冠：官员的衣帽服饰，此处代指功成名就之路。

④ 凤凰城：此处指京城。蹉跎：虚度时光。

⑤ 清名：清美的名声、声誉。

题 解

曲牌〔蟾宫曲〕属于【双调】宫，是一支北曲，又名〔广寒秋〕、〔折桂令〕、〔蟾宫引〕、〔步蟾宫〕、〔天香引〕、〔秋风第一枝〕、〔折桂回〕。其定格的句式字数为“六、四、四、四、四、四、七、七、四、四、四”，第五句以后可增添四字句，其变格不一而足。本曲押“歌戈”韵，平仄通押。

这支〔蟾宫曲〕题目为《题〈录鬼簿〉》，是作者有感于钟嗣成《录鬼簿》中记载的“前辈名公已死才人”和“方今已亡名公才人”而作。《录鬼簿》中记载的元曲作家大都才华横溢，但是人生际遇坎坷。

赏 析

这支小令中，作者将留下才名的文士和权贵之人进行了比较，从历史的角度对人的价值进行了思考。

起句化用“当时朝士已无多”句来表明现今人才凋零，昔日济济一堂的名公才人已经零落殆尽，而时光飞逝，满目江山萧索，有种恍如隔世的沧桑之感。历史上那些辉煌时期，无论是繁华豪奢的汉唐都城，还是富庶如锦簇的杭州，都曾留存在人们的高歌与颂扬之中。但是，荣华富贵一旦消亡，就只剩下“荒冢一堆草没了”，在历史的大潮中被遗忘。接下来“生待如何？死待如何？”一句，是作者对生死的思考，生死当前，王侯将相和布衣贫寒是没有分别的。而对于文史留名的才人来说，不灭的是他们曾经留下的思想和文学的光辉，这是一时的富贵豪奢无法企及的。

元散曲多林泉丘壑的歌唱和愤世的讥刺，但是少有人站在历时的角度对人存在的价值做出思考，并探讨怎样的人生才是有意义的。本是有感于《录鬼簿》而作，但是这支小令严肃地表达了作者对于人的价值的思考，在当时是非常少见的，至今也对我们思考人生的意义有所启发。

周德清

周德清（1277—1365），字日湛，号挺斋，高安（今江西）人。据说是宋代词人周邦彦的后人。虽为南方人，但精通北方音韵，在北方语音的基础上编写了《中原音韵》，其曲韵部分主要将声韵规范为十九个韵部，“平分阴阳”“入派三声”，即将平声分为阴平（现代普通话的第一声）和阳平（第二声），将古入声分至平、上、去三声之内，奠定了音韵学的基础，被当时人誉为“天下正声”，《中原音韵》也是我国最早的一部曲韵专著。无名氏《录鬼簿续编》称他的令词是“不惟江南，实天下之独步也”。周德清现存的令曲语言典雅活泼，极具音乐美；咏史之作慷慨发声，正气凛然，无怪乎朱权《太和正音谱》说：“周德清之词，如玉笛横秋。”现存小令三十一首，套数三首，见于《太平乐府》《乐府群珠》等。

【正宫】〔塞鸿秋〕

浔阳即景

长江万里白如练①，淮山数点青如淀②。江帆几片疾如箭，山泉千尺飞如电。晚云都变露③，新月初学扇④，塞鸿一字来如线⑤。

注 释

① 白练：白色的熟绢。

② 淮山：在今安徽，此处指江淮一带的远山。淀：蓝淀，一种深蓝色的染料。

③ 晚云变露：指晚上的云雾凝结成露水。

④ 新月学扇：新月像扇子那样呈现半圆状。

⑤ 塞鸿：由边塞飞回的大雁。

题 解

曲牌〔塞鸿秋〕是【正宫】调中的一支北曲，用于剧曲、散曲套数和小令。其基本的句式字数为“七、七、七、七、五、五、七”。本曲押“先天”韵，仄声韵脚。

浔阳即今天的江西九江，根据曲子内容来判断，应是浔阳秋景。

赏 析

这支〔塞鸿秋〕描写了浔阳江头傍晚时分的秋景，江头清景空旷辽远，给人以舒适、怡悦之感。

站在江头远远望去，万里长江滚滚东流，清亮的水流宛如白练一般在山原之间飘动，水流尽头，点点的远山仿佛蓝淀染成一般，鲜明透亮。再看江面之上，来往的船只迅疾地飘过，江边山泉也滔滔汩汩、一倾而下。视线向上移动，傍晚江上的云雾渐渐飘散，晚间的露水也渐渐升了起来，给人微微的凉意。天空中的新月像打开的扇子一般，静静地悬挂着，而空中的塞鸿一字排开，渐渐向远处飞去，淡出视线。曲家在这里描绘的是一幅流动的秋景，山水清明、秋景爽朗，一切都仿佛处于透明的景致之中，给人轻快、清越之感。

江水白、淮山青，江水“静”、白帆动，曲家在这支小令之中使用色彩的鲜明对比，将浔阳江头的清新怡人秋景描画出来，仿佛一幅淡彩的水墨画，有高远之景，也有平远之景。同时在这幅画中，又有流动的景致，动静结合，表现了浔阳秋景活泼、生动的一面，又充满自然之中生命的律动，引人入胜。

作者在曲中句句使用比喻修辞，形象地表现了浔阳景致的特点。语言流丽活泼，音节一以贯之，充满音乐的律动之美。

【中吕】〔满庭芳〕

看岳王传

披文握武①，建中兴庙宇②，载青史图书。功成却被权臣妒③，正落奸谋。闪杀人望旌节中原士夫④，误杀人弃丘陵南渡銮舆⑤！钱塘路⑥，愁风怨雨，长是洒西湖⑦！

注　释

① 披文握武：披，批阅，展阅。握武，手握兵器。犹言岳飞文武双全。

② 中兴：宋高宗赵构重建宋王朝，到南宋初年积极抗金，这段历史被称为一次“中兴”，岳飞与韩世忠、张俊、刘光世被称为“中兴四将”。

③ 权臣：此处指秦桧、张俊等人。

④ 闪杀：苦煞，苦死。旌节：使者所持的节，以为凭信，此处指收复中原的军旗。

⑤ 丘陵：此处指坟墓。南渡銮舆：此处指宋王朝南渡之事，1127 年宋徽宗与宋钦宗被俘，钦宗的弟弟康王赵构逃往临安，建立新的政权，史称南宋。

⑥ 钱塘路：岳飞被赐死后，埋在钱塘门外九曲丛祠旁。

⑦ 西湖：宋孝宗即位之后，将岳飞以礼制改葬在西湖旁的栖霞岭。

题　解

曲牌〔满庭芳〕是【中吕】宫中常用的一个曲调，南曲入

【中吕】宫则为引子，因唐代吴融《废宅》中“几树好花闲白昼，满庭芳草易黄昏”而得名。与词调〔满庭芳〕相同，但在词中一般用双叠，用韵比较稀疏，在曲中则为单片，用韵较为稠密。其定格的基本字数句式为“四、四、四、七、四、七、七、三、四、五”，在曲中可以添加衬字。本曲押“鱼模”韵，平声韵脚。

这支小令诗文题目是《看岳王传》，此处《岳王传》应指的是《宋史·岳飞传》，岳飞因后来被宋孝宗追封为鄂王，故称“岳王”。

赏 析

这是一支咏史的小令，曲家在读史料记载的岳飞事迹时，产生无限感慨，不禁为英雄蒙受不平而扼腕叹息。

全曲是对岳飞一生事迹的概括，他修文习武，文韬武略兼备，作为“中兴四将”之一，为南宋王朝最初的稳定奠定坚实基础，也青史留名，为后世所称颂。但是就在抗金大业未成之时，岳飞被权臣所构陷，以“莫须有”的罪名所杀害。人们收复中原的热望又一次被击破，又有多少人在金兵占领中原之时不得不毁家弃庙，仓皇南渡。一个大将的陨落，不仅是一个朝代的损失，更重要的是岳飞承载了不屈辱求和、坚守民族气节的精神内涵，这一精神内涵是历来汉民族所认同和坚守的家国统一。

岳飞这一“莫须有”的冤狱时时为人所愤慨和叹息，也为英雄的陨落感到伤悲和愁闷。唐太宗李世民说：“以史为鉴，可以知兴替。”曲家在此读史感怀岳飞事，也并不仅仅是感慨而过，在对历史的慨叹和反思之中，以申来者，使得正义之气一脉延续。

赵 善 庆

赵善庆，生卒年不详，一作赵孟庆，字文贤，一作文宝，饶州乐平（今江西乐平）人。钟嗣成《录鬼簿》将他列在“方今才人相知者”，说他“善于卜术，任阴阳学正”。著有杂剧《教女兵》《七德舞》《村学堂》等八种，现今俱亡佚。现存小令二十九首，见于《乐府群玉》《乐府群珠》。今观读之，多写自然风光，其风格清新淡雅，语言清丽，如朱权《太和正音谱》所说，他的曲词“如蓝田美玉”。

【双调】〔落梅风〕

江楼晚眺

枫枯叶，柳瘦丝①，夕阳闲画阑十二②。望晴空莹然如片纸③，一行雁一行愁字④。

注 释

① 枯、瘦：皆为动词用法，意思是变得枯萎，变得癯瘦。

② 画阑：有雕饰的栏杆，或称装饰精美的栏杆。十二：虚指，犹言数量多。

③ 莹然：晶莹透彻的样了。

④ 雁字：大雁为候鸟，在迁徙的过程中常常成群作伴，排成“一”或“人”字形阵。

题 解

曲牌〔落梅风〕又称〔寿阳曲〕、〔落梅引〕，与南曲【小石调】中的引子不同。其基本的字数句式为“三、三、七、七、七”。本曲押“支思”韵，仄字韵脚。

这支〔落梅风〕的题目是《江楼晚眺》，谓曲家站在江边楼上眺望远景所见。

赏 析

这支〔落梅风〕以清淡自然的笔触描写了秋季江楼晚眺的景象，充满清新的空灵之感。

起句的“枫枯叶，柳瘦丝”本是枫叶枯、柳丝瘦，但是这一倒装手法使词句在陌生化后，有种别致的新奇之感。夕阳斜斜地照着，将温柔的霞光映射在栏杆上。“画阑十二”不禁使人联想到南朝乐府民歌《西洲曲》中的“阑干十二曲，垂手明如玉”，雅致秀丽。这句也照应了题目“远眺”。接下来作者将视线上移，看到的是秋季清爽辽远的晴空，透明晶莹，甚至轻薄如纸片。时而一行秋雁飞过，犹如在轻薄的纸张上面一行行书写着大字。自古鱼雁传书，秋雁书写的“愁”字，也自然与离别秋思有关。

作者所写“江楼远眺”之景，犹如一幅设色水墨画。枯枫、瘦柳、夕阳西下，是“深远”之景；天高云淡、雁字联联，是“高远”之景，视线由低到高，气象开阔、沁人心怀。而枫叶红、柳丝翠，都在夕阳下披上温柔旖旎的霞光，色彩的搭配和对比也使得景色活泼了不少。

傍晚时分登楼远眺，所谓“一切景语皆情语”，作者选择的秋季凉薄的意象多少使人能感受到他的怅怅之感，但是措辞的活泼、景色的清丽冲淡了这种愁绪，使人更多感受到逸然而出的美感。

【双调】〔折桂令〕

湖山堂

八窗开水月交光①，诗酒坛台，莺燕排场②。歌扇摇风，梨云飘雪③，粉黛生香④。红袖台已更旧邦⑤，白头民犹说新堂⑥。花妒幽芳，人换宫妆⑦，惟有湖山，不管兴亡。

注　释

① 八窗：此处指湖山堂四面所开八窗。

② 莺燕：代指歌姬舞女。排场：戏唱，舞台。

③ 梨云：指梨花。唐玄宗李隆基精通音律，曾选数百乐工宫女于梨园之中习音乐舞蹈，后来用“梨园”二字代称戏曲界。

④ 粉黛：古代女子化妆时敷面的白粉和画眉用的黛墨，此处代指歌姬舞女。

⑤ 红袖台：女子歌舞的舞台。

⑥ 白头民：白头人，谓旧朝遗民。元稹《行宫》诗中有“白头宫女在，闲坐说玄宗”之句。

⑦ 宫妆：宫中女子的化妆式样。

题　解

曲牌〔折桂令〕属于【双调】宫，是一支北曲，又名〔广寒秋〕、〔蟾宫曲〕、〔蟾宫引〕、〔步蟾宫〕、〔天香引〕、〔秋风第一枝〕、〔折桂回〕。其定格的句式字数为“六、四、四、四、四、

四、七、七、四、四、四”，第五句以后可增添四字句，其变格不一而足。本曲押“江阳”韵，平声韵脚。

这支〔折桂令〕的题目是《湖山堂》，即杭州西湖边的湖山堂，题为写景，实际上是怀古慨叹。

赏 析

杭州自古多风流人物，也因富庶繁华历来为人所称道。作为南宋都城，也增添了不少历史的厚重之感。

这支曲子的内容可分为两部分，前半部分写眼前之景，后半部分联想到历史，抒发作者的感慨之情。从湖山堂中望去，四面八窗洞开，月光洒在湖面之上，波光粼粼、水天一色，是一片朗然皓亮的景致。此时的西子湖边繁闹阜盛，诗酒宴席、莺歌燕舞，是一派歌扇款款、脂粉生香的温柔景象。旧时的歌舞亭台已然更替，白头遗民也陈说着这新建的亭堂，花儿还是那般热热闹闹地开着，可是旧时的宫妆已不再流行。时光流转，物换星移，所有的一切都已经消逝或改变了，只有这旧山湖还是原来的样子，不管时代的兴衰更替。

我国古人写景咏物时，尤其是唐代以后，总会怀着“文以载道”的理念，背负着诗文明道的责任，总会不自觉地去承担文学的社会功能，因而很少见纯粹的咏物或赏心乐事的作品。这支曲子也是，在歌咏眼前景致的同时，想到历史变迁的规律，生发出无限的感慨。一切都在变化，各个朝代在历史中兴衰演变，唯有这山水景致是相对永恒的。

这支小令的语言纤秾淡雅，在淡淡的闲愁之中将今昔对比的感慨娓娓道来，不流于苦涩深沉，含蓄而清雅。

马　谦　斋

马谦斋，名不详，谦斋可能是其字或号，生卒年、生平亦不详。张可久有《天净沙·马谦斋园亭》一曲，所以二人可能生活年代在同时期。由其作品可以推知，马谦斋早年曾在大都（今北京）做官，后挂冠归隐江南。他的令曲或表达对宦海沉浮的讥刺和厌倦，或写自然优美景致，清丽典雅，气度高标，颇有君子高远之怀抱。现存散曲十七首，见于《太平乐府》《乐府群珠》等。

【双调】〔水仙子〕

咏竹

贞姿不受雪霜侵①，直节亭亭易见心②。渭川风雨清吟枕③，花开时有凤寻④，文湖州是个知音⑤。春日临风醉，秋宵对月吟，舞闲阶碎影筛金⑥。

注　释

① 贞姿：坚贞的质性、资质。

② 亭亭：高耸、独立的样子。

③ 渭川：即渭水，古渭河流域盛产竹，姜太公曾经隐居于此，垂钓渭水之上。清吟：清雅的吟唱。

④ 有凤寻：传说鸾凤以竹实为食。《庄子·秋水》中说："夫鹓鶵，发于南海而飞于北海，非梧桐不止，非练食不食，非醴泉不饮。"鹓鶵与鸾凤是同类的鸟。

⑤ 文湖州：即文同，字与可，擅诗文书画，尤工竹，与苏轼为表兄弟。因曾就任湖州（今浙江吴兴），故人称“文湖州”。《宋史》赞他“襟韵洒落，如晴云秋月”。

⑥ 筛金：金，指光。此处谓月朗风摇，竹影婆娑。

题　解

曲牌〔水仙子〕又称〔湘妃怨〕、〔湘妃引〕、〔凌波曲〕、〔凌波仙〕、〔冯夷曲〕等，是【双调】宫中的一支北曲。其基本的字数句式为“七、七、七、六、七、三、三、四”，常与〔折桂令〕组成带过曲。本曲押“侵寻”韵，平声韵脚。

这支〔水仙子〕题目为《咏竹》，吟咏了竹的清高雅致。

赏　析

从《诗经》时代起，竹子这一意象逐渐成为中国文化中君子的象征，如“籊籊竹竿，以钓于淇”（《卫风·竹竿》）、“瞻彼淇奥，绿竹猗猗。有匪君子，如切如磋，如琢如磨”（《卫风·淇奥》）等，文人赋予了竹子温润、清隽、淡泊等美好品质，并将其作为人格的象征和追求目标。

这支小令也是从多个角度写了竹的美好品性，并以之喻人，折射出作者自己的人格追求和向往。起句“贞姿不受雪霜侵，直节亭亭易见心”，既是说竹不惧严寒、亭亭直立，也是在说自己不畏惧一切险恶污浊，光明磊落、心事昭然。“渭川风雨清吟枕”，翠竹“枕”着渭川风雨轻吟雅唱，清新飘逸，就像不汲汲于名利富贵的君子。我们说“桃李不言，下自成蹊”，竹子也是如此，竹实清雅洁净，不汲汲追求，也自有凤寻迹而来。同样，质实高洁的君子不必孜孜以求于闻达，也有高人雅士、明君贤臣相与结交。文与可善画竹，但并不以此寻求富贵，可以说是作者所追求的高洁人格了。最后一句“春日临风醉，秋宵对月吟，舞闲阶碎影筛金”，春醉秋吟、闲舞婆娑，既是竹子淡然潇洒的状态，也是作者所追求的生活理想：不汲汲于名利富贵，淡泊宁静，追求精神上的纯净、平和与飘逸，坚守自己高洁淡泊的人格。

竹飘逸清俊的形象引起人们美好的联想，也成为有追求的知识分子的象征，整支小令既说竹，也说人，竹的形象与人的气格融为一体，创造出清风朗月般的意境，令人无限神往。加上用典贴切、语言清雅，如光风霁月，大有宋人词的雅致。

张可久

张可久（约1280—1349后），一作久可，号小山，庆元（今浙江宁波鄞州）人。多辗转于江浙一带，大概与贯云石、卢挚等人同时，他们之间互相有曲作唱和。一生仕途不达，居于下僚，钟嗣成《录鬼簿》将他列在“方今才人相知者”之中，记载他曾经做过“路吏”“首领官”等这样的官职，一直不能得志。但是作为曲家，张可久的曲作别出一格，风格清丽、典雅、真挚，著有《今乐府》《吴盐》《苏堤渔唱》等集，文人大夫争相与之相交。“酸斋”贯云石为他的《今乐府》所作的序中说：“予寓武林，小山以乐府示余。临风清玩，击节而不自知，何其神也！……文丽而醇，音和而平，治世之音也。”朱权《太和正音谱》说：“张小山之词，如瑶天笙鹤。其词清而且丽，华而不艳，有不吃烟火食气，真可谓不羁之材。若被太华之仙风，招蓬莱之海月，诚词林之宗匠也。当以九方皋之眼相之。”对其词作的评价相当高。元人词曲有别集流传的仅有三人，其中之一便是张小山，有明汲古阁钞本《张小山北曲联乐府》以及明人李开先编的《张小山小令》等。甚至有人将散曲之有张可久与诗之有杜甫并提。

【黄钟】〔人月圆〕

山中书事

兴亡千古繁华梦，诗眼倦天涯[①]。孔林乔木[②]，吴宫蔓草[③]，楚庙寒鸦[④]。数间茅舍，藏书万卷，投老村家[⑤]。山中何事？松花酿酒[⑥]，春水煎茶。

注　释

① 诗眼：诗人之眼，即诗人的赏鉴力、观察力。

② 孔林：孔子及其后裔的墓园，在山东曲阜北门之外。

③ 吴宫：春秋时期吴王的宫殿，李白《登金陵凤凰台》中有“吴宫花草埋幽径，晋代衣冠成古丘”的句子。

④ 楚庙：楚人祭祀祖宗和神明的宗庙。

⑤ 投老：垂老，临老。

⑥ 松花：松树的花，《本草纲目》记载：“松花，别名松黄……润心肺，益气，除风止血。亦可酿酒。”

题　解

曲牌〔人月圆〕来源于词牌，其定格的字数句式为“七、五、四、四、四、四、四、四、四、四、四”，用在散曲小令之中。宋代词人王诜的词中有“年年此夜，华灯盛照，人月圆时”的句子，故而以〔人月圆〕为名。又因为宋代词人吴激的词中有“江州司马，青衫泪湿，同是天涯”的句子，故又称〔青衫湿〕。本曲押“家麻”韵，平声韵脚。

这支曲子题目虽为《山中书事》，但实际上是作者一边怀古，一边抒发自己归居山中的幽怀。

赏　析

这支小令之中有种老境之感，曲家在经历了“诗眼倦天涯”

之后，重新对历史进行审视，对自己的选择进行归置，寻求老境之心适意的生活。

起句议论，表达了自己对于古往今来兴盛衰败事迹的态度，千古繁华如梦一般。看透之后，诗人也已经倦怠。孔夫子“万世师表”，一代圣贤，历史变迁至今，昔人不再，只剩墓园中的乔木还繁硕茂盛；昔日繁华锦簇的吴王宫，至今蔓草萧瑟；同样，曾经盛极一时的楚国，至今也已是消亡在历史的长河之中，宗庙遗迹香火不再，只剩寒鸦成群。作者看来，一切过往的繁华最终也是归于零落，这就消解了去追逐繁盛人生的意志。

在这样的对比之下，自然而然就倾向于选择一种让自己精神宁静、舒适的生活方式。临老之时，归居于乡野山村，盖几间简单质朴的茅草屋，有万卷诗书做伴，怡然自得而快意地欣赏这山间风物景致。山中所事不是繁忙俗务，而是闲来取松花酿酒，汲春水烹茶，是一种十分闲散而雅致的闲居生活。

中国文人历来有归隐梦，希望回归山林，过一种宁静而充满诗意的生活，达到心境的饱满与平和，这是传统文人的一种气格。这一点对历尽人间沧桑的张可久来说，尤为显著。

这支小令使用今昔对比、兴衰对比的手法，表现历史兴亡的规律，也表达了作者老来追求平静、闲适生活的愿望。语言概括凝练、自然流畅，将山中生活的简淡、宁静和雅致写得诗意盎然，引人遐思。

【双调】〔清江引〕

秋怀

西风信来家万里[1]，问我归期未[2]？雁啼红叶天[3]，人醉黄花地[3]，芭蕉雨声秋梦里[5]。

注　释

① 西风：西面吹来的风，一般指秋风。

② 未：用于句末，表示疑问。

③ 红叶：秋天，枫、槭、黄栌等树的叶子都变成红色，统称红叶。

④ 黄花：菊花。

⑤ 芭蕉雨声：雨打在芭蕉叶上引人愁闷，林逋《宿洞霄宫》有“此夜芭蕉雨，何人枕上闻”句，葛胜仲《点绛唇》中也有“闲愁几许，梦逐芭蕉雨”，雨打芭蕉在古代诗词曲中成为烦愁难眠的一个意象。

题　解

曲牌〔清江引〕，北曲又叫〔江儿水〕，属【双调】宫，共五句，正格句式为“七、五、五、五、七”；南曲属【仙吕】宫，二者有别。本曲押“齐微”韵，仄声韵脚。

这支〔清江引〕的题目是《秋怀》，即表达秋日思归之情。

赏　析

这支〔清江引〕写了作者欲归家而不能的痛苦心情。在西风袅袅的深秋，诗人收到了家信，但是家在万里之外。家人问起归期，他自己也没有确定的答案。原本思乡的愁绪已经深藏在心中，加上得知家人翘首期盼自己的惆怅，这二者之外又增添了不知归期的迷惘。种种情绪叠加，使得诗人内心充满痛苦。

而声声雁啼的凄清又加剧了这种伤怀，故而只好借酒消愁，在梦里忘却自己的烦恼。

思乡之愁，思亲之念，自古便是萦绕在人们心中不可开解的情绪，此小令感情真切、令人动容。在结尾以景结情，虽然没有直写自己的忧愁，但是在黄花满地、雨滴芭蕉的凄凉意境中，将幽远绵长的愁思表现得淋漓尽致。

【越调】〔寨儿令〕

道士王中山操琴

傍翠阴，解尘襟[1]，婆娑小亭深又深[2]。轸玉徽金[3]，霞佩琼簪[4]，一操《醉翁吟》[5]。野猿啼雪满遥岑[6]，玄鹤鸣风过乔林[7]。休弹山水兴，难洗利名心。寻，何处有知音？

注　释

① 尘襟：沾染灰尘的襟袍，也指世俗的胸襟。

② 婆娑（pósuō）：木叶扶疏、纷披的样子。

③ 轸（zhěn）玉：此处指古琴上面的玉制弦柱。徽金：金饰的琴徽，亦用作琴徽的美称。琴徽是琴弦音位的标志。

④ 霞佩：云霞一般璀璨的佩饰。琼簪：玉簪。

⑤《醉翁吟》：古琴曲名，曲作者是宋代的古琴家沈遵，其灵感来源于欧阳修的《醉翁亭记》。

⑥ 遥岑（cén）：远处的小山崖。

⑦ 玄鹤：羽毛为玄黑色的鹤。乔林：树木高大的丛林。

题　解

曲牌〔寨儿令〕又称〔柳营曲〕，是【越调】宫中的一支北曲。基本的字数句式为“三、三、七、四、四、五、六、六、五、五、一、五”或“三、三、七、四、四、五、六、六、五、五、六”，可添加衬字。本曲押“侵寻”韵，平声韵脚。

这支曲题目是《道士王中山操琴》，写听琴之感想。道士王中山其人不可考，善琴，与张可久等一时文人雅士有交。

赏 析

这支小令不同于一般的散曲作品，是比较少见的描写听琴的曲子，由琴音带来的感受引起曲家的思考，也表现出琴师乐技的超拔。

《红楼梦》第八十六回，关于弹琴，林黛玉说："若要抚琴，必择静室高斋，或在层楼的上头，在林石的里面，或是山巅上，或是水涯上。再遇着那天地清和的时候，风清月朗，焚香静坐，心不外想。"可见，鼓琴时对于环境和听琴者都有很高要求。这支曲子所写亦不例外，起句先是写听琴的外在环境。在翠绿的浓荫之下，木叶纷披而下，幽深的小亭子之内，听者也脱去了沾染着尘迹的外袍，怀着恭敬纯净的心去聆听琴音。接下来是对琴和琴师的描写，"轸玉徽金"，是一把精美而雅致的古琴；琴师"霞佩琼簪"，飘逸超拔，宛若世外仙人。这些铺垫的描写之后，作为曲中重点的琴音便出场了。

王道士弹的是一曲《醉翁吟》，在曲中，作者听出了"野猿啼雪满遥岑，玄鹤鸣风过乔林"，那袅袅琴音给人的感觉，或如野猿啼鸣般哀凄，或如远山白雪般清凉，或似玄鹤鸣叫般清幽，或似风穿乔木般清亮，琴音婉转多变。作者此处使用了通感的修辞手法，使人从琴音中仿佛看到了野猿、远山、玄鹤、乔木等意象，也由音乐联系到感觉上的清凉触感。不仅仅是琴师技艺高超，引人入胜，作者的感受力和表现琴音的能力和手法也令人惊叹。

曲终之后，作者由此产生联想，一曲《醉翁吟》表现的是山水雅兴和居于山林之乐，但是这山水清兴之曲又怎能洗净尘俗之中追逐名利的心呢？琴师寻求的是知音之人，作者寻求的也是不怀机心、淡泊名利的知己好友。诸葛亮说"非淡泊无以明志"，作者此处也表明了自己不愿浸染世俗名利之心的高远心志。观读全曲，无疑作者是琴师的知音之人了，他听出了其中的山水雅兴和琴师的雅逸情怀，但是又怅怅于自己淡泊之交的零落。

这支曲子语言清新雅致、典雅工丽，实是婉约秾丽一格。通感手法的使用，将曲中意境扩大了许多，直至辽远宏阔。实是写音乐的佳作。

任　昱

任昱，生卒年不详，字则明，四明（今浙江宁波）人。与张可久、曹明善等为同时人，有唱和往来之作。任昱比较擅长七言诗，散曲作品也极佳，现存有小令五十九首，套数一首，时收于《乐府群玉》《乐府珠玉》之中。早年多与歌妓裙钗相交游，所写作品也多吟咏儿女情长，抒发一己幽怀等，今观读之，其风格流丽清新、自然畅达，也有的秾媚风流、细腻温软，较为婉约含蓄。朱权《太和正音谱》将他列在了“词林之英杰”之中。

【双调】〔折桂令〕

题情

盼春来又见春归，弹指光阴①，回首芳菲②。杨柳阴浓，章台路远③，汉水烟迷④。彩笔谁行画眉⑤？锦书不寄乌衣⑥。寂寞罗帏，愁上心头，人在天涯。

注　释

① 弹指：佛家用语，喻时间短暂。

② 芳菲：花草盛美的样子。

③ 章台路：西汉时长安城有章台街，是当时妓院集中之处，后来便以章台代指妓院等场所。

④ 汉水：即汉江，发源于今陕南。

⑤ 画眉：即张敞画眉的典故，《汉书》记载，时京兆尹张敞“为妇画眉，长安中传张京兆眉怃”，以此为佳话。

⑥ 锦书：锦字书，多用以指妻子给丈夫的表达思念之情的书信。前秦窦滔被流放，其妻苏蕙以锦织回文诗赠之以表达思念之情。乌衣：乌衣巷，在今南京秦淮河南岸。三国吴在此置乌衣营，因士兵着乌衣而得名。

题 解

曲牌〔折桂令〕属于【双调】宫，是一支北曲，又名〔广寒秋〕、〔蟾宫曲〕、〔蟾宫引〕、〔步蟾宫〕、〔天香引〕、〔秋风第一枝〕、〔折桂回〕。其定格的句式字数为“六、四、四、四、四、四、七、七、四、四、四”，第五句以后可增添四字句，其变格不一而足。本曲押“齐微”韵，末字“涯”为“家麻”韵。

题目是《题情》，闺怨题材，写一个女子对远人的思念、寂寞之情。

赏 析

这支小令大有婉约词的风味，从一个女子的角度来表现伤离别、思念对方和欸乃寂寞的情绪。

心心念念盼望着春天的到来，仿佛远人能够跟随春天而归来，春到来却又匆匆离去，时光匆忙，就在弹指一挥间消逝不见，骤然间，已是花木繁盛的季节。这样的时节使得曲中女主人公不禁想起了与恋人相离别的场景。他在杨柳章台路上越行越远，汉水茫茫，对方身影不知何处，难以望见。在这样离愁别绪之中，她孤寂一人，不禁伤怀，此时有谁来执笔为自己画眉呢？往日的相亲相敬已然不在眼前，而自己意欲寄诗书给对方也是不能了。一人独坐罗帏，愁闷不已，原因正是对方远在天涯，无法相见。

最后一句“人在天涯”与第一句相呼应，曲中女子盼春归，当春天已经离去时，她期盼和等待的人还没归来，两相对比之下，更加显得她等待的时间之久，也反映出内心的盼望之切。期盼与等待愈久，心中的愁情与烦闷就愈浓烈。

思念是一种古典而含蓄的情感，在今天的环境下或许难以体会无法相见、相言语的极致相思，因而古诗词中这种情感就显得更加珍贵和细腻，就像含苞未放的花蕾，隐秘而充满期待。曲中选择的意象都比较柔美旖旎，营造出的是细腻惆怅的意境，将女主人公的思念、寂寥之情衬托得别有情致、委婉动人。任昱以“男子作闺音”，但是全无隔阂忸怩之态，仿如一女子声气口吻，读来深切、真挚，感人至深。

【越调】〔寨儿令〕

书所见

眉黛浅，鬓云偏①，羞颜落色谁爱怜②？种玉无缘③，掷果徒然④，回首叹芳年⑤。碧波深不寄鱼笺⑥，翠衾寒犹带龙涎⑦。飞花残雨后，新月小窗前。天，斗帐恨孤眠⑧。

注　释

① 鬓云：形容女子鬓发美如乌云。

② 羞颜：羞涩的面容。落色：失色，褪色。

③ 种玉：《搜神记》故事，有时人杨伯雍纯孝，父母去世后葬在无终山，他便住在此山上。因山上无水，他便汲水上山，供行人饮用解渴。后来有一仙人赠予了他一斗石子，令他寻一地种之，并告诉他“玉当生其中”，又说“汝后当得好妇”。后来有徐氏女子，德行甚好，徐父戏说要一双玉璧为聘礼。他到所种玉田中，得五双玉璧，于是与徐氏女子结成连理。后来以“种玉”或“蓝田种玉”来比喻缔结良缘。

④ 掷果：《世说新语》中记载，潘安貌美有风姿，驾车出行时，妇女们会将瓜果投进他的车子里，把车都装满了。后来以“掷果”比喻女子对美男子的爱慕。

⑤ 芳年：美好的年岁；青春年华。

⑥ 鱼笺：代称书信。

⑦ 龙涎：即龙涎香，是抹香鲸的一种分泌物，从鲸体内排出，漂浮在海面或冲上海岸。香气持久，是十分名贵的香料。

⑧ 斗帐：小帐子，形状像倒放的斗，故称斗帐。

题解

曲牌〔寨儿令〕又称〔柳营曲〕，是【越调】宫中的一支北曲。基本的字数句式为“三、三、七、四、四、五、六、六、五、五、一、五”或“三、三、七、四、四、五、六、六、五、五、六”，可添加衬字。本曲押“先天”韵，平声韵脚。

这支小令题目是《书所见》，写自己所见在心中引起的触动，表现一个女子感叹年华易逝、情缘难成，因而自伤自怜的情绪。

赏析

这支曲子刻画的是一个青年女子怀春思嫁的心绪，细腻而含蓄。

起句便是对她外貌的刻画，“眉黛浅，鬓云偏”，选取的这两点细节就刻画出一个风姿美好的女子形象，也让人对她的美丽充满想象。接下来却笔锋一转，羞赧姣好的容颜即将失去光彩，可是又有谁来爱怜她呢？无人为她的姻缘创造条件，有爱慕的男子也是徒然，只好叹惋青春年华匆匆易逝。

由遐思回到眼前的生活，无书信可寄，隐隐嗅到衣襟上散发出幽幽的香气。将视线转移到室外，下过雨后，飘零的飞花已经凋残；小窗之外，一轮小月远远挂在天边。在这样微凉的夜晚，她还是一人惆怅孤寂而眠。大有《牡丹亭》中杜丽娘的情态，“俺的睡情谁见？则索要因循腼腆，想幽梦谁边，和春光暗流转。迁延，这衷怀哪处言？”深闺女子的心事隐秘而细腻。

可以想见，曲中女主人公在深闺之内沉思、徘徊，想到青春容颜易逝，想到姻缘难结，惆怅之中，仿佛时间流动得更慢了些。而雨后微凉的夜晚更加烘托出她心境的寂寞怅惘。

整支曲子语言工丽典雅、清新流畅，营造出了一个惆怅感伤的意境，将一个青年未嫁女子的担忧与伤怀刻画得细致入微，可见曲家对女性的理解之深切。全曲以细腻动人。

徐再思

徐再思，生卒年不详，字德可，因喜食甘饴，于是号“甜斋”，嘉兴（今属浙江）人。曾任嘉兴路吏。与张可久、贯云石为同时人，今人任二北将他与“酸斋”贯云石的散曲辑为《酸甜乐府》，二人并称。钟嗣成《录鬼簿》将他列入“方今才人相知者”之中。其散曲内容多闺情相思、自然景物、归隐幽居等题材，抒情深婉有致，风格清新秀丽，朱权《太和正音谱》说：“徐甜斋之词，如桂林秋月。”现存小令一百零三首，见于《太平乐府》《乐府群玉》《乐府群珠》等。

【黄钟】〔人月圆〕

甘露怀古

江皋楼观前朝寺①，秋色入秦淮②。败垣芳草，空廊落叶③，深砌苍苔。远人南去，夕阳西下，江水东来。木兰花在，山僧试问，知为谁开？

注　释

① 江皋楼：皋，江边的高地。江皋楼，指甘露寺一带的楼阁。

② 秦淮：即秦淮河，在今江苏，大部分处于南京市内，古名龙藏浦，汉代起称淮水，唐代改称秦淮。杜牧有“夜泊秦淮近酒家”诗句。

③ 空廊：即响屧廊，春秋时吴王建响屧廊，令西施等女子穿木屐从廊中走过，听其发出的响声。其遗址在今苏州西灵岩山。

题 解

曲牌〔人月圆〕来源于词牌，其定格的字数句式为“七、五、四、四、四、四、四、四、四、四、四”，用在散曲小令之中。宋代词人王诜的词中有“年年此夜，华灯盛照，人月圆时”的句子，故而以〔人月圆〕为名。又因为宋代词人吴激的词中有“江州司马，青衫泪湿，同是天涯”的句子，故又称〔青衫湿〕。本曲押“皆来”韵，平仄通押。

甘露寺坐落在江苏镇江的北固山上，因有孙刘联姻的传说而闻名，此曲应是作者在外漂泊十年期间游至此处而作。

赏 析

这是一支咏怀古迹之作，作者登镇江甘露寺旧址，看到眼前景致，不禁想到已经远远逝去的历史，在今昔对比之中产生时间的消亡之感。

起句曲家交代了自己的视角，“江皋楼观前朝寺”，站在高处观望前朝遗迹，秦淮河畔已经是草木凋零、秋色占尽，曾经富丽堂皇的楼台已化作断壁残垣，野草丛生；彼时莺歌燕舞、环佩往来的游廊也已经落满秋叶，无人问津；深深的台阶长满了苍苔。历史上曾经辉煌一时的古迹，如今秋气萧瑟、满眼苍凉，再也不见了当时繁盛景象。曲家一人飘零南去，只见夕阳西下，江水涛涛滚滚而来。见此处的木兰树还在，不禁问道：“知为谁开？”历史中的繁盛时代已经逝去，而被视为无情之物的草木却开落、枯荣，年年不休。在这历史的“短暂”与草木的“永恒”对比之下，更觉得人生无常。就如王羲之所说“后之视今，亦犹今之视昔”（《兰亭集序》），由此，也难以不想到自己，盛极一时的时代尚且如此，更何况微不足道的个体呢？

古代文人多怀古之作，其中蕴含的不只是对历史的感悟与思考，还有对个体、对人生存在的思考，意味隽永，引人深思。

【双调】〔蟾宫曲〕

春情

平生不会相思[1]，才会相思，便害相思。身似浮云，心如飞絮，气若游丝[2]。空一缕余香在此[3]，盼千金游子何之[4]。证候来时[5]，正是何时？灯半昏时，月半明时。

注　释

① 平生：平素，往常。

② 游丝：飘动着的蛛丝。

③ 余香：此处应是指恋人留下的信物或赠予女子的礼物，带着幽香的气味。

④ 何之：何去，去了哪里。

⑤ 证候：症状。

题　解

曲牌〔蟾宫曲〕属于【双调】宫，是一支北曲，又名〔广寒秋〕、〔折桂令〕、〔蟾宫引〕、〔步蟾宫〕、〔天香引〕、〔秋风第一枝〕、〔折桂回〕。其定格的句式字数为“六、四、四、四、四、四、七、七、四、四、四”，第五句以后可增添四字句。本曲押“支思”韵，平声韵。

这支曲子的题目是《春情》，表现一个深闺女子对恋人的思念情怀。

赏 析

徐再思善于描写闺情闺怨，这支曲子从一个深闺女子的角度出发，将她思念之时的微妙心理刻画得细腻缠绵。

起句“平生不会相思，才会相思，便害相思”，结尾三个“相思”连用，突出相思之切的同时，也创造出了一个朗朗如歌的韵脚。由此句可以读出，这是初恋少女的思念情愫，正是因为平素不会相思，所以才学会思念之时便以“相思”为病，痛苦不堪。深受相思折磨的女子是怎样的状态呢？“身似浮云，心如飞絮，气若游丝”，甚至已经没有心力去考虑别的事情了。浮云、飞絮、游丝，虽然缥缈无力，无法控制自己，但是也带着幽幽的温软，以这几件事物作比，曲中女主人公的心中也是充满温柔和甜蜜的吧。

由自己内心的思索缠绵回到眼前，对方留下的东西尚且散发着余香，但是人已离开，不知去往何处。自己由相思之病引起的痛苦症候什么时候最严重呢？“灯半昏时，月半明时”，夜深人静、昏暗不明的情状之下，人最容易产生感伤和惆怅之情，在感伤之中，曲中女子念及远去的恋人，更加怅惘伤怀，可谓人之常情。

李白《秋风词》写道：“入我相思门，知我相思苦。长相思兮长相忆，短相思兮无穷极。”这支曲子将闺中女子由思念而产生的百无聊赖又痛苦的情绪和其种种表现写得缠绵悱恻、真切感人。虽然是写相思苦，但是前三句和后三句用了相同的韵脚，音韵和谐优美，使之少了苦涩之情，反而多了些许美好和动人。

孙 周 卿

孙周卿，周卿或是其字，生卒年、名号以及生平皆不详。遵从《太平乐府》所记，隋树森认为他是“古邠人”，在今陕西彬县；孙楷第认为是“古汴”，即今河南开封。由其曲作判断，他曾经客旅湖南。现存小令二十三首，见于《太平乐府》《元明小令钞》等。今观读之，多写景、题情、自适之作，风格婉丽清新、明媚流畅。朱权《太和正音谱》将他列在“词林之英杰”中。

【双调】〔水仙子〕

舟中

孤舟夜泊洞庭边①，灯火青荧对客船②。朔风吹老梅花片③，推开篷雪满天④，诗豪与风雪争先⑤。雪片与风鏖战⑥，诗和雪缴缠⑦，一笑琅然⑧。

注　释

① 洞庭：即洞庭湖，在今湖南。

② 青荧：青光闪耀的样子。

③ 朔风：北风。

④ 篷：船篷。

⑤ 诗豪：一般称白居易为“诗豪”，此处指诗人中的豪杰。

⑥ 鏖（áo）战：激烈地战斗。

⑦ 缴（jiǎo）缠：纠缠、交织在一起。

⑧ 琅（láng）然：形容声音清朗明快。

题　解

曲牌〔水仙子〕又称〔湘妃怨〕、〔湘妃引〕、〔凌波曲〕、〔凌波仙〕、〔冯夷曲〕等，是【双调】宫中的一支北曲。其基本的字数句式为“七、七、七、六、七、三、三、四”，常与〔折桂令〕组成带过曲。本曲押“先天”韵，句句押韵，平仄通押。

这支〔水仙子〕题目是《舟中》，记载曲家泊舟在洞庭湖边时遇雪的景象。

赏　析

孤舟夜泊在洞庭湖，不意大雪纷飞，给本来就凄冷的环境增添了一层萧肃，但在曲家旷达豪放的胸怀之下，大雪天也变得充满生机和趣味。

起句是对孤舟夜泊的凄凉景象的描写。“孤舟夜泊洞庭边，灯火青荧对客船”，孤舟、夜泊，本就是寂寞的境况，一人独对青灯、夜宿客船，满是凄冷、惆怅的氛围。忽然间，隐约感到北风吹着梅花瓣儿飒飒飘落了下来，推开船篷，原来已经是白雪漫天的景象。这将本来处于沉闷之中的曲家唤醒了，不禁诗兴大发。北风吹雪，激烈飘摇，二者仿佛在进行一场鏖战，而曲家的诗意也随着这飘动的满天飞雪蓬勃涌起，得佳句时，不禁开怀朗笑。

曲家使用欲扬先抑的手法，先是写孤舟独泊的寂寥，接着笔锋一转，将北风吹雪的景象写得极为生动豪放。仿佛风雪之间进行着一场激烈的斗争，同时又为这自然景观生出豪情与诗情。在观赏风雪激战的过程中，曲家愁闷的情绪也一扫而空，敞开了胸襟，转忧为喜。

曲中语言自然清朗，又充满生机与活力，将最初的寂静与后来风雪起时的动景结合起来，也使整个画面动了起来，是一幅辽远、生动的风雪泊舟图。

王 元 鼎

王元鼎，生卒年、籍贯以及生平皆不甚详。与阿鲁威为同时人，大致生活在元延祐至泰定年间，曾官任翰林学士，与当时大都名伶顺时秀交好。朱权《太和正音谱》将他列入“词林之英杰”之中。现存小令七首，套数两首，见于《太平乐府》《梨园乐府》《乐府群珠》等，多是写景和闺情之作，风格清新明丽、缠绵旖旎。

【正宫】〔醉太平〕

寒食（其一）

声声啼乳鸦①，生叫破韶华②。夜深微雨润堤沙，香风万家。画楼洗净鸳鸯瓦③，彩绳半湿秋千架。觉来红日上窗纱，听街头卖杏花④。

注 释

① 乳鸦：即幼鸦。
② 韶华：此处指春光。
③ 鸳鸯瓦：指成对的屋瓦。
④ 卖杏花：卖花声，陆游《临安春雨初霁》中有“小楼一夜听春雨，深巷明朝卖杏花”的句子。

题 解

曲牌〔醉太平〕是【正宫】中的一支北曲，可用于小令、套数和剧曲。基本的字数句式为“四、四、七、四、七、七、七、四”，可增添衬字。本曲押“家麻”韵，平仄通押。

这支〔醉太平〕的题目是《寒食》，吟咏寒食节（一般在清明节前一两天）风光景致与生活情趣。

赏 析

这支〔醉太平〕描写了寒食时节春日里柔和美好、温暖和煦的景象，表现出曲家闲逸清雅的情怀。

起句“声声啼乳鸦，生叫破韶华”，以一声乳鸦的啼叫打破了春光，将读者引入一个清新活泼、充满春的生机的时节。而曲家所选取的“乳鸦”也带着春日里的新生力量，仿佛一切都是新的、朝气蓬勃的。微微的细雨“随风潜入夜”，浸润着万物，堤头白沙在微雨之后更加湿润可人。精美的画楼之上，成对的鸳鸯瓦也在这默默无声的春雨之中焕然一新，湿润洁净。园中的秋千彩绳沾着蒙蒙的雨雾，寒食时节，春花也已经盛开，春风携带着薰薰花香吹拂着城市千万人家。目光由室外转向室内，在这融融的春日里直睡到日上窗纱，远远听到深巷中卖杏花的声音，一派和煦温暖、静谧和谐的春光。

作者在曲中没有直接写人，但是这春天的声音、春天的色彩，春天的融和景象都在一个没有明写的曲中人的所闻所感之中，是一种“无我之境”，将融融春景更加无所限制地表现出来。尤其是最后一句，远远听得深巷之中传来杏花的叫卖声，让人将目光不仅仅限于一庭一院，而是联想到一城的花开，春光无限。

曲中将视觉与听觉结合起来，给人以春景的流动、活泼之感，语言温柔清新、明丽婉转，整个意境美好深致而富有韵味。

【正宫】〔醉太平〕

寒食（其二）

花飞时雨残，帘卷处春寒。夕阳楼上望长安①，洒西风泪眼。几时睚彻凄惶限②？几时盼得南来雁？几番和月凭阑干③？多情人未还④！

注　释

① 长安：今西安，古诗词中常常代指帝都或挂念的人所在之地。

② 睚（yá）彻：睚即看，睚彻，指结束凝目眺望的状态。凄惶：悲伤不安，凄凉。

③ 几番：几次，多少次。

④ 多情人：钟情之人，此处指曲中女子的恋人或丈夫。

题　解

本曲曲牌同上一支。押“寒山”韵，平仄通押。

题目亦与上一支相同，写了初春时节，一个女子满怀愁情，对于远方恋人的思念和期待。

赏　析

我国文化之中有“女伤春，士悲秋”的传统。由于移情和联想思维，女性在感知春日万物萌动、春光大好的同时，便联想到自身容颜易逝、孑然孤独的状态，从而引发思念或自伤自叹的情怀。这支曲子在表现女子春怀之情的同时，以春日消疏的景致衬托她的愁情。

起句“花飞时雨残，帘卷处春寒”，淅淅春雨之后，花谢花飞，春寒之气袭人，在对自然环境描写的同时，也为整支曲子奠定了一个哀凄的氛围。接着，曲中人就出现了，夕阳西下时分，一个女子站在高楼之上极目远眺，望着恋人所在的方向，不禁戚戚泪洒，此时的情感还是比较含蓄内敛的。接下来，“几时睚彻凄惶限？几时盼得南来雁？几番和月凭阑干？”三个问句连用，形成一个排比句式，将她心中的愁苦和伤情一倾而下，感情十分强烈。从中可以看出，她在这种等待和苦闷之中纠缠了很久，多少次期盼对方的讯息，又多少次月下凭栏，可是对方依旧久久未见归来。

“雁字回时，月满西楼”、“明月楼高休独倚，酒入愁肠，化作相思泪”，夕阳、大雁、月亮由于承载了相思离别的特殊含义，因而也在观者那里形成了触目惊心的效果。曲中女子便是，每每望见夕阳、月光，便次次勾起她伤远怀人的愁闷情绪，也形成一种景与人相融合的哀怨氛围。

这支曲子意境哀婉惆怅、婉转悱恻，语言洗练纤秾，的是闺情闺怨意味。

顾 德 润

顾德润，生卒年不详，字君泽（或作均泽），号九山，松江人。曾任杭州路吏、平江首领官。他极具才学，曾胸怀远志，后来一直生活困顿、郁郁不得志，而沉沦下僚，但是其才名和气格为相知文人所看重和激赏。朱权在《太和正音谱》中赞他："顾均泽之词，如雪中乔木。"是将他的词曲列为上品的。顾德润曾经将自己的作品编成《九山乐府》《诗隐》二集，售卖于市。今存小令八支，套数两首，见于《太平乐府》。观读其作，感慨之作含情颇深、愤世嫉俗，写景之作清隽明丽，着实为"雪中乔木"。

【中吕】〔醉高歌过摊破喜春来〕

旅中

长江远映青山，回首难穷望眼。扁舟来往蒹葭岸①，人憔悴云林又晚②。　　篱边黄菊经霜暗，囊底青蚨逐日悭③。破清思晚砧鸣④，断愁肠檐马韵⑤，惊客梦晓钟寒。归去难，修一缄⑥，回两字寄平安。

注　释

① 扁舟：小船。蒹葭：即芦荻，芦苇，因《诗经·秦风·蒹葭》中"蒹葭苍苍，白露为霜，所谓伊人，在水一方"一句，有在

水边思念故人之意，故后来也常用“蒹葭”来表示怀念之情。

② 云林：密集的树林，云林二字又代指隐居之所，如前人有诗句“当时只记入山深，青溪几度到云林”（王维）、“云林无俗恣，相对可终老”（张斛）等。

③ 青蚨（fú）：传说中的虫名。传说取其子，母即飞来，用青蚨母血涂钱八十一文，再用子血涂钱八十一文，买东西时或先用母钱，或先用子钱，这样母钱和子钱都能飞回。后来就用青蚨代指钱。悭（qiān）：缺乏，少。

④ 晚砧（zhēn）：古时洗衣要捶打衣物，砧是放衣服的石板，晚砧即傍晚时分的捣衣声。

⑤ 檐马：或称铁马、风铎，就是挂在房檐角上的风铃，古人用以占卜或判断风向，多以金属制成，也有玉质的。

⑥ 缄（jiān）：为书信封口，此处代指书信。

题 解

“过”即带过曲。“摊破”，就是将某一个曲调摊破一二句，增字衍声，变成另外一个新的曲调，但是仍旧用原来的调名。〔醉高歌〕属于【中吕】宫，是一支北曲，其基本字数句式为“六、六、七、六”，常常与〔红绣鞋〕、〔喜春来〕、〔摊破喜春来〕合为带过曲；〔摊破喜春来〕就是在原调〔喜春来〕的基础上增衍字词声调。〔喜春来〕，又称〔阳春曲〕、〔惜芳春〕，属【中吕】宫，一般的字数句式为“七、七、七、三、五”，可以添加衬字。本曲押“寒山”韵，平仄通押。

这支〔醉高歌过摊破喜春来〕如题《旅中》，写作者羁旅在外的困顿、低落和思念家人的惆怅心绪。

赏 析

作者在旅途之中所见所感勾起了他世事艰难的思绪，平生之志、生活困顿和远人思归的情感一时都涌上心头，感触万千。

青山倒映在江中，遥远迷茫、杳无边际，就像作者渺茫无望的心境；岸边白苇茫茫，江上小舟往来穿梭，密林渐暗，这黯淡之景又触动着作者此时的黯然心情，加深了他岁晚归家、隐逸闲居的念想。前半部分〔醉高歌〕是江边的大环境和对他的心境渲染，下半部分〔摊破喜春来〕则转向对岸上秋景和自我行迹的描绘。篱边曾经秾艳饱满的黄菊经霜之后已经变得暗淡，而远行在外的旅人也已经囊中羞涩，这里在用了“比”的手法之外，还象征着作者原来饱满的士气在长路漫漫和挫折之中变得委顿迷离，就像霜后的黄菊一般。

等到暂时安定下来时，为远行人准备衣物的砧声更加引起了他的思归之情。一夜听得檐角的风铃声声，不觉天已破晓，晓钟寒凉的声响也触动了他心中的愁思寒意。但是作者清楚地明白“归去难”，在情感脆弱和理性判断出现冲突之时，思归的情绪就越发显得苦闷和无法排解。而他唯一能做的就是修书一封，报得“平安”二字。此处的笔法也是不写之写，表面上写自己思归不能，但是修书寄平安也从侧面写出家人对自己的牵挂与思念。

这支带过曲在谱写时，有三条线索：一是移步换景的环境改变，从天色渐晚的江头到停歇之地，是从室外到室内；二是时间的推移，从江岸云林暗淡的傍晚到晚砧声鸣、到夜听檐马，再到听晓钟声寒，对不同时间段发生的事情的描写，从侧面反映出作者羁旅在外难以入睡的愁苦心境；三则是作者心境的一个变化，由“人憔悴”“青蚨悭”的感慨到“闻砧清思”，再到听檐马声声的愁断怀肠，最后是心曲稍解，且修书一封聊以慰藉乡愁归思。三条线索相互交织，又各自独立，形成一整个情景浑融、情景互见的意境，使得读者对曲家幽独凄苦的“旅中”处境和思归不能的愁情感同身受。加之选词用典清隽切贴，确有“雪中乔木”的气格。

曹　德

曹德，约生于元贞、大德年间，卒于元朝末年，字明善，衢州（今属浙江）人。曾出任衢州路吏、山东宪使等职。甘于自适，性格耿直，曾因写《清江引》讽刺权贵伯颜擅权专政、构陷朝臣，而被伯颜追捕，最后避居吴中，直到伯颜死后方返回京师。钟嗣成《录鬼簿》将他列在“方今才人相知者”之中，说他的令曲“华丽自然，不在小山之下”，与张可久比肩而称之，赞誉颇高；朱权《太和正音谱》将他列在“词林之英杰”中。今观读其曲，或愤慨激昂，或清新自然，风格多样。现存小令十八首，见于《乐府群玉》。

【中吕】〔喜春来〕

和则明韵

春云巧似山翁帽①，古柳横为独木桥。风微尘软落红飘②，沙岸好，草色上罗袍③。

注　释

① 山翁帽：村翁的帽子。西晋山涛之子山简，人称山翁，任诞不羁，醉酒时则倒戴“白接篱”（当时男子的一种头巾），倒骑着马回家。此处的“山翁帽”也可以解作山简的“白接篱”。

② 落红：落花。

③ 罗袍：罗衣，软丝织的外衣。

题 解

〔喜春来〕，又称〔阳春曲〕、〔惜芳春〕，属【中吕】宫。一般的字数句式为“七、七、七、三、五”，可以添加衬字。本曲句句押韵，押“萧豪”韵，平仄通押。

这支〔喜春来〕是作者与自己的朋友任昱（字则明）的唱和之曲，任昱的原作已经亡佚。

赏 析

这支〔喜春来〕是作者和曲组曲中的一支，描写了乡野沙岸的春日景象。

远望而去，春天洁白明丽的云朵飘荡若山翁的头巾，如此比喻，意趣无穷，也可以想见作者此时愉悦欢畅的心情。视线移到眼前之景，古柳为桥，横在溪流之上，微风清飏，时有落花款款飘坠；沙岸明净，一幅温柔平和的春日之景。最后一句，“草色上罗袍”，行人散步在春草中，罗衣缓缓拂草而过，仿佛那青翠的草色本就是衣上之色。衣袍与草色相辉相映，构成一幅极自然和谐的景象。

显然，这支小令采用移步换景的手法，每至一处，便是一处景，也就使曲的每一句都构成了一幅图画。使人如同跟随作者的脚步，一步一景，徜徉在山水自然、清风落花之中。整个意境自然浑成，清新明快。

【双调】〔沉醉东风〕

隐居

鸱夷革屈沉了伍胥[①]，江鱼腹葬送了三闾[②]。数间谏时[③]，独醒处[④]，岂是遭诛被放招伏[⑤]？一舸秋风去五湖[⑥]，也博个名传万古。

注 释

① 鸱（chī）夷革：马革或牛革做的筏子。伍胥：即伍子胥，也称申胥，春秋末年吴国大夫，曾因劝谏吴王夫差灭越，而被吴国太宰伯嚭谗言，夫差赐属镂剑令其自杀。伍子胥死前曾说："必树吾墓上以梓，令可以为器；而抉吾眼县吴东门之上，以观越寇之入灭吴也。"（《史记·伍子胥列传》）吴王大怒，令人以鸱夷革盛伍子胥尸首，浮于江上。

② 三闾：即三闾大夫屈原，曾劝谏楚王推行美政而被谗放逐，后楚国都城被攻陷，屈原抱石自沉汨罗江。

③ 数：屡次，多次。

④ 独醒：《楚辞·渔父》中有"举世皆浊我独清，众人皆醉我独醒"之句，《渔父》是否为屈原所作尚存疑。

⑤ 招伏：降服，制服。

⑥ 舸（gě）：舟，船。五湖：具体哪五湖说法不一，概指太湖附近的湖泊。春秋末年，范蠡助越王勾践灭吴复国，功成后弃官归隐，泛舟游于五湖之上。

题 解

〔沉醉东风〕是【双调】中的一支北曲，可用于剧曲、散曲套数和小令，最早见于南戏《张协状元》。其基本的字数格式是“六、六、三、三、七、七、七”，或有增添字。本曲押“鱼模”韵，平仄通押。

〔沉醉东风〕在元散曲中多表现隐居山林之乐。曹明善不满当时的丞相伯颜擅权，在张贴《长门柳》赋讽刺事件之后，藏匿隐居于江南。这支曲子大概是他隐居时期所作，虽然有姑且隐逸潇洒的自我劝慰之心，但是耿介之气一如既往。

赏 析

题目虽为《隐居》，但是这支小令的内容大有在无可奈何之中选择隐逸全身的意味，反而更加突显出不畏权势、不惧打压的反抗精神。

伍子胥目光长远，极力劝谏吴王反遭谗害，最终鸱夷革盛尸，漂流江河；屈原耿直忠贞，劝谏不从，国灭后沉江自溺。处于“举世皆浊我独清，众人皆醉我独醒”的污浊环境之中，理性和清醒的坚持是痛苦的，也容易给自己带来杀身之祸。但是就像作者所反问的那样，“岂是遭诛被放招伏”，杀身和流放都无法禁绝义士忠臣的劝谏之路。末句作者笔锋一转，劝慰自己还是隐逸归去，博一个千古淡泊清名。很明显，这是作者的反语，他的“隐居”不是自由意志的选择，而是为权贵所迫害，在这样的对比之中就更加突显朝政的黑暗以及对谏臣的迫害。

不同于以往的隐居内容，“泛舟五湖”不过是他暂且全身的举措。在这支小令中，作者的情绪是激昂、耿介、无所畏惧的，整体的精神态势也是激扬向上的，全无颓靡之气。孔子说“道不行，乘桴浮于海”，作者在这支曲中体现的正是这种选择，虽身在江湖林泉，但是心怀正气，不流于消极和精神的散淡，全见耿介气质。

高　克　礼

高克礼，生卒年不详，字敬臣，号秋泉，《元诗选癸集》里有高克礼诗，并说他是“河间（今河北沧州）人，荫官至庆元理官，治政以清静为务，不为苛刻，以简淡自处”。时人贾仲明在吊词《凌波仙·吊高敬臣》中说道：“文章习子瞻，任县宰才胜江淹。生子学双渐，娶妻如蔡琰，秋泉公归去陶潜。”可知，高克礼在庆元任后，走向了简淡的归隐生活。钟嗣成在《录鬼簿》中将他列在“方今才人相知者”之中，说他“小曲、乐府，极为工巧，人所不及”；同游诗人萨都剌也称赞他“美矣高夫子，能文武亦全。横琴弹夜月，洗剑动秋泉”；朱权在《太和正音谱》中将他列在“词林之英杰”中。可见，高克礼其人不仅擅诗书琴乐，而且多了武人的英气，在人格上也是淡泊宁静，质性洒脱，实为文武全才。

【越调】〔黄蔷薇过庆元贞〕

燕燕别无甚孝顺①，哥哥行在意殷勤②。玉纳子藤箱儿问肯③，便待要锦帐罗帏就亲。　諕得我惊急列蓦出卧房门④，他措支刺扯住我皂腰裙⑤，我软兀刺好话儿倒温存⑥：“一来怕夫人，情性哏⑦，二来怕误妾百年身⑧。”

注　释

① 燕燕：关汉卿的杂剧《调风月》中的婢女。孝顺：顺从，讨好。

② 哥哥行：哥哥那边儿，此处指夫人家的亲戚小千户。

③ 玉纳子藤箱儿：在《调风月》中，是小千户向燕燕求婚的礼物。玉

纳子为玉饰。问肯：中国古代结婚礼仪中的一个环节，问肯即是求亲。

④ 諕（xià）：古同“吓”，使害怕。惊急列蓦：惊惶，急忙。

⑤ 措支剌：元朝时的口语方言词，意为急忙地，惊慌失措地。

⑥ 软兀剌：元朝时的口语方言词，意为轻轻地，温言软语地。

⑦ 哏：古同“狠”，狠毒，凶恶的样子。

⑧ 百年身：按照从一而终的理念，此处指女子一生的幸福。

题 解

这支〔黄蔷薇过庆元贞〕是一支带过曲，〔黄蔷薇〕、〔庆元贞〕都是【越调】中的曲子，二者多用于剧曲和套数。〔黄蔷薇〕定格的字数句式为“五、五、六、六”，〔庆元贞〕定格为“七、七、七、二、三、五”，可增添衬字。本曲押“真文”韵，平声韵脚。

这支曲子截取了关汉卿杂剧《诈妮子调风月》第一折的一个片段，主母家亲戚小千户来住，燕燕作为婢女去服侍，小千户便软硬兼施使得燕燕委身于他。曲中写的是燕燕对小千户的拒绝。后来经过一番波折，燕燕成为小千户的小夫人（妾）。

赏 析

这支〔黄蔷薇过庆元贞〕写了婢女燕燕在强势的小千户的调戏之下的反应，表现了当时下层青年女子面对诱惑对自己巧妙的保护。

“燕燕别无甚孝顺，哥哥行在意殷勤”，是以燕燕的口吻写出对小千户的拒绝，对于“哥哥行”的殷勤，燕燕说自己是无以为报的，这也是她的开解之词。他送给燕燕“玉纳子藤箱儿”求亲，以欺骗燕燕委身于他，在被扯住皂腰裙，胁迫难下之时，燕燕本该害怕或者就范，但是她反倒温言软语地从情理上对小千户进行说服：一是主家夫人性情狠毒，如此做恐怕会招责打；二是如果小千户不能娶燕燕，则会毁掉她的终身幸福。燕燕巧妙地把矛盾从自己身上转移开，既不使小千户恼羞成怒，又保护了自己。燕燕身上带有下层劳动女子的狡黠和聪明，同时也有通过婚姻改变自己地位的幻想，这些都使得她不得不在主家面前百般周旋、巧用智计。杂剧中后来小千户另娶“莺莺小姐”则证实了燕燕对自己的保护和对小千户贞信的质疑是不无道理的。

曲中多夹杂当时口语，虽说是截取片段，但是语言仍大有“本色派”通俗质朴、自然平实的特点，将一个伶牙俐齿、聪明活泼的燕燕形象不输原作地呈现出来，也从侧面表现出关汉卿杂剧的影响力之深。

吕止庵

吕止庵，生卒年、字号以及生平皆不详。现存小令三十三首，套数四首，见于《太平乐府》《阳春白雪》以及《词林摘艳》。今观读其散曲，绮丽明朗，色调明快，婉约有致，朱权《太和正音谱》中评价他的曲词“如晴霞结绮”。

【商调】〔知秋令〕

为董针姑作

心间事，肠断时，醉墨写乌丝①。千金字②，织锦词③。绣针儿，不比莺儿燕子④。

注　释

① 醉墨：醉中所作的诗画，此处是对所写诗字的美称。乌丝：即乌丝栏，以乌丝织成栏，其间用朱墨界行的绢素，后来用来指称有墨线格子的笺纸。

② 千金字：典出吕不韦，吕不韦与其门客作《吕氏春秋》，令挂在咸阳市门之上，有能够增减一字者，赏金千金，后称“一字千金”。后来人们也用“千金字”指妙文佳作。

③ 织锦词：指回文锦字书。前秦窦滔被流放，其妻苏蕙以锦织回文诗赠之，于是后世以“锦字”代称妻子寄给丈夫的信。此处指文辞秀美的诗词。

④ 莺儿燕子：黄莺燕子，多成双入对而栖而飞。也可代指众多美貌女子。

题 解

曲牌〔知秋令〕又名〔梧叶儿〕、〔碧梧秋〕，是【商调】宫中的一支北曲，可用于剧曲、套数和小令。基本定格为“三、三、五、三、三、三、七”，可添加衬字。本曲押“支思”韵，平仄通押。

这支〔知秋令〕题目是《为董针姑作》，针姑是古时的制衣之神，女子占卜时多向针姑求其灵验。此处的董针姑疑为一名姓董的缝衣绣女。

赏 析

这支小令表现了一个女子的闺怨春思，满含对良侣佳偶的向往之情，这种含蓄的思春之情使她心中充满痛苦。

心中的思念萦怀之时，使她愁苦断肠，便只好拿起笔墨抒写自己的愁怀，或许是写诗词以寄托自己的心意。即使写的是妙文佳语、一字千金，即使织的是回文妙锦，也徒劳无益，因不知何人可寄，也或许是她心中有恋慕之人，但因种种原因不能达成心愿。在心事的折磨下，她充满愁闷与痛苦。自己的“绣针”不比莺莺燕燕，那般曼舞轻歌，那般成双成对。

曲中表现的董针姑的自伤自怜之情，与秦韬玉的《贫女》诗颇有类似之处，“苦恨年年压金线，为他人作嫁衣裳”，对自己的恋情充满感伤与无奈。“绣针儿，不比莺儿燕子”，更是一语双关，既是自怜自己只有一支绣针，不可比于莺儿燕子；同时，以“绣针”自比，绣针也是孤零零一支，不比莺儿燕子成双作对。

这支曲子中表现的情感是十分朦胧含蓄的，曲家能够捕捉到女子这一细微的感伤情绪，实为不易。语言简约流畅，但是饱含情感，含蓄婉约。

景 元 启

景元启，生卒年、字号、籍贯皆不详，有的书上作“杲元启”，疑是误抄。现存小令十五首，套数一首，见于《太平乐府》《乐府群珠》《元明小令钞》等。朱权《太和正音谱》将他列在“词林之英杰”中。今观读其曲，多写闺情闺怨、悠游自适的生活以及抒发一己之情志胸怀，清雅幽艳兼具。

【中吕】〔上小楼〕

客情

欲黄昏梅梢月明，动离愁酒阑人静①。则被他檐铁声寒②，翠被难温，致令得倦客伤情。听山城③，又起更④，角声幽韵⑤，想他绣帏中和我一般孤另⑥。

注 释

① 酒阑：酒意浓重。

② 檐铁：即檐马，或称铁马、风铎，就是挂在房檐角上的风铃，多以金属制成，也有玉质的，古人用以占卜或判断风向。

③ 山城：此处指依山而建的城池。

④ 起更：旧时称五更中的一更天为起更。古人以“更”来说夜晚的时间，一更天为戌时，即现在的十九点到二十一点。

⑤ 角声：角即画角，形如竹筒，用竹木或者皮革做成，表面有彩绘。古时军中多用角声作为集合或吃饭的统一信号。

⑥ 孤另：孤零零，孤单。

题　解

曲牌〔上小楼〕属于【中吕】宫，名称来自词牌名，用于剧曲、散曲套数和小令。定格有九句，其字数句式为“四、四、四、四、四、三、三、四、七”，可添加衬字，其增减不一而足。本曲押“庚青”韵，平仄通押。

这首《客情》以远行人的角度表现对家中妻子或恋人的思念。

赏　析

这支〔上小楼〕题目为《客情》，即是表达自己客居在外的惆怅情绪。

近黄昏时分，明月已渐上梅梢，在寒冷的冬日里，人们已经早早回到温暖的室内，一派安静落寞的景象。而在这样的时节，勾起了独自客居在外的作者的离别情绪，不禁借酒浇愁。长夜漫漫，仿佛也将他的愁绪拉长了一般，在安静的环境下，更容易心生孤寂之感。屋檐角的风铃声声是那样冷清孤单，而室内床被寒冷难眠，这些境况使得本来在羁旅中深感倦怠的曲人更加难以忍受。

这样一直持续到起更时分，幽幽的角声又引起了他的愁苦情绪。而这种愁苦不禁使他想到了远别之人，“伊人”在绣帐之中应该也和自己一样孤单难眠吧。此处是写对女子的思念，但是不直接写，而是通过对对方境况的想象来表现自己深挚的思念和眷恋，营造出“断肠人忆断肠人”的气氛，可谓是“一种相思，两处闲愁”。

天涯倦客的情思，一是羁旅在外的苦楚心酸，另一层则是对家人的思念。两种情思重叠在一起，把倦客的处境写得真实感人；同时，以虚写的方式表达对恋人质朴真挚的思念。这支小令也善于写声音，通过宁静中孤寒的零落之音来衬托心境的落寞和愁苦。全曲以情动人。

【双调】〔殿前欢〕

梅花

月如牙，早庭前疏影印窗纱。逃禅老笔应难画①，别样清佳②。据胡床再看咱③，山妻骂④：为甚情牵挂？大都来梅花是我⑤，我是梅花。

注　释

① 逃禅：指遁世而参禅。南宋画家杨无咎，号“逃禅老人”，擅画梅花。

② 别样：不同寻常，特别。

③ 胡床：一种坐具。看咱：犹言“看”，“咱”是助词，无意义。

④ 山妻：隐士的妻子，亦是面向外人对妻子的谦称。

⑤ 大都：大抵，大概。

题　解

曲牌〔殿前欢〕又名〔凤将雏〕、〔小妇孩儿〕、〔小凤孙儿〕、〔燕引雏〕，是【双调】宫中的一支北曲。定格的字数句式为“三、七、七、四、五、三、五、四、四”，可添加衬字。本曲押“家麻”韵，平仄通押。

这支曲子的题目是《梅花》，表现曲家的闲适生活和对梅花的喜爱。

赏析

梅花以其不畏严寒和雅洁历来为文人墨客所喜爱，尤其是林逋隐居孤山，尤爱梅花，以梅为妻，成为一时风雅佳话，梅花也成为隐士高洁淡泊品性的象征。这支〔殿前欢〕中即表现了作者对于梅花的喜爱之情以及淡泊闲适的隐居生活。

弯弯的月牙儿初升起，梅花疏淡的影子映在纱窗之上，摇摇曳曳。如此清雅秀美的月下梅花，恐怕是参禅的熟练画手也难以付诸笔下吧。靠着胡床流连不舍地向着窗儿上凝望观赏，不禁惹得妻子嗔怪，是什么情思牵挂着他呢？大概“我”便是梅花，梅花也是“我”吧。

作者曲中表现的是对梅花的一种痴迷，静静凝望着那窗纱上清雅疏淡的梅花影，到最后有一种“梅花是我，我是梅花”的感觉，大有“庄周梦蝶”的境界。其中隐含的不仅是曲家对于梅花外在的喜爱，更是对梅花内在气韵的赞赏。别样清佳，也是曲家清雅淡泊情怀的一种追求。“山妻骂”，也可见曲家的山居生活是十分融洽的，与家人和谐、自在地居于清淡宁静的处所。

曲中营造的是一个非常简约淡泊的生活环境，反映出曲家淡雅宁静、不染俗务的清幽怀抱。语言也十分简约流畅，雅致之中带着生动的口语，充满生活气息。

王 爱 山

王爱山，生卒年以及生平事迹皆不可考。隋树森《全元散曲》载王爱山“字敬甫，长安人”，如果所记属实，则王爱山为今陕西西安人。杨朝英所辑的《太平乐府》选其曲词，现存小令十四首。今观其所存曲，风格婉约细腻，清丽雅致，得宋人婉约词之风致。朱权《太和正音谱》将他列在“词林之英杰”中。

【中吕】〔上小楼〕

自适

开的眼便是山，那动脚便是水。绿水青山，翠壁丹崖①。可作屏帏②，乐心神③，净耳目，抽身隐逸，养平生浩然之气④。

注 释

① 翠壁：青翠的山壁。丹崖：朱红色绮丽的山崖。
② 屏帏：屏风帷帐。
③ 心神：心思，精神。
④ 浩然之气：出自《孟子·公孙丑上》，孟子说“我善养吾浩然之气”，“浩然之气”即坦荡刚正的胸襟。

题 解

曲牌〔上小楼〕属于【中吕】宫，名称来自词牌名，用于剧曲、散曲套数和小令。定格有九句，其字数句式为“四、四、四、四、四、三、三、四、七”，可添加衬字，其增减不一而足。本曲押“齐微”韵，平仄通押，“崖”字为“皆来”韵，或是断句有误，或是出韵。

这支曲子的题目是《自适》，即曲家悠游闲适、怡然自得的生活自况。

赏 析

这支小令写了曲家隐居于林泉丘壑之后，悠闲淡然、快意自适的生活光景，给人欣然向往之感。

“开的眼便是山，那动脚便是水”，曲家在起句对自己的生活环境进行了一个勾勒，睁眼抬脚便是山山水水，是完全自然和畅的环境。这句使用互文手法，将读者引入一个山水环绕的世外桃源之中。绿水青山，翠壁丹崖，满眼清新饱满的自然景致。青绿的山层层堆叠而出，山壁悬崖或草木丛生，一片盎然绿意，或朱红如霞光，山水相映，红翠相对，为这一片自然景致增添了多样的色彩，宛如画图。生活在这样的环境之中，将翠山丹崖当作自己的天然屏帐，怎能不心神宁静、耳目清净呢？从红尘凡俗之中抽身而退，隐逸在这样淡雅秀丽、宛如仙境的山水之间，着实是善于修养“浩然之气”了！

传统文人对于自身修养的要求是比较高的，常说的“修身、齐家、治国、平天下”（《大学》），是以修身为先。困厄之时也是“独善其身”（《孟子》），并且“君子慎独”（《中庸》）。此曲作者便是如此。不去纷扰的世间奔波，便退回山水之间，修养一己之性情。即使不为济世所用，也能养浩然正气，坦荡刚正。

这支小令的语言淡雅平常，语气舒缓平静。曲家将自己的闲适生活娓娓道来，充满对人生选择的认同，悠游娴雅。其间洋溢着一股文人气格，别具风骨。

【双调】〔水仙子〕

怨别离

凤凰台上月儿斜[①]，春恨春愁何日彻[②]？桃花零落胭脂谢[③]，倏忽地春去也[④]，舞翩翩忙煞蜂蝶[⑤]。人去了无消息，雁回时音信绝[⑥]，感叹伤嗟[⑦]。

注 释

① 凤凰台：故址在金陵（今南京），相传南朝刘宋文帝元嘉十六年（439），有三只状似孔雀的大鸟飞落在永昌里李树上，招来各种鸟类，呈现百鸟朝凤的盛世景象，时人于是筑凤凰台。李白《登金陵凤凰台》有“凤凰台上凤凰游，凤去台空江自流”句。此句中的“凤凰台”是虚指。

② 彻：结束，了结。

③ 胭脂：又称作燕脂、焉支或燕支，古时女子化妆用品，多为红色，一般用来点染腮红或者口唇。此处也借指女子的青春容颜。

④ 倏忽：快，迅疾。

⑤ 忙煞：忙坏。

⑥ 雁回时：大雁是候鸟，天寒时节由北方飞往南方，天气回暖则由南方迁徙到北方。古人认为雁可传书，故而有雁回时期待远人消息的联想。

⑦ 伤嗟：伤怀叹息。

题 解

曲牌〔水仙子〕又称〔湘妃怨〕、〔湘妃引〕、〔凌波曲〕、〔凌波仙〕、〔冯夷曲〕等，是【双调】宫中的一支北曲。其基本的字数句式为“七、七、七、六、七、三、三、四”，常与〔折桂令〕组成带过曲。本曲押“车遮”韵，平仄通押。

《怨别离》共有十支，这是其中一支，表达伤春情绪的同时，感叹远人一去了无消息的离情。

赏 析

伤别离是古诗词中的常见咏叹题材，这支〔水仙子〕是以一个闺中女子的口吻来抒写伤春离别的情绪。

令曲的情感内容可以分为三层来体会。首先是以景起句，营造出见月思怀的情感氛围，并直接表达主题——春恨春愁。第二层则是对“春恨春愁”的具体抒写：桃花凋零、倏忽春去，这也不由得使她联想到自己的青春年华就像春日繁花，娇艳美好，但也容易匆匆逝去。即使如蜂蝶那样忙忙碌碌，也无法抓住要逝去的东西。古时女子的价值多寄托在“岂无膏沐，谁适为容”(《诗经》)，“女为悦己者容”(《战国策》)的层面，因而在最美丽的年华也是期待着能够欣赏她的男子。这两句在表达珍惜青春之外，又有惋惜和自怜之情。第三层则将前文中“春恨春愁”的内容进一步明确和具体化，也呼应了题目“怨别离”。“人去了无消息，雁回时音信绝”，别离后再无“他”的消息，这是引起她愁怨的最直接原因。而曲中女子所能做的只有“感叹伤嗟”。

这是比较典型的伤春别怨的一支小令，曲中女主人公的情绪表现得细腻、敏感、丰富，由概括到具体，层层递进和细化。语言流丽优雅，少了一般元曲所有的通俗晓畅，而多了宋人婉约雅致的格调。

爱　山

《太平乐府》中记载有李爱山、王爱山，此处的爱山未记姓氏，故其生卒年、生平不详。现存小令四支，见于《太平乐府》《乐府群珠》等。观其现存令曲，多消遣和乐之作，清新流畅。

【越调】〔小桃红〕

消遣

一溪流水水溪云①，雨霁山光润②，野鸟山花破愁闷。乐闲身，拖条藜杖家家问③。问谁家有酒，见青帘高挂④，高挂在杨柳岸杏花村⑤。

注　释

① “一溪”句：有的版本作“一溪流水一溪云”。

② 雨霁（jì）：雨后天晴。

③ 藜杖：用藜的老茎做的手杖，质轻坚实。藜，一种野生植物，茎比较坚韧，可为杖。

④ 青帘：古时酒馆的幌子多用青布制成，故青帘也代指酒家。

⑤ 杏花村：多指有杏花的村落，因杜牧《清明》诗有“借问酒家何处有？牧童遥指杏花村”句，故后来杏花村也指代酒家。

题　解

曲牌〔小桃红〕又名〔平湖乐〕、〔采莲曲〕、〔武陵春〕、〔绛桃春〕，是【越调】中的一支北曲，用于剧曲、散曲套数和小令。其定格有八句，基本的字数句式为“七、五、七、三、七、四、四、五”，可以添加衬字。本曲押“真文”韵，平仄通押。

这支小令题目是《消遣》，同题目有两支，此为其中一支，即写了曲家闲时漫步乡间山野，踏青寻酒的闲逸情怀。

赏　析

这支〔小桃红〕写春日雨晴时分，作者闲步郊外，踏青游春的愉悦情景。

“一溪流水水溪云”，春雨之后，最明亮饱满的便是注满春水的小溪，天空中洁白的云朵倒映在流动的溪水之中，水流云行，一幅明净怡人的景象。这句字词重复而景致不同，读起来琅琅如歌，充满音韵美。雨晴过后，春天鲜嫩的山色经过雨水的浸润更加饱满鲜活，在阳光的照耀下充满光泽。此时的山野之中并不是寂静的，而是野花盛开、山鸟啁啾，活泼灵动的生命在生长，这般景象为山行的作者带来乐趣和愉悦。

在这样清新怡人的美景之中，出现了曲中的主人公，他山行并不仅仅是为了踏青游春，还为了找寻酒家。闲闲一人，藜杖一根，信步乡野问酒家何处，远远便看到柳堤杏花开处的酒帘。写到此处便戛然而止，止于该止之处，使得意趣和情感都停留在最饱满的地方，韵味无穷。作者的目的自然不是寻店饮酒，而是在这无边的春光之中徜徉，感受春天的生趣和蓬勃的生命力。

作者移步换景，伴随着清闲雅逸的心境，为读者刻画了一幅幅姿态万千的春日景致，令人心生向往。曲中语言生动淡雅、清新活泼，充满流动之感，营造出了一个惬意舒适、自然宁谧的氛围。

查德卿

查德卿，生卒年、籍贯以及生平皆不详。钟嗣成《录鬼簿》未有记载，朱权《太和正音谱》将其列于“词林之英杰”之中，李开先《醉乡小稿序》中论及元人散曲时，将查德卿、乔吉和张可久并称。散曲作品现存二十二首，见于《太平乐府》《乐府群珠》等，有怀古、抒怀之类，语言或质实或流丽，风格骚雅沉郁。

【南吕】〔醉太平〕

清名

先生子陵①，隐者渊明②，南州旧隐老云卿③，为清高显名。一个向七里滩曾受君王聘④，一个向五柳庄终受彭泽令⑤，一个向百花洲不受宋朝征⑥，与巢由共清⑦。

注　释

① 子陵：即严光，字子陵。严子陵为汉光武帝刘秀的同学好友，曾助刘秀起兵。刘秀建立东汉王朝后，曾延请严子陵至洛阳皇宫，但是他多次拒绝授官。

② 渊明：即陶渊明，东晋隐逸诗人，辞官而归隐田园。

③ 南州：此处应指江西南昌。云卿：即苏云卿，南宋隐士，无心仕进，时颇有清名。

④ 七里滩：富春山畔七里滩，严子陵推辞刘秀不仕，隐居富春

山，传说他曾钓鱼于七里滩，被刘秀延请至都城洛阳。

⑤ 五柳庄：陶渊明住过的地方，他曾赋《五柳先生传》以自况。

⑥ 百花洲：即江西南昌百花洲。此处指苏云卿不受朝廷招募，隐居百花洲。

⑦ 巢由：即巢父和许由。巢父是传说中的高士，尧曾经以天下让之，但是巢父拒而不受，放牧为生。许由是尧时期的高人隐士，传说尧曾想禅位于他，但是许由听到后认为这是对自己耳朵的污秽，于是临泉洗耳，表明自己不与世俗相陈杂的清高。

题　解

曲牌〔醉太平〕，属【南吕】宫，可用于小令、套数和剧曲。基本的字数句式为“四、四、七、四、七、七、七、四”，可增添衬字。本曲押“庚青”韵，平仄通押。

题目《清名》，指清高的名声，曲家在此表明了对于真正的清高的看法。

赏　析

这支〔醉太平〕陈说了作者对清高声名的看法，旨在表明自己清高的气节。

以高风亮节著称的严子陵，不为五斗米折腰的陶渊明，还有旧时南州隐士苏云卿都是因为清高的名节而为世人所敬仰和称道的，但是在他们之间也有高下之分。即使是严子陵也曾经受延请入京都洛阳皇宫，即使是陶渊明也曾经出任过彭泽县令。而真正的高人如苏云卿，是根本不向红尘俗世踏进一步的，就像昔日的巢父许由，连尘俗之事是听也听不得的，这才是真正的清高。

作者在这支曲子里表明了自己对于真正清高的看法，即出于天性本心，完全不与尘俗相染。这里也反映出一些社会现实：有的隐者是迫于仕进无门，转而逍遥林泉；有的则是沽名钓誉，为走仕进的“南山捷径”。作者所强调的“隐”，是只有醉心林泉丘壑，完全不屑尘世杂务，方能称得上是与上古高人比肩同列的高风亮节。虽称高洁，也难免虚幻，似空中楼阁。

小令使用对比的手法，直击自己的观点，议论性较强。多处用典故，使得可读性增加了不少。

【仙吕】〔寄生草〕

感叹

姜太公贱卖了磻溪岸[①]，韩元帅命博得拜将坛[②]。羡傅说守定岩前版[③]，叹灵辄吃了桑间饭[④]，劝豫让吐出喉中炭[⑤]。如今凌烟阁一层一个鬼门关[⑥]，长安道一步一个连云栈[⑦]。

注 释

① 磻（pán）溪：水名，在今陕西宝鸡。姜子牙曾垂钓于磻溪，善谋略，后为周文王谋士，文王去世后被武王尊为国师。

② 韩元帅：即韩信，骁勇善战，被汉高祖刘邦拜为大将军，后来贬为淮阴侯，最终被吕后与萧何以谋反为名合谋诛杀。

③ 傅说（yuè）：殷商时人，帝武丁即位后思索兴复国家，而梦见一位圣人，名字叫“说”，于是在国内搜求，从傅岩奴隶之中找到傅说，后以他为相。

④ 灵辄：春秋时期晋国人，赵盾狩猎于首山，遇见饥饿不已的灵辄，便赠予了他食物，并赠送一箪食和肉与他的母亲。后来灵辄成为晋灵公的士兵，晋灵公设计诛伏赵盾，灵辄倒戈相救。（见于《左传·宣公二年》）

⑤ 豫让：春秋末期晋人，是智瑶的家臣。智伯讨伐赵襄子，赵襄子与韩、魏合谋灭智伯，豫让逃遁至山中，为了接近赵襄子复仇，把漆涂在身上使自己面目全非，吞炭使自己的声音改变。刺杀赵襄子未遂，豫让以剑刺其衣，以示复仇，后自杀。（见于《史记·刺客列传·豫让》）

⑥ 凌烟阁：唐贞观十七年，唐太宗李世民命阎立本给魏徵、长孙无忌、尉迟敬德、房玄龄等一众功臣作画像，挂在凌烟阁上，以示表彰。

⑦ 连云栈：古栈道，在今陕西汉中，古时为川陕相通之道，十分险峻。

题 解

曲牌〔寄生草〕是【仙吕】宫中的一支北曲，用于剧曲、散曲套数和小令。一般是七句五韵，基本的字数格式为“三、三、七、七、七、七、七”，可添加衬字。本曲押“寒山”韵，平仄通押。

这支〔寄生草〕的题目是《感叹》，曲家有感于仕途艰险而生发出感慨。

赏 析

古人追求功名利禄的道路充满艰难险阻，稍有不慎便有性命之忧。在政治环境不利于文人仕进的元朝，众多士人有感于现状之艰难，常常以历史为借鉴，抒发对于仕途险恶的感慨和己志难抒的愁闷。

曲中连用五个历史故事表明曲家对功业道路的看法。姜太公老来垂钓磻溪，却受了文王请求再次出仕；韩信搏命拜了元帅最终却下场凄凉；傅说岩前筑版，隐于泥木工匠之间仿佛才是值得艳羡的；灵辄和豫让皆是受恩于人，最终也祸及自身。对这些历史人物的事迹，曲家的态度是“羡”“叹”“劝”，羡的是最初隐于工匠之间的傅说，平静安乐，而不涉艰险；叹的是灵辄受恩于人却能回还以报；劝的是豫让不该执着“士为知己者死”的所谓义气。对前人的得失评判之下，曲家的态度立现：为人称颂的将相果真是正确的吗？以身涉险的义勇之人也果真值得效仿吗？反观眼下的仕途之路，“凌烟阁一层一个鬼门关，长安道一步一个连云栈”，充满层层阻隔，曲家由此对功业之路提出质疑。

此曲虽然说一定程度上消解了古人或追求王侯将相之位，或坚守感恩图报的伦理的意义，但是曲家站在现实的角度对历史进行反思，不得不说是有其意义所在的。曲中句句使用典故，充盈着文人气质，质实丰蕴，文气蔚然。

【越调】〔柳营曲〕

金陵故址

临故国，认残碑，伤心六朝如逝水①。物换星移②，城是人非，今古一枰棋③。南柯梦一觉初回④，北邙坟三尺荒堆⑤。四围山护绕，几处树高低。谁，曾赋黍离离⑥？

注　释

① 六朝：魏晋南北朝时期，从三国的吴国开始，连续有吴、东晋、宋、齐、梁、陈等六朝在南京建都，因而南京也被称为“六朝古都”。

② 物换星移：万物变换、星辰转移，极言时间飞快流逝。王勃的《滕王阁序》末尾有诗云“闲云潭影日悠悠，物换星移几度秋”。

③ 一枰棋：一盘棋，朝代更迭、古今是非犹如下棋般变幻。

④ 南柯梦：即南柯一梦，据唐传奇《南柯太守传》载，淳于棼醉后梦入大槐安国，官任南柯太守，享尽荣华富贵，醒来后发觉那只不过是一场梦。后人便用“南柯一梦”来比喻一切荣华富贵不过是过眼云烟，如梦境般虚幻。

⑤ 北邙（máng）坟：北邙，也叫作邙山，位于河南洛阳之北，黄河南岸，从东汉以来，这里先后有东周时期的王墓，东汉、曹魏、西晋、北魏、五代后唐等朝代的帝陵等。此处代指坟墓。

⑥ 黍离离：《诗经·王风·黍离》中有“彼黍离离，彼稷之苗”之句，《毛诗序》说：“《黍离》，闵宗周也。周大夫行役至于宗周，过故宗庙宫室，尽为禾黍。闵周室之颠覆，彷徨不忍去，而作是诗也。”后人以“黍离之悲”表达亡国之痛。

题 解

曲牌〔柳营曲〕又称〔寨儿令〕，是【越调】宫中的一支北曲。基本的字数句式为“三、三、七、四、四、五、六、六、五、五、一、五”或“三、三、七、四、四、五、六、六、五、五、六”，可添加衬字。本曲押“齐微”韵，平仄通押。

这支曲子是就金陵故址抒发历史兴亡之叹。

赏 析

这是一支感慨历史兴亡的怀古小曲，作者或游览或途经古都城遗址金陵城，对历史兴衰的叹惋油然而生。

故国残碑俯仰之间已为陈迹，作者像“自将磨洗认前朝”的杜牧那样，想要从残存的碑文之上读出些前朝遗痕，而曾经建都于此的六朝故国已然如流水般消失在历史的浪潮之中。古往今来，旧城仍在，而当年叱咤风云的历史人物也已成为过去。历史盛衰的此起彼伏在今人眼中犹如一盘棋局，短暂、变幻而充满着游戏意味。

作者在此又反观历史，仿佛六朝繁华之后犹如一梦初醒，取代昌荣富贵、风发意气的是一堆白骨、三尺坟头草没了。“四围山护绕，几处树高低”，眼前的山水草木如故，又有多少前人曾垂下亡国之泪?

在对历史往事的追思中，作者自己的故国之思与“黍离之悲”也隐隐表现出来。整首曲子情感趋于平稳沉重，多处用典故和借代来表现隐藏的情绪，到最后一句悲伤的情绪爆发出来，曲人对历史盛衰的哀悲可感而知。

吴 西 逸

吴西逸，生卒年、字号及生平均不详。大概与阿里西瑛为同时人，作有曲子和阿里西瑛《懒云窝》。现存小令四十七首，见于《太平乐府》《乐府群珠》等。朱权《太和正音谱》中说："吴西逸之词，如空谷流泉。"今观读之，多写景、题情、自况之作，风格疏淡清新、清幽典丽。

【双调】〔蟾宫曲〕

山间书事

系门前柳影兰舟①，烟满吟蓑②，风漾闲钩。石上云生③，山间树老，桥外霞收。玩青史低头袖手④，问红尘缄口回头。醉月悠悠，漱石休休⑤，水可陶情，花可融愁。

注 释

① 兰舟：以木兰木做的船，用作小船的美称。

② 吟蓑：指风吹蓑衣发出声音。

③ 石上云生：云雾由山石深处升起，故称之为"云根"。

④ 青史：古时在竹简上记事，因而称史册为青史，也指史册所记之事，即历史。袖手：藏手于袖中，表示不愿或不能参与。

⑤ 漱石：水流流经泉石，也指闲居生活。休休：安闲、安乐的样子。

题 解

曲牌〔蟾宫曲〕属于【双调】宫，是一支北曲，又名〔广寒秋〕、〔折桂令〕、〔蟾宫引〕、〔步蟾宫〕、〔天香引〕、〔秋风第一枝〕、〔折桂回〕。其定格的句式字数为“六、四、四、四、四、四、七、七、四、四、四”，第五句以后可增添四字句，变格不一而足。本曲押“尤侯”韵，平声韵脚。

这支〔蟾宫曲〕的题目是《山间书事》，即描写隐居山中的消闲乐事。

赏 析

这支小令融叙事、写景与抒情于一体，表现了曲家在山中隐居生活的状态，悠闲恬淡、自然静谧。

起句便是自己日常生活的一个剪影，门前流水悠悠，小船系在柳树上，蓑衣静静放在一边，水雾萦绕；风悠悠地吹着闲置在一边的钓钩。由此可以窥见其主人生活的一斑，行舟垂钓，一派怡然自得、不染尘俗的高士形象。接着是对山中自然景观的草草勾勒：云雾漫漫由山石之中升起，山间老树静静站立在这自然变换之中；夕阳西下时，向桥边望去，云霞慢慢退散。像极了一幅幅清淡典雅的淡彩水墨画。能够观察到这些细微变化和其中的美，可见曲家也时时醉心于这些景致之中。写到此处，这般景致中生活的主人公终于出现了：双手悠闲地拢在袖子里面，低头沉吟，细细玩味着史事，对红尘世事缄口不提不言，悠闲之中多了一份审慎的智慧。月下而醉，听水流石泉漱漱汩汩，在这般景致之中，一水一石，一花一木，都是消愁怡情的良友。曲家已经将一己生活与心灵的愉悦完全寄托在山水林泉之间。

吴西逸的曲总是充满着淡淡的韵味，是闲愁而不沉重压抑，是伤情而不沉重，所有或愉悦或感伤的情绪都能信笔闲闲写来，令人神往。其写景尤甚，清淡雅致的笔调缓缓道来，勾勒出流畅淡雅的水墨画，颇有王维笔下的灵动清新之感。

赵 显 宏

赵显宏，生卒年、字、籍贯以及生平均不详。隋树森《全元散曲》载，显宏号学村。朱权《太和正音谱》将他列在“词林之英杰”之中。现存小令二十一首，套数二首，见于《太平乐府》。多写景、闺情、别情以及闲居生活题材，风格风流婉约、绮丽雅致。

【双调】〔殿前欢〕

闲居

去来兮①，楚天霜满蟹初肥。黄花似得渊明意②，开遍东篱，笑山翁醉似泥，喜稚子诗能缀，爱仙果甜如蜜③。烟萝路绕④，车马声稀⑤。

注 释

① 去来兮：取陶渊明“归去来兮”之意，去来兮，即归去，归隐，来、兮为语气助词。

② “黄花”句：取陶渊明“采菊东篱下，悠然见南山”（《饮酒》）意。

③ 仙果：仙树结的果实，此处指山果。

④ 烟萝：花草树木茂密，烟雾丛聚、萝藤缠绕，幽居之处较为隐蔽。

⑤ 车马声稀：谓少俗务，取陶渊明“而无车马喧”之意。

题　解

曲牌〔殿前欢〕又名〔凤将雏〕、〔小妇孩儿〕、〔小凤孙儿〕、〔燕引雏〕，是【双调】宫中的一支北曲。定格的字数句式为“三、七、七、四、五、三、五、四、四”，可添加衬字。本曲押“齐微”韵，平仄通押。

这支曲子题目是《闲居》，是组曲的其中一支，抒写曲家闲居生活的舒适惬意。

赏　析

陶渊明作为一个弃官归田的文人，书写了大量的田园诗，表现不折气节、悦怡自然的本性，为后来的文人创造了一个精神上的“桃花源”，使得他们可以仰望理想之境和逃避现实。这支曲中多处化用陶渊明的典故和诗句，显然曲家是以陶渊明自比。

起句“去来兮”，抒情意味极为浓厚，与题目相呼应，也总领全曲内容，表明了曲家的情感态度。接着则写了“去来兮”之后的生活。正逢深秋时节，白霜初落，螃蟹肥美，大有张翰“莼羹鲈脍”之感，看是写美食，实际表明了自己对田园闲居生活的向往与喜爱；菊花开遍，似有陶渊明“采菊东篱下”的淡泊宁静。闲居于此的曲家，日常饮酒作乐，快意无比，山中野果也甘甜如蜜，可喜的是稚嫩的孩童也学会作诗联句了。生活的快意、尽享天伦的快乐，使得曲家惬意无比。同时，幽居之处无世俗尘务侵扰，也给他带来宁静和安心。

一方面，曲中对闲居生活的描写表明了曲家喜爱自然、田园的本性，另一方面也衬托出他对“车马喧嚣”的世俗繁杂生活的厌倦。是写景抒怀，也是在表明曲家淡泊的志趣。曲中多化用陶渊明的诗句，无形之中扩人了曲子由联想而创造出的意境；同时，也由陶渊明象征着曲家的志趣和理想。语言婉约流丽、淡雅清新，创造出一个融融和谐的闲居氛围。

李致远

李致远，生卒年、生平不详。据孙楷第《元曲家考略》，李致远于《录鬼簿》中无名，《乐府群玉》卷二载李致远小令二十余首，《太平乐府》卷七、卷八载李致远套数三首。元代仇远《金渊集》卷二有《和李致远君深秀才》诗，中有句“平生意气隘九州，直欲濯足万里流。讵期功名坐蹭蹬，不意岁月成缪悠……家声久识南北阮，笔力眇视大小欧……一瓢陋巷誓不出，孤云野鹤心自由”。由此可以看出，李致远其人文才满腹，前期也是怀着建功立业的风发意气，但是仕途蹭蹬，最终回归安贫乐道、闲云野鹤的隐逸生活。今存小令二十六首，见于《乐府群玉》《乐府群珠》；套数四首，见于《太平乐府》《北词广正谱》。朱权《太和正音谱》中说：“李致远之词，如玉匣昆吾。”可见其温润雅洁。

【中吕】〔红绣鞋〕

春闺情

红日嫩风摇翠柳①，绿窗深烟暖香篝②，怪来朝雨妒风流③。二分春色去，一半杏花休，归期何太久？

注　释

① 嫩风：轻风，微风。
② 香篝（gōu）：即香笼，熏被之用。
③ 风流：风韵，此处指美丽的仪态。

题解

曲牌〔红绣鞋〕又称〔朱履曲〕,【中吕】宫的南北曲都有，用于剧曲、散曲套数和小令。此曲共有六句，一般的字数格式为“六、六、七、五、五、五”，可添加衬字，不一而足。本曲押“尤侯”韵，平仄通押。

这支曲子题目为《春闺情》，表现一个女子春日伤怀之情，选用曲牌〔红绣鞋〕表现此题材，也较为应景。

赏析

这支〔红绣鞋〕描写一个春日早晨的景象，表达一个深闺女子的闺叹。前两句是对春日早晨温柔、怡人景象的描写，晨阳和煦、微风细细，嫩绿的柳条儿在风中柔和地摆动。视线由室外移动到室内，是一个女子的闺房，“绿窗”或许是绿树映窗，也或许是绿色的窗纱，而“深烟”可能是室内点的香，也可能是形容绿纱窗的轻薄淡远（《红楼梦》中有纱名“软烟罗”，远看如烟似雾），卧床之上，也是香笼熏被。总之，曲中女主人公的闺房也像室外的春日一般，是一派温柔香暖的景象。

下一句“怪来朝雨妒风流”笔锋一转，朝雨也嫉妒这样旖旎的春日景象，在这样美好的景象之上增添了阴霾。霎时间，减了二分春色、落了半春杏花，而春去了也不知归期几时。外界景象的变化也和曲中女主人公的情感节节相扣，她的情致本和春日温暖的景象一样，平和愉悦，但是转念想到自己的青春年华就像春日里的杏花娇弱，不禁微雨，便愁上心头。“归期何太久”与“怪来朝雨妒风流”一句相照应，说明让这位女子忧愁的另一层心事是恋人的久久未归。青春的生命力短暂，他还未归，仿佛年华就这样虚度而过。

这支小曲采用双关的手法来写闺情闺怨，委婉含蓄，起伏转折有致。以数量衡量春色，语言生动、充满生趣。

【越调】〔小桃红〕

新柳

柔条不奈晓风梳①，乱织新丝绿。瘦倚春寒灞陵路②，影扶疏③，梨花未肯飘香玉④。黄金半吐⑤，翠烟微妒⑥，相伴月儿孤。

注 释

① 不奈：不耐，忍受不了。

② 灞陵路：灞陵，或作霸陵，是西汉文帝的陵寝所在。灞陵路或灞陵桥是古时离开长安时的送别之地，旁边多种柳树，且因古人有折柳送别的习俗，所以也被称作“销魂桥”“断肠桥”等，如李白就有“年年柳色，灞陵伤别”的诗句。

③ 扶疏：枝叶飘散的样子。

④ 香玉：飘落的梨花瓣儿，因梨花含香且白似玉，故称香玉。根据上下句推断，此处应该是喻指白茎的柳花（注：柳树是先开花，再长叶子，或花与叶子同时生长）。

⑤ 黄金半吐：此处指柳枝冒出的嫩黄的小芽儿。

⑥ 翠烟：古代诗人常常以烟比柳色，形容其迷蒙的样子。如杜牧有“一道帆墙画柳烟”句，韦庄有词句“柳烟轻，花露重”等。

题 解

曲牌〔小桃红〕又名〔平湖乐〕、〔采莲曲〕、〔武陵春〕、〔绛桃春〕，是【越调】中的一支北曲，用于剧曲、散曲套数和小令。其定格有八句，基本的字数句式为“七、五、七、三、七、四、四、五”，可以添加衬字。本曲押“鱼模”韵，平仄通押。

燕南芝庵在《唱论》中说“越调唱，陶写冷笑”，大致越调中的曲子多抒写情意，怡悦情性。这是一支咏物曲，表现春日新柳的清幽之趣。

赏 析

这是一支吟咏春天新柳的小令，从形、色、神、韵等方面写出了嫩柳的可爱。

在早春的微微晨风中，柳条随意摆动，仿佛是在灵巧地织着绿色的新丝。柳，以“灞桥柳”最为著名。新春细柳瘦弱无依地生长在道路两旁，疏淡的影子在风中飞扬，而抽芽之后长出的淡白色的柳花花丝就像梨花那样丰润和充满光泽，但不像梨花那样朵朵飞落。

金黄色的花药微微吐露，远远望去，摇漾的翩翩柳条儿像绿色的烟雾般朦胧动人，甚至连翠烟都会嫉妒这嫩柳的清新美好，这一比喻将淡绿色柳条儿的悠远神韵刻画得风流婉转，摇人心旌。而月下的柳又别有一番风韵，作者虽然没有明确写出来，但是月下朦胧柳的气韵让人心中生发出无限向往的温柔情致。

从早到晚，曲中描写了新春嫩柳在微寒晨风中、在白昼阳光下，以及在夜晚月光下的姿态，真真道尽“弱柳扶风”的清新、可爱和动人风韵。同时，曲中提到的“灞陵路”“梨花”（离）和孤月等意象，使得整支曲子的意境充满感伤、孤独的羸弱情怀，细细读来，触人心神。

张鸣善

张鸣善，生卒年不详，大约活动于元末明初，名择，字鸣善，号顽老子，祖籍在山西平阳，居于武昌，一度流寓扬州。曾任淮东道宣慰使司令史、江浙提学等，后来隐居于吴江。极富才学，曾著诗文集《英华集》，杂剧《包待制判断烟花鬼》《十八公子大闹草园阁》《党金莲月夜瑶琴怨》等，今俱已亡佚。作为散曲家，张鸣善现存小令十二首，套数二首，见于《乐府群珠》《词林摘艳》等。钟嗣成《录鬼簿》将他列在“方今才人相知者”之列，朱权《太和正音谱》说：“张鸣善之词，如彩凤刷羽。藻思富赡，灿若春葩，郁郁焰焰，光彩万丈。可以为羽仪词林者也。诚一代之作手，宜为前列。”对他的评价极高。今观读其词令，多刺世讥时、流连生活之作，风格或愤懑慷慨，或淡雅消闲，不一而足。

【中吕】〔普天乐〕

咏世

洛阳花①，梁园月②。好花须买，皓月须赊③。花倚栏干看烂熳开，月曾把酒问团圆夜。月有盈亏，花有开谢，想人生最苦离别。花谢了三春近也④，月缺了中秋到也，人去了何日来也？

注 释

① 洛阳花：指牡丹花，唐宋时期洛阳以牡丹闻名天下，故称“洛阳花”。

② 梁园月：梁园是西汉梁孝王刘武的园苑，又称兔苑。时孝王招揽门客，广集天下英才聚集在梁园之中，吟风弄月、挥翰点墨，风雅无比，成为佳话。

③ 赊：此处谓不需付出任何代价而拥有。

④ 三春：即春季的三个月，农历正月为孟春，二月是仲春，三月是季春，此处泛指春天。

题 解

曲牌〔普天乐〕是【中吕】宫中的一支北曲，多用于剧曲和散曲套数。其基本的字数句式为“三、三、四、四、三、三、七、七、四、四、四”，共十一句，可添加衬字。词牌之中也有〔普天乐〕，曲牌名应是来源于词牌。本曲押“车遮”韵，韵脚为仄声韵。

这支〔普天乐〕的题目是《咏世》，表现曲家对于离别有时、聚散无定的感触。

赏 析

花、月，在我们的文化传统之中，除了表示美好的事物之外，花落、月缺也在文学语境之中象征着缺憾与伤怀。而花开花落、月圆月缺，作为一个看似循环往复、永恒不变的现象，一直促使着我们对自然、历史以及生命规律进行思考，“年年岁岁花相似，岁岁年年人不同”（刘希夷）、“江畔何人初见月，江月何年初照人”（张若虚）皆是如此。

这支曲子则是以花的开谢、月的盈亏来对照人生的团聚和离散。起句“洛阳花，梁园月”，良辰美景之中，好花皓月，花开烂漫时可倚栏杆欣赏，明月团圆之时可把酒对之，都是人生之中难得遇见的圆满景象，因而曲家说“须买”“须赊”。这样美好的景象仍有缺憾之时，而花谢时、月缺时，就如同人生之中的离别，使人“黯然销魂”（江淹《别赋》）。可是，花落之后会在下一个春季再次开放，月缺之后又会在下一个中秋之夜再次圆满，都是有定期的，而人生的离别之后，相见无定时，抑或许是永别。两相对比之下，人世离别的缺憾比花落、月缺的憾恨更为痛苦。在认识到自然之中相对永恒不变的规律之时，人生之中的无常就更能引起人们心中的触动和惆怅。

这支曲子中的情感含蓄隽永，在娓娓叙说的语调之中将对自然规律的思考、对人生聚散的感触渗透其间，引人深思的同时又能感受到曲家那一份感于离别的愁思。曲中藻思婉转富赡，语言清旷自然，清新流动，宛若天成。

【双调】〔水仙子〕

讥时

铺眉苫眼早三公①，裸袖揎拳享万钟②。胡言乱语成时用③，大纲来都是烘④，说英雄谁是英雄？五眼鸡岐山鸣凤⑤，两头蛇南阳卧龙⑥，三脚猫渭水非熊⑦。

注　释

① 铺眉苫（shàn）眼：谓装模作样之态。三公：古时中央三种最高官衔，周朝是太师、太傅、太保；西汉是丞相（大司徒）、太尉（大司马）、御史大夫（大司空）；东汉是太尉、司徒、司空。唐宋沿汉制，明清沿周制。此处泛指权高位重者。

② 裸袖揎（xuān）拳：挽起衣袖，露出拳头，谓不整肃、拖沓无态的样子。万钟：钟是古时量器，万钟即指俸禄十分优厚。

③ 时用：为当世大用，治世的大才。

④ 大纲：大抵，大概。烘：同“哄”，欺骗。

⑤ 五眼鸡：即乌眼鸡，凶狠好斗，也喻指凶悍暴戾之人。岐山鸣凤：岐山在今陕西岐山县，传说周朝兴起的时候，有凤凰鸣叫于岐山之上，是兴盛之兆。

⑥ 两头蛇：蛇的一种，头与尾能够共同进退。南阳卧龙：指诸葛亮，为有才之士，时隐居河南南阳，人称“卧龙”。

⑦ 三脚猫：比喻对各种技艺都只略通一点皮毛，而装腔作势的人。渭水非熊：指姜太公，《史记·齐太公世家》载：“西伯将出猎，卜之，曰‘所获非龙非彲，非虎非罴；所获霸王之辅’。”是说周文王出门打猎之前占卜，得到的卜辞说不会遇到龙螭熊罴，而是辅助他成就大业的治世之才。文王在渭水之上遇见姜太公，相谈之后以车载而归。

题解

曲牌〔水仙子〕又称〔湘妃怨〕、〔湘妃引〕、〔凌波曲〕、〔凌波仙〕、〔冯夷曲〕等，是【双调】宫中的一支北曲。其基本的字数句式为“七、七、七、六、七、三、三、四”，常与〔折桂令〕组成带过曲。本曲押“东钟”韵，句句押韵，韵脚平仄通押。

这支〔水仙子〕的题目是《讥时》，曲家对于朝野之中贤愚不分、庸才当道的现象给予了极大的讽刺。

赏析

历来对于政治朝纲的批评，文人士子采取的态度都比较温和，是以劝谏或是委婉讽刺的方式进行的。但是这支曲子将矛头直指朝政中央，对朝堂之中才德不堪其位的政治黑暗、污浊现象进行了强烈的批判。

朝中本该德高望重的三公，在元朝末年却是“铺眉苫眼”、装模作样的人物，但是这样的官员却也能享万钟之俸禄；一派胡言乱语之人，也能成为当世大用之才，曲家看来，这大抵都是欺世盗名的哄骗行为。而混乱、污浊的当世朝堂哪里有英雄豪杰、卧龙太公那样的贤才，都不过是两头蛇、三脚猫功夫的投机取巧者罢了。

元朝末年，政治混乱、朝纲不整，曲中批判的不只是朝中官员的虚伪无能，更是对无能之人反而假装治世贤才的行为极尽讽刺，同时，当然也折射出统治者的昏聩。

曲中的情感极其激烈，对当世的混乱朝政表现出了直截了当的厌恶，并进行了直白的嘲讽与讥骂，表现出了一位关怀世事、正直刚毅的文人胸襟。语言直白激烈，强烈的对比手法使得讥骂讽刺效果更为显著。

杨 朝 英

杨朝英，生卒年不详，字英甫，号澹斋，据载是青城人，但不知是山东青城还是四川青城。曾担任过郡守，寓居在江西龙兴，后来过着隐逸生活，与阿里西瑛、贯云石等人交好，常常有唱和之作。作为曲家，当时与关汉卿、卢挚等齐名并称。朱权在《太和正音谱》中称："杨澹斋之词，如碧海珊瑚。"现存小令二十七首，见于《太平乐府》《阳春白雪前集》等。多写自然景致、隐逸闲情和闺情闺思，风格奇巧清新，亦如"碧海珊瑚"般明艳清丽。但他多为后人所称道的，是辑选了两部元人散曲作品集，《乐府新编阳春白雪》（简称《阳春白雪》）和《朝野新声太平乐府》（简称《太平乐府》），被称为"杨氏二选"，多数元人的散曲是依赖这两部选集流传下来的，杨朝英功绩甚丰。

【正宫】〔叨叨令〕

叹世

昨日苍鹰黄犬齐飞放①，今日单鞭羸马江南丧②。他待学欺君罔上曹丞相③，不如俺葛巾漉酒陶元亮④。倒大来快活也末哥⑤，倒大来快活也末哥⑥，渔翁把盏樵夫唱。

注 释

① 苍鹰黄犬：《太平御览》引《史记》曰："李斯临刑，思牵黄犬、臂

苍鹰，出上蔡东门，不可得也。”形容对自由生活的向往。

② 单鞭羸马：据《晋书·苻坚载记》记载，前秦时，苻坚欲结兵南下进攻东晋，大臣提出了不同意见，但是苻坚一意孤行，并说：“以吾之众旅，投鞭于江，足断其流。”后来淝水之战战败，苻坚单骑败走淮北。

③ 曹丞相：即曹操，汉献帝时有名无实，允许曹操参拜不名（赞礼的人不直呼其名，只称官职），佩剑上殿，行丞相之事。

④ 葛巾漉酒：葛巾，用葛布制成的头巾。《宋书·隐逸传·陶潜传》载：“郡将候潜，值其酒熟，取头上葛巾漉酒，毕，还复著之。”陶渊明取下头上的葛巾滤完酒之后，又戴回头上。

⑤ 倒大来：或者作“倒大”，意为非常、无比。

⑥ 也末哥：或作“也么哥”，是元明人曲中常用的衬字，没有实际意义，一般帮助表现情绪。

题 解

曲牌〔叨叨令〕是【正宫】中的一支北曲。其定格的字数句式为“七、七、七、七、六、六、七”，共七句，第五、六句的“也么哥”是定格，不可更改。可添加衬字。本曲押“江阳”韵，仄声韵脚。

这支〔叨叨令〕的题目是《叹世》，曲家在纵观历史成败之后，表现出对于林泉隐逸生活的喜爱和歆慕。

赏 析

元人写隐逸生活，或是仕途困顿、郁郁不得志者，或是身在庙堂，对自在舒逸的生活充满向往者，而本曲作者则是从仕途之中退下的急流勇退者，因而对仕与隐两种生活对比之下的情味深有体会。

起句“昨日苍鹰黄犬齐飞放，今日单鞭羸马江南丧”，使用了互文的手法，列举了李斯和苻坚的典故，才苍鹰猎犬、意气风发，转眼之间便困顿寥落、命丧一夕之间，功名富贵与位高权重往往伴随着祸事与不幸。而曹操当日野心勃勃，位至丞相，也还是落得一个“欺君罔上”的骂名。他们都是于功名政事上孜孜以求、积极用心者，但是最终都落得或凄凉悲惨，或背负骂名的后果。而相反，当年弃官彭泽、一意归田，葛巾漉酒、无意功名的陶渊明，却是逍遥自在、快活舒逸。两相对比之下，曲家更是表现出对于自在归隐生活的喜爱，向往“渔翁把盏樵夫唱”的快活，不愿在仕途的险山恶水之中跋涉。由“他待学欺君罔上曹丞相”一句也可以读出曲家对于以不义手段追求功名和仕进的鄙薄和不屑，“曹丞相”三字充满讽刺的意味。

仕途的险恶，功名富贵易云散水流的虚妄，曲家对其中权谋手段的不屑，种种情感与态度交织在一起，更加突显出曲家对仕宦生活的厌倦。相比之下，曲酒流连于林泉之下就显得无比珍贵和逍遥自在。个中也反映出曲家高古淡泊，追求宁静高洁品质的情操。

曲中语言明丽流畅、自然轻快，在一种看似轻松的口吻之中表达对功名的淡泊和对轻松自在、没有束缚的生活的向往，流露出曲家舒逸、平和的心态。

【双调】〔水仙子〕

雪晴天地一冰壶①，竟往西湖探老逋②。骑驴踏雪溪桥路③，笑王维作画图④，拣梅花多处提壶⑤。对酒看花笑，无钱当剑沽⑥，醉倒在西湖。

注 释

① 冰壶：盛冰的玉壶，谓清洁明澈。
② 老逋（bū）：即林逋，宋人林逋（字和靖）隐居在西湖边的孤山，终生不仕不娶，喜梅，爱鹤，“以梅为妻，以鹤为子”。
③ 骑驴踏雪：据说孟浩然情怀放旷，常常在雪天冒着雪骑驴寻梅，并说：“吾诗思在灞桥风雪中驴背上。”
④ 王维作画图：王维曾经山居在蓝田辋川别业，中有辋川二十景，王维为此作《辋川图》，其中有一幅《江干雪霁图》享有盛名。
⑤ 提壶：此处指提着酒壶。
⑥ 沽（gū）：买，多指买酒。

题 解

曲牌〔水仙子〕又称〔湘妃怨〕、〔湘妃引〕、〔凌波曲〕、〔凌波仙〕、〔冯夷曲〕等，是【双调】宫中的一支北曲。其基本的字数句式为“七、七、七、六、七、三、三、四”，常与〔折桂令〕组成带过曲。本曲押“鱼模”韵，韵脚平声。

此曲无题，表现曲家雪天赏梅饮酒的闲逸情趣。

赏 析

作为一处风景秀美之地和人文传统风雅的所在，西湖历来为众多文人吟咏和向往，其中林和靖“梅妻鹤子”的清隐风骨更是为有着隐逸情怀的文人所称道。这支〔水仙子〕便是表现曲家在西湖踏雪寻梅、饮酒赏玩的风雅趣事。

冰雪天气初晴，天地之间一片明朗澄净的景象，宛如皓朗的冰壶，在这样晴好的景致中，曲家出发向西湖寻梅而去。骑着驴子闲步在溪桥之上，风景澄明如画，恐怕王维画笔之下的雪霁图都比不得吧。赏花饮酒，兴致浓时即使拔剑典当也要以尽饮酒之兴，可见曲家之豪气。

曲中表现的情感是十分愉悦、欢畅的，在一个晴好的天气中踏雪寻梅，江南的景致胜似画图，赏花饮酒，酣畅尽兴。这样逍遥自在的生活之中，曲家也是非常舒逸、合心的。一方面表现了西湖景致之美，另一方面也传达出曲家对于隐逸的林泉生活的喜爱，表现出他淡泊雅致的情怀。

我们说“一片冰心在玉壶”，曲家选用雪霁、冰壶、梅花、酒等意象组合，营造出了一个澄净明澈、高洁拔俗的世界，是对自己胸襟、意志的象征，即不从俗、不与世俗相尘杂的飘逸情怀。曲中语言轻快明丽，与曲家欢快、豪逸的心境相互映衬，相得益彰，字里行间都流露着舒逸、饱满的愉悦之感。

宋方壶

宋方壶，名子正，方壶为其号，生卒年大概在元末明初。据孙楷第考证，《清江贝先生集》中有为他而作的《方壶记》，中有句："华亭之莺湖，有大姓为宋子正氏。即所居之西偏，辟室若干楹，方疏四启，昼夜长明，如洞天状。"由此可知，方壶当为华亭（今上海松江）人，他的号也由居所特点而来。朱权《太和正音谱》将他列在"词林之英杰"中。现存小令十三首，套数五首，见于《太平乐府》《乐府群珠》等。今观读其作品，有吟咏山间林下的隐居生活与叹世之作，也有写景、咏史的作品，风格流丽俊逸、生动清雅。

【中吕】〔山坡羊〕

道情

青山相待，白云相爱，梦不到紫罗袍共黄金带[①]。一茅斋，野花开，管甚谁家兴废谁成败[②]？陋巷箪瓢亦乐哉[③]！贫，气不改；达，志不改。

注　释

① 紫罗袍：唐代三品以上官员为紫红色官袍，北宋改四品以上官服为紫色，这里泛指高官重臣的服饰。黄金带：黄金腰带，一般指用黄金做成的腰带的带钩或者装饰品，此处是身份高贵的象征。

② 兴废：兴亡，盛衰。

③ “陋巷箪瓢”句：典出《论语·雍也》：“一箪食，一瓢饮，在陋巷，人不堪其忧，回也不改其乐。贤哉回也！”是孔子赞扬学生颜回安贫乐道的话。

题 解

曲牌〔山坡羊〕又名〔山坡里羊〕、〔苏武持节〕，属【中吕】宫，常用于散曲小令。其基本的句式字数为“四、四、七、三、三、七、七、一、三、一、三”，可增添衬字。本曲押“皆来”韵，平仄通押。

这支〔山坡羊〕的题目是《道情》，旨在表现曲家隐逸闲居的淡远情怀。

赏 析

这支〔山坡羊〕表现了作者寄情林泉丘壑，安贫乐道的情怀。青山相对、白云相惜，这些自然景物在作者眼里似乎都是有情之物，而这些也真正是他关注与寄情之所在。在这样悦怡山水、人与自然身心合一的状态下，高官厚禄、庙堂之高对他来说是没有吸引力的。

作者身处隐隐茅斋，任意花开，历史的更迭与兴亡成败似乎对他来说毫无挂碍，略不萦怀。即使是身处陋巷，一箪食，一瓢饮，也能安然处之，不以为苦。作者不在意物质的匮乏，因为精神深处有支撑他即使素食饮水也能怡然自得的东西，那就是对淡泊志向的坚持。

《孟子》中说“穷则独善其身，达则兼善天下”，而作者的胸襟则是，无论困厄还是通达，都能够保持自己的志向与气节。不与尘俗相染、安贫乐道，一方面是元朝文人的无奈，另一方面也是文人对自我高洁的心灵净土的守护。

【双调】〔水仙子〕

居庸关中秋对月[1]

一天蟾影映婆娑[2]，万古谁将此镜磨？年年到今宵，不缺些儿个[3]；广寒宫好快活[4]，碧天遥难问姮娥[5]。我独对清光坐，闲将白雪歌[6]，月儿，你团圆我却如何？

注　释

① 居庸关：长城沿线重要的关隘，“天下九塞”之一，旧时称为军都关、蓟门关等。

② 蟾影：月影，月光。传说月亮之中有蟾蜍，故常以蟾蜍代指月。婆娑：此处形容月光流动的样子。

③ 些儿个：一些，一点儿。

④ 广寒宫：传说唐明皇梦中游于月亮之中，上题写着“广寒清虚之府”，后来便把月中仙宫称为“广寒宫”。

⑤ 姮（héng）娥：或作“嫦娥”，神话里的月中女神。

⑥ 白雪：《白雪》是乐曲名，高雅难和。宋玉《对楚王问》中有“客有歌于郢中者，其始曰《下里巴人》，国中属而和者数千人；其为《阳阿薤露》，国中属而和者数百人；其为《阳春白雪》，国中属而和者不过数十人”，谓极高雅美妙而能和之者极少。

题　解

曲牌〔水仙子〕又称〔湘妃怨〕、〔湘妃引〕、〔凌波曲〕、

〔凌波仙〕、〔冯夷曲〕等，是【双调】宫中的一支北曲。其基本的字数句式为“七、七、七、六、七、三、三、四”，常与〔折桂令〕组成带过曲。本曲押“歌戈”韵，平仄通押。

这支曲子的题目是《居庸关中秋对月》，中秋之夜曲家身在居庸关，感于孤身一人，望月而发。

赏析

由于农业的原因，我国古人对于星月的运行变化极为关注，因而也由月圆月缺联系到一己之情感，常常以月亮的圆缺来对比人间世事的圆满与缺憾。也能够从月亮相对的“永恒”之中得到对天人宇宙的思考，如“江畔何人初见月，江月何年初照人”（张若虚），“今人不见古时月，今月曾经照古人”（李白）等，月这一意象在古诗词之中富有极为深远的文化意蕴。这支曲子则写了曲家由中秋观月引发的思索到对自我境况的感怀。

起句是对月光的描写，“一天蟾影映婆娑”，明净的天空之中只有一轮圆月，月影摇动，流光婆娑，是非常澄澈空明的景象。至此，曲家不禁问道：“万古谁将此镜磨？”若说月亮是需要打磨才能照人的明镜，那么又是谁在时时磨治这天空之中的镜子呢？千万年来，年年中秋之夜，月亮皆是如此明亮澄净，不差分毫。这就上升到了对于物的存在的思索层面，但是曲家的思索没有进一步深入。接着，他不禁由月光联想到月中神话，广寒仙宫应是十分逍遥自在的吧，可惜青天遥遥，难以向月中姮娥探问。在这遥远的空间距离之中，难免会意识到自身的存在，曲家一人对着清凉的月亮独坐，闲闲唱着白雪歌，可是无人应和，落寞孤寂之情瞬间就涌上心来。与月亮的圆满相对比，孑然一身的自己就显得更加孤单。

曲中的情感非常澄净明澈，就像月亮的清辉一般，虽然带着些许的落寞与悲叹，但是叹而不怨，整体的精神是饱满、充盈的，不会给人滞涩的悲苦。语言流丽轻畅、典雅充盈，与饱满的中秋之月相辉相映，充满清冷的美感。

陈德和

陈德和，生卒年不详，生平、字、号亦皆无从详考。有〔落梅风〕十支存于《乐府群玉》中，皆是咏叹雪时雅逸事，词句晓畅平易，语言活泼。朱权《太和正音谱》将他列在“词林之英杰”中。

【双调】〔落梅风〕

雪中十事·泛剡王猷

乘雪夜，访故人，剡溪冰短篷难进①。冻归来怕人胡议论②，强支吾道“兴来还尽”③。

注 释

① 剡（shàn）溪：水名，在浙江嵊州南部，是曹娥江的上游。李白的《梦游天姥吟留别》中有“湖月照我影，送我至剡溪”的句子。短篷：小船。

② 胡议论：胡说，胡言乱语。

③ 支吾：讲话含混躲闪，搪塞。

题 解

曲牌〔落梅风〕又称〔寿阳曲〕、〔落梅引〕，与南曲【小石调】中的引子不同，其基本的字数句式为“三、三、七、

七、七”。本曲押“真文”韵，仄声韵脚。

这套〔落梅风〕总题为《雪中十事》，即写了与雪有关的十件雅事，《泛剡王猷》为其中一事。这支曲子是借着《世说新语》王徽之（字子猷）夜雪访戴的故事而发挥的。东晋王徽之，时住在山阴（今浙江绍兴），夜晚大雪，遂想起好友戴逵（安道）远住在嵊县（今浙江嵊州），便乘船前往拜访，半途兴尽而返。人问起则说："吾本乘兴而行，兴尽而返，何必见戴？"这个故事本是表现魏晋名士任诞潇洒的性格，作者此处则以调侃的口吻来写这件逸事，风趣解颐。

赏　析

提到“夜雪访戴”的典故，我们一般会想到魏晋名士不拘一格、潇洒豪放的气格和人生意趣，而这支小令则反其道而行之，用幽默的口吻去解读和想象王徽之访友半途而归的境况，谐谑活泼。

按照王子猷自己的说法，半途而归是“吾本乘兴而行，兴尽而返，何必见戴”，兴尽而已。而作者的推想则是“剡溪冰短篷难进”，剡溪水在雪夜结冰，小船无法通行，因而子猷应是悻悻而返。归来既怕别人嘲笑，所以就搪塞说是“兴尽而归”，给自己一个台阶。自然，这只是小令作者的调侃想象之言，将风流飘逸的名士生活化，反倒给人一种平易浅近、趣味无限之感。

虽说是议论雅事逸事，但是以令曲的语言来描写，多了几分活泼生动气息。“胡议论”“强支吾”都是当时口语，仿佛名士当真如此说，也体现了曲人不拘一格、幽默可爱的一面，读来令人解颐。

丘 士 元

丘士元，生卒年、生平皆不详。由《乐府群玉》《乐府群珠》所存其作品观之，丘士元擅写秋怀、相思的令曲，风格婉约清雅，有词人雅致风格。朱权《太和正音谱》将他列在“词林之英杰”中。

【双调】〔折桂令〕

相思

枉虚度岁月光阴，满腹离愁，一片忧心。斜月穿窗，寒风透户，夜永更深①。空落得忘餐废寝，怎能够并枕同衾②？院落沉沉③，无限相思，付与瑶琴④！

注 释

① 夜永：夜长；夜深。
② 衾：被子。
③ 沉沉：即院落深深。
④ 瑶琴：即古琴，多以玉犀金彩等物装饰。古人有“瑶琴多远思”的诗句，用以寄托相思情意。

题 解

曲牌〔折桂令〕来自词牌，属于【双调】宫，是一支北曲，又名〔广寒秋〕、〔蟾宫曲〕、〔蟾宫引〕、〔步蟾宫〕、〔天香引〕、〔秋风第一枝〕、〔折桂回〕。其定格的句式字数为“六、四、四、四、四、四、七、七、四、四、四”，第五句以后可增添四字句，其变格不一而足。本曲押“侵寻”韵，平声韵脚。

题目《相思》，表现了曲中人的满怀离愁和对对方的思念之情。

赏 析

这支〔折桂令〕隽永清丽，表现出曲中主人公夜永难眠、相思成愁的幽幽心绪。

离别后的愁思忧虑充满了心绪，已经使人无法专心于别的事情，沉浸在这种离愁、相思织就的状态中，白日的光阴就这样虚度而过。而到了夜晚，曲中主人公对恋人的相思之情就更加浓重。明月斜斜穿窗映照、寒风微微，冬日的长夜漫漫使得思念之情更加难以排解。

“空落得忘餐废寝，怎能够并枕同衾”一句，仿佛曲中人已经明白了即使废寝忘食也是徒劳，还是无法与意中人同起同卧、眼前相伴，便用反问的口吻自我解嘲。但是这样的开解并没有使得那相思愁情减轻一分，庭院深深的宁静衬托得曲中人的心绪更加寂寞，便只好借琴声一来抒解愁情，二来聊表相思。

整支令曲中的情绪是一以贯之的，即由离怨相思引起的愁苦之情，但是曲中人的情感又十分蕴藉和克制，有“哀而不伤”的中和之感。尤其是最后一句，以景结情，把无限的思念之情寄托在琴声中，使得悠远的感情更加绵长和令人回味，缠绵深致。

王国维在《人间词话》中说“有有我之境，有无我之境”，这支令曲可以说是“有我之境”的阐释。以曲中人的角度观物，斜月、寒风、院落这些无情之物在饱受相思愁情折磨的“我”的眼中，仿佛也带了凄凉、无力和寂寞的色彩。作者将情、景浑融一体，表情达意细致雅洁。

【中吕】〔满庭芳〕

相思

愁山闷海，沉吟暗想，积渐难睚①。冷清清无语人何在？瘦损形骸②。愁怕到黄昏在侧，最苦是兜上心来③。咱④无奈，相思痛哉！独自静书斋。

注　释

① 睚（yá）：通“捱”，难捱，即难以忍受。

② 形骸：躯体，亦指容貌、外貌。

③ 兜：像兜儿一样笼住，这里是指一齐涌上心头。

④ 咱：自己。

题　解

曲牌〔满庭芳〕是【中吕】宫中常用的一个曲调，南曲入【中吕】宫则为引子，因唐代吴融《废宅》中“几树好花闲白昼，满庭芳草易黄昏”而得名。与词调〔满庭芳〕相同，但在词中一般用双叠，用韵比较稀疏，在曲中则为单片，用韵较为稠密。曲中基本的字数句式为“四、四、四、七、四、七、七、三、四、五”，在曲中可以添加衬字。本曲押“皆来”韵，平仄通押。

这支曲子的题目是《相思》，表现了一个士人悲怆的思念情怀，但是又不流于感伤。

赏 析

与上一支〔折桂令〕《相思》相比较，这支相思曲就多了些晓畅通俗的曲人风味。

外在的愁闷、心下暗暗的思虑，渐渐在曲中人的心里堆积到难以忍受的地步。“愁山闷海”将心中愁绪比作山水，仿佛有了起伏的波动感，就像曲中人的心绪，让读者得以形象地感知。“积渐”则将愁闷思虑化作有形的东西，赋予了它重量。而在实际中，曲中人愁闷情感是无所投射的，冷冷清清无人相与话相思，念想的人不在身边，他已“为伊消得人憔悴”。

“愁怕到黄昏在侧”一句，又将“愁”化作有形的东西，仿佛与他处处相伴在侧。曲中人怕黄昏时分的到来增添愁情，但是比萧瑟黄昏更令他感到担忧的是这愁苦时时萦绕在心间。而无论是惧怕“在侧”还是“兜上心来”，都是他已然感受到的真实情绪。愁苦到一定程度，不禁长叹一声“相思痛哉！”终了，还是独自一人静静承受。

小令从“沉吟暗想”的愁思写起，到结尾又回归到静默的相思情绪之中，首尾相呼应。中间部分情绪的跌宕起伏和言语的抒发最终还是没能化解了他的相思之苦，可见情绪之深沉。“兜”“咱”等方言词的使用使得小曲更加活泼、通俗，大有无可奈何的幽默之感。

刘 庭 信

刘庭信，原名刘廷玉，生卒年不详，籍贯或说山东，或说湖北。无名氏《录鬼簿续编》中说他："先名廷玉，行五。身长而黑，人尽称'黑刘五舍'……风流蕴藉，超出伦辈，风晨月夕，惟以填词为事……"刘庭信个性豪放不羁，才思敏捷、天性聪慧，常常能出口成章，将市井俗言俚语新用巧用，化为令曲。其风格通俗灵动，能够反映市井世俗生活，朱权《太和正音谱》中说"刘庭信之词，如摩云老鹘"，飞逸自然。现存小令三十九首，套数七首，见于《盛世新声》《词林摘艳》等集。

【中吕】〔朝天子〕

赴约

夜深深静悄，明朗朗月高，小书院无人到。书生今夜且休睡着，有句话低低道：半扇儿窗棂①，不须轻敲，我来时将花树儿摇②。你可便记着，便休要忘了。影儿动咱来到③。

注　释

① 窗棂（líng）：窗格子。
② 花树儿：开花的树。
③ 咱：口语，谓我，我自己。

题　解

曲牌〔朝天子〕，又名〔谒金门〕、〔朝天曲〕，属【中吕】宫。定格字数句式为“二、二、五、七、五、四、四、五、二、二、五”，可添加衬字。本曲押“萧豪”韵，平仄通押，“到”字重韵。

这支〔朝天子〕题目为《赴约》，但是并没有直接写主人公“偷期密约”的事情，而是写了相见之前女子嘱咐恋人“书生”的话，约定相见的时间和方式，作者截取这一个片段，包含的诗歌内容却在想象中扩大。

赏　析

起句作者写了一个时间，夜深静寂、明月高悬时分，还要小书院无人打扰之时，这就设下一个疑问，引起读者的好奇。接下来则解答了这个疑问，原来是一个女子在叮嘱自己的恋人约会之事。先是她在叮嘱“书生”可别在约定时间里睡着了，然后说她来赴约时的暗号，不是轻轻敲他的窗户，一来可能怕是其他人，二来则怕被人察觉。她的暗号就是摇动院里花开正好的树枝儿。最后则再三叮嘱“书生”，花摇影动，便是她来到时。

全曲以一个女子的声气写出，仿佛她的声音就在耳畔，生动活泼。虽然没有直接描写约会情状，但是留给读者无限想象。作者也通过曲中女子的“叮嘱”，塑造了一位勇敢大胆、聪明狡黠、俏皮灵动，而又思虑周全的女主人公形象。口语贯通整支小令，通俗流动，全无滞涩之感，充满生活气息。也可见“偷期密约”之事在当时禁忌已经没有那么严格。此处也可看出，元人表情达意不求含蓄缊藉、婉约柔媚，而是极力贴近生活——鲜活饱满的生活。

【双调】〔折桂令〕

忆别

想人生最苦离别，三个字细细分开，凄凄凉凉无了无歇①。别字儿半晌痴呆②，离字儿一时拆散，苦字儿两下里堆叠。他那里鞍儿马儿身子儿劣怯③，我这里眉儿眼儿脸脑儿乜斜④。侧着头叫一声行者⑤，阁着泪说一句听者⑥，得官时先报期程⑦，丢丢抹抹远远的迎接⑧。

注　释

① 无了无歇：没有休止，没有停歇。
② 半晌：许久，好久。痴呆：这里指迟钝、发呆的样子。
③ 劣怯：体格怯弱，身轻气怯。
④ 乜（miē）斜：萎靡，无精打采的样子。
⑤ 行者：远行的人。
⑥ 阁着泪：眼中含着泪水。
⑦ 期程：时间和路程。
⑧ 丢丢抹抹：此处应是“丢抹”的叠用，丢抹意为装扮，丢丢抹抹即化妆打扮。

题　解

曲牌〔折桂令〕属于【双调】宫，是一支北曲，又名

〔广寒秋〕、〔蟾宫曲〕、〔蟾宫引〕、〔步蟾宫〕、〔天香引〕、〔秋风第一枝〕、〔折桂回〕。其定格的句式字数为“六、四、四、四、四、四、七、七、四、四、四”，第五句以后可增添四字句，其变格不一而足。本曲押“车遮”韵，平仄通押。

这支曲子以女子的口吻表现离别时难舍难分的情状。

赏 析

离别之际，女子一边悲伤，一边声声叮嘱即将远行去求取功名的丈夫，依依不舍的情状，细腻婉转。

人生最悲伤莫过于苦离别，从古至今一直在上演。离别之际，即将离别之人情态呆闷，大有“执手相看泪眼，竟无语凝噎”的悲苦，一处离别，两处愁苦。接下来是由女子的视角对即将分别之人的描写：远行人鞍马儿瘦弱，身子怯冷，在女子的眼中充满了怜爱；而在送行人这里，离别伤感，无精打采，眼中满含泪水。临行时女子不忘千百般叮嘱意中人，中官时一定要报归程，到时候自己会化妆打扮远远地去迎接。

小令从女子的角度写离别之情态，前面百般抒写离别之人的痛苦和忧愁，大有《西厢记》长亭送别的凄楚伤感，最后一句“得官时先报期程，丢丢抹抹远远的迎接”则笔锋一转，是女子对远行人，也是对自己的宽慰，即男子得官归来，自己装扮起来迎接的场景，使得离别之苦稍减，在一个较为美好的憧憬中收束。

全曲皆由一个女子的声气写出，晓畅通俗、深情款款，最后“侧着头叫一声行者”一句，如闻在耳，如在眼前，一个娇怯女子离别之际的悲愁与娇矜情态毕现，十分形象。

兰 楚 芳

兰楚芳，或作蓝楚芳，生卒年、字号等皆不详，西域人。曾经官至江西元帅。无名氏《录鬼簿续编》说他："丰神英秀，才思敏捷。"兰楚芳因与刘庭信作乐府互相往来唱和，人多将他们比作"元白"（元稹、白居易）。今存小令九首，套数三首，见于《乐府摘艳》《乐府群珠》《盛世新声》等。朱权《太和正音谱》中说："蓝楚芳之词，如秋风桂子。"今观读之，多写春思春情，其风格或自然本色，或风流蕴藉，不拘一格。

【南吕】〔骂玉郎过感皇恩采茶歌〕

闺情

兰堂失却风流伴[①]，倦刺绣懒描鸾[②]，金钗不整乌云乱[③]。情深似刀刃剜[④]，愁来似乱箭攒[⑤]，人去似风筝断。　口则说应举求官，多因是买笑追欢。从今后鸳梦儿再休完，鱼书儿都休寄[⑥]，龟卦儿也休钻[⑦]。离愁万般，心绪多端。芳草迷烟树，落花催雨点，香絮滚风团。　阳台上路盘桓[⑧]，蓝桥下水弥漫[⑨]。傍楼一傍一心酸，空忆当时花烂熳[⑩]，可怜今夜月团圞[⑪]。

注　释

① 兰堂：香洁的厅堂，此处指曲中女子居住的厅堂。风流伴：此处指恋人。

② 描鸾：鸾，凤凰一类的鸟。描鸾，即刺绣鸾凤一类的图案。

③ 乌云：形容女子头发美如乌云，此处代称头发。

④ 剜：抠挖。

⑤ 攒：聚集。

⑥ 鱼书：指书信。

⑦ 龟卦：用灵龟壳占卜算卦，根据钻纹的裂痕走向来判断凶吉。

⑧ 阳台：战国时楚国台观名，在云梦泽。宋玉写有《高唐赋》，楚王游高唐，夜有巫山神女自荐枕席，"王因幸之"，神女离去时说："妾在巫山之阳，高丘之岨，旦为朝云，暮为行雨，朝朝暮暮，阳台之下。"此处借指女子与恋人缱绻相会。

⑨ 蓝桥：典出《庄子・杂篇》，尾生与一女子相约在梁下，下大雨而女子未来，尾生没有离去，抱着桥柱继续等待被水淹而亡。后来用"水淹蓝桥"指称恋人忠信不改。

⑩ 花烂熳：一作"风烂漫"。

⑪ 团圞（luán）：圆满。一作"团圆"。

题　解

〔骂玉郎过感皇恩采茶歌〕是元散曲中常见的一支带过曲，〔骂玉郎〕、〔感皇恩〕、〔采茶歌〕三支曲子都是【南吕】宫中的北曲。〔骂玉郎〕又名〔瑶华曲〕，〔感皇恩〕又名〔瑶华令〕，〔采茶歌〕又名〔楚江秋〕。其基本的字数句式为"七、五、七、三、三、三；四、四、三、三、三、四、四、三、三、三；三、三、七、七、七"，共二十一句，可适当增加衬字。本曲押"桓欢"韵，平仄通押。

这支带过曲题目是《闺情》，即写一个女子在深闺之中的所思所感。

赏　析

这支《闺情》写了一个深闺女子的想法，多是她的内心活动。全篇使用虚笔，想象远行的男子的行迹，也不乏埋怨之情，充满嗔怪和自伤情怀。

起句便写“兰堂失却风流伴”，说明自己心上之人已经离去。在这种情境之下，曲中女子的生活也发生了变化。古人说“女为悦己者容”(《战国策》)，“自伯之东，首如飞蓬。岂无膏沐？谁适为容”(《诗经·伯兮》)，曲中女子也是“倦刺绣懒描鸾，金钗不整乌云乱”，无心描鸾刺凤，也无意整发修容，只因无人细赏。他们情深意切，但是对方一去就如同风筝断线，只留自己一人苦苦愁闷。在这样的情况下，女子开始想象对方的境况，他说是去应举求官，会不会在外拈花惹草、乐不思蜀呢？果真如此的话，从此以后便不再同心相思，也不再寄信，更不会占卜对方的凶吉和归期。虽然说得如此决绝，但是心中却是因此离愁不断、心绪难宁。窗外芳草萋萋，烟树茫茫，落花点点，柳絮飘飞，这些景致在她看来，都充满忧思，哀愁难解。

最后一支〔采茶歌〕，一想到对方心意有可能改变，与他的相见遥遥无期，傍楼眺望的女子就充满心酸。当时二人在一处时，春花烂漫，如今也是月圆之夜，可是月圆人未圆。两相对比之下，她的心境就更加凄清酸楚。

在女子不能自由行动的时代，书信和男子的忠诚就成了她少之又少的期待，而对方的自由又时时成为她爱情的威胁，因而曲中女子的无端猜测、嗔怪甚至发誓都是有其理由的。虽然如此，可仍旧对对方的归来充满期盼，为对方伤心萦怀。这种矛盾的心理不仅反映了一个恋爱中的女子的复杂心绪，同时也是对当时普遍的青楼女子爱情的反映，具有现实意义。

全曲的语言生动流丽，本色自然，如诉如叹，全似一个女子的声气口吻，将她的所思所叹和伤情自怜都表现得真切自然。

汪元亨

汪元亨，生卒年不详，大致生活在元末，字协贞，号云林，别号临川佚老，饶州（今江西鄱阳）人，后来徙家至江苏常熟。曾任浙江省掾，晚年回归田园。著有《斑竹记》《仁宗认母》《桃源洞》等杂剧，今俱已亡佚。无名氏《录鬼簿续编》说他："饶州人，浙江省掾，后徙居常熟，至正门，与余交于吴门。有《归田录》一百篇行于世，见重于人。"现存小令一百首，套数一首，见于《雍熙乐府》。作品大多是表现摆脱名缰利锁的官场生活，回归田园的闲散和自由，风格清新明快、流丽自然，语言质朴盈实。

【双调】〔折桂令〕

归隐

结茅庐膝可相容①，驿路风尘②，人海鱼龙③。袖拂去张良④，船撑开范蠡⑤，冠挂退逢萌⑥。间谈笑黄童皓翁⑦，尽受用明月清风。休怪吾侬⑧，性本疏慵⑨，赢得清闲，傲杀英雄⑩。

注　释

① 容膝：典出陈仲子，陈仲子是战国时人，当时齐、楚皆有使者延请他入仕，楚国欲以他为相，他的妻子说："夫子左琴右书，乐在其中矣。结驷连骑，所安不过容膝；食方丈于前，所甘不过一肉。今以容膝之安，一肉之味，而怀楚国之忧，乱世多害，恐生不保命也。"

（皇甫谧《高士传·陈仲子》）容膝，是仅仅容得下膝盖的空间，极言地方狭小。

② 驿路：驿道，大道。

③ 鱼龙：河津也称为“龙门”，大鱼聚于下，越过则为龙（见《太平御览》）。此处代指贤愚共存的尘世。

④ 张良：汉高祖刘邦的谋臣，能运筹帷幄，决胜千里，后来位封留侯，功成身退。

⑤ 范蠡：春秋末年，范蠡助越王勾践灭吴复国，功成后弃官归隐，泛舟游于五湖之上，因他善于经商，也称“陶朱公”。

⑥ 逢萌：东汉人，据《后汉书》载，他知晓阴阳变化之数，王莽杀其子，于是解冠挂于东都城门之上，归乡隐居。

⑦ 黄童皓翁：黄口小儿和白发老翁。

⑧ 吾侬：自称，犹言“吾”“我”。

⑨ 疏慵：疏散慵懒。

⑩ 杀：也作“煞”，表示程度深。

题　解

曲牌〔折桂令〕属于【双调】宫，是一支北曲，又名〔广寒秋〕、〔蟾宫曲〕、〔蟾宫引〕、〔步蟾宫〕、〔天香引〕、〔秋风第一枝〕、〔折桂回〕。其定格的句式字数为“六、四、四、四、四、四、七、七、四、四、四”，第五句以后可增添四字句，其变格不一而足。本曲押“东钟”韵，平声韵脚。

这支〔折桂令〕的题目是《归隐》，抒发曲家远离仕路，回归田园的心志。

赏　析

元朝末年，政治较为黑暗混乱，文人士子或全身避祸、远离仕途，或对朝堂仕途充满厌倦之情与归隐之意，这支曲子即是表现曲家晚年远离仕路经济，归隐田园之间的愉悦与散诞。

自结茅庐，即使狭小仅可容膝也乐在其中，远离了风尘奔波的驿路、鱼龙混杂的茫茫人海，就像当时的张良、范蠡和逢萌一样，功成身退，回到自己舒逸的田园之间。相与谈笑的是不带机心的“黄童皓翁”，融融泄泄，一派和乐洽谐的场景。自然环境也是明月清风，淡泊旷远。至此，曲家自抒心志，“休怪吾侬，性本疏慵”，原来是自己天性本就疏散慵懒，在这样闲淡的生活之中逍遥自由，即使在英雄人物面前也十分得意了。

作者在曲中多处使用了功成而身退，散淡于江湖的前人的典故，以表示自己远离仕路的选择就如同他们一般，不以身涉险，而是最终回归舒逸清闲、逍遥自由的生活。再概括了自己的田园生活境况，即与儿童皓翁谈笑风生，悠然于明月清风之中，这样的衬托就更加显出他归隐生活的舒适和自在。同时，曲家也在曲中表达了自己甘于淡泊的心志，不嫌容膝之地简陋，天性散淡。整支曲子传达出的，是终于回归田园、安于明月清风的舒畅和快意情绪。

曲中多用典故，质实而富于文气，将一位倦于宦海奔波、回归自然的老者心态刻画得真挚而深刻。

鲜于必仁

鲜于必仁，生卒年不详，字去矜，号苦斋，渔阳郡（属今天津蓟州）人。出身于仕宦家庭，深受其父鲜于枢的影响，于诗文、书法、音律上颇有建树，为四大声腔中“海盐腔”的形成做出了贡献。为人达观豪放，足迹行遍大江南北。今存小令二十九首，见于《太和正音谱》《乐府群珠》等。多为写景抒怀之作，风格旷达萧疏、俊逸激越。朱权在《太和正音谱》中说：“鲜于去矜之词，如奎壁腾辉。”评价极高。

【越调】〔寨儿令〕

汉子陵①，晋渊明②，二人到今香汗青③。钓叟谁称④？农父谁名⑤？去就一般轻⑥。五柳庄月朗风清⑦，七里滩浪稳潮平⑧。折腰时心已愧，伸脚处梦先惊⑨。听，千万古圣贤评。

注　释

① 子陵：即严光，字子陵。严子陵为汉光武帝刘秀的同学好友，曾助刘秀起兵。刘秀建立东汉王朝后，曾延请陵至洛阳皇宫，但是陵多次拒绝授官。范仲淹有“云山苍苍，江水泱泱，先生之风，山高水长”语来赞誉严子陵的清高气节。

② 渊明：即陶渊明，东晋隐逸诗人。曾任过彭泽县令，但是不愿“为五斗米向乡里小儿折腰”，辞官而归隐田园。

③ 汗青：古时在竹简上记事，先以火烤青竹，使水分渗出，便于

书写，并免虫蛀，称为“汗青”，此处借指史册。

④ 称：称名于天下。

⑤ 名：扬名。

⑥ 去就：离去或接近，犹举止行动。

⑦ 五柳庄：此处代指隐居之地。晋陶渊明曾隐居，于门前植五棵柳树，并作《五柳先生传》，自称五柳先生。

⑧ 七里滩：富春山畔七里滩，严子陵推辞刘秀不仕，隐居富春山，传说他曾钓鱼于七里滩，被刘秀延请至都城洛阳。

⑨ 伸脚：传说汉光武帝刘秀留严子陵同榻而眠，夜里严陵将一条腿放在刘秀身上，太史官以为客星犯御座，刘秀却说“朕故人严子陵共卧耳”，以示对严子陵的信任和亲密。

题　解

曲牌〔寨儿令〕又称〔柳营曲〕，是【越调】宫中的一支北曲。基本的字数句式为“三、三、七、四、四、五、六、六、五、五、一、五”或“三、三、七、四、四、五、六、六、五、五、六”，可添加衬字。本曲押“庚青”韵，平声韵脚。

这支〔寨儿令〕借陶渊明、严子陵事迹，辩说不染尘俗的清高人格的标准。

赏　析

以往文人大夫对陶渊明和严子陵拒不受官的行为称颂不已，对二人的认可也成为自身清高名节的一个标榜。但是这支曲子的内容对此提出了质疑，认为真正的高尚不是仕而复归，而是丝毫不染尘俗。

曲子起句陈说了一个事实，即陶渊明和严子陵以其清名为人称颂至今，那么那些真正的钓叟和农父有谁留下清高美名了呢？实质上，无论是身负重名的陶潜、严光，还是生活于江河农田的人们，他们的生活是一样的。五柳庄、富春山下的隐逸生活悠游自适，但是当他们走出去的那一刻，就已经违背了自己最初的天然本性。曲家虽然说听“千万古圣贤评”，但是字里行间已经流露出自己真实的态度，即隐士真正的清高气节便是丝毫不为世俗所动，坚守自己清淡雅逸的生活方式。

“听，千万古圣贤评”，给出的是一个开放的答案，从中也可以读出曲家达观开朗的人生态度。整支曲子一反往常，对陶潜和严子陵的清名提出了不同凡俗的评判标准，不人云亦云，可见曲家的批判性思考。

这支曲子的语言简明、直白，贯通其中的是硬朗、阳刚、俊逸的气息，通透达观，别具一格。

倪　瓒

倪瓒（1301—1374），初名珽，字元镇，自号风月主人，又号云林子、沧浪漫士、净名庵主等，江苏无锡人。自幼聪慧，读书能过目不忘，长大后更是博览群书，精通绘画音律，博学高才。其绘画擅长山水枯木等，与黄公望、王蒙、吴镇合称“元四家”。深受道家文化影响，浸染于诗画音乐之中，与儒家的入世理想迥然不同，终生未出仕。后来散尽家财泛舟于五湖间，浪迹市井之中，因眉清目秀，丹口须髯，时人称为神仙中人，他也自称“懒瓒”。存有《清閟阁集》。现存小令十二首，见于《词综》《历代诗余》以及《倪云林先生诗集·附录》等。今观读之，其风格清隽婉丽、淡雅自然。

【黄钟】〔人月圆〕

惊回一枕当年梦，渔唱起南津①。画屏云嶂②，池塘春草，无限销魂。旧家应在，梧桐覆井③，杨柳藏门。闲身空老，孤篷听雨，灯火江村。

注　释

① 南津：南边津渡，此处泛指水津。

② 画屏：有画饰的屏风。云嶂：耸入云霄的高山。

③ 井：天井，房与房之间或房与围墙之间所围成的露天空地，状如深井，故名。理解为水井亦通。

题　解

曲牌〔人月圆〕来源于词牌，其定格的字数句式为“七、五、四、四、四、四、四、四、四、四、四”，用在散曲小令之中。宋代词人王诜的词中有“年年此夜，华灯盛照，人月圆时”的句子，故而以〔人月圆〕为名。又因为宋代词人吴激的词中有“江州司马，青衫泪湿，同是天涯”的句子，故又称〔青衫湿〕。本曲押“真文”韵，平声韵脚。

这支〔人月圆〕表现曲家老来闲居孤村，思念旧家的怅惘情绪。

赏　析

这支〔人月圆〕表现了作者梦醒后，对梦中旧时生活的怀恋以及今昔对比之下的怅惘之情。

西方精神分析学派认为梦境内容是压抑的潜意识的表现。曲人由梦中一惊而醒，发现是南津的渔舟歌唱将自己惊醒，而这歌声也将他带回现实生活中。但是他对梦中景象依依不舍，便怀着怅怅的思绪去回味。读至后文，读者便可从中窥见作者所梦，原来他是梦到了旧家时节况味。旧时画屏上高耸入云霄的峰峦，池塘波绿、春草依依，都仿佛在他眼前一一重现，而时光流逝、世事变迁，往日生活的午夜梦回带给他的只有无限惆怅与伤怀。

回到现实生活中，故园旧址应还在，只是院中梧桐木应该已枝繁叶茂、覆井蔽日，门前杨柳也已蓊蓊郁郁，全然物是人非的景象。而作者自己，亦是空老江村。夜来渔火点点，依孤篷闻雨，更是加重了他哀伤恋旧的情绪。

在这支短短的小令中，作者由实写梦醒到虚写梦境中故园景象，再到实写身老江村，虚实转换之间，将自己感怀物是人非、世事变迁的伤情表现得感人心魄。“闲身空老”一句，又隐含了无限的身世之感，将人至暮年遗憾、怀旧、感慨今昔的无奈和沉重表现得一览无余，感人甚深。

【双调】〔水仙子〕

吹箫声断更登楼①，独自凭栏独自愁。斜阳绿惨红消瘦②，长江日际流。百般娇千种温柔，《金缕曲》新声低按③，碧油车名园共游④，绛绡裙罗袜如钩⑤。

注　释

① 吹箫：传说萧史是秦穆公时人，善吹箫，能引来孔雀白鹤。秦穆公的女儿弄玉亦喜吹箫，秦穆公便以女妻之，并建造凤楼让二人居住。萧史教弄玉学凤凰鸣唱，引来凤凰，二人化作仙人而去。后来吹箫便有男女相慕之意。

② 绿、红：指花草。

③《金缕曲》：曲调名，来自唐杜秋娘的《金缕衣》："劝君莫惜金缕衣，劝君惜取少年时。花开堪折直须折，莫待无花空折枝。"

④ 碧油车：用青蓝色的油布作车帷帐的车子，一般装饰比较精美华贵，多为贵族女子所乘。

⑤ 绛绡裙：红色绡绢做的裙子。罗袜：丝罗制作的袜。

题　解

曲牌〔水仙子〕又称〔湘妃怨〕、〔湘妃引〕、〔凌波曲〕、〔凌波仙〕、〔冯夷曲〕等，是【双调】宫中的一支北曲。其基本的字数句式为"七、七、七、六、七、三、三、四"，常与〔折桂令〕组成带过曲。本曲押"尤侯"韵，平声韵脚。

这支曲子无题目，表现了一个女子的相思惆怅之情。

赏 析

这支曲子写了一个女子夕阳西下时分，登楼极目远眺，而生发出对过去与恋人共赏共游的回忆，表现出对对方的思念。

首句写道“吹箫声断”，箫因其声音呜咽缠绵、绵绵不断而容易使人产生悲戚之感，回忆起心中难解之事。曲中女子便是如此，听罢这愁人的箫声，独自登楼观望，而心中的愁情始终难以化解。远远望去，夕阳斜照，花花草草似是惨淡羸弱的光景；长江滚滚流逝，在残阳的映照下“半江瑟瑟”。这在她心中触发的，也是凄清寒凉的感受。此时，她便回忆起与恋人之间的“百般娇千种温柔”，一想到对方也是心中充满了温柔与娇羞之感，在读者看来，其娇媚含羞之态仿如眼前。当时管弦低按，轻唱着“劝君莫惜金缕衣，劝君惜取少年时”，这也是女子此时心中所想，在青春正好的年华里，希望对方能够与自己时时流连，就如当初油车名园共同赏游一般，彼时的自己绛绡裙飘动、罗袜如钩，娇媚俏丽。最后一句也或许是曲中女子看到自己所着的绛裙罗袜而触景生情，联想到当时情境。以写景收束，使得她的情绪在这种思索之中不绝如缕，思念的意味就更加深长。

这支曲子中的情感表达是十分含蓄的，起句的“吹箫声断更登楼”也只是化用萧史弄玉的典故隐隐暗示女主人公的情感，接着通过对景物的描写衬托她内心的愁闷情绪，再通过她的回忆含蓄地表达对于对方的思念，情致婉约细腻。

斜阳散照、花草碧红、金缕曲、碧油车、绛绡裙，曲中使用的颜色词特别多，多种绚烂的色彩共同交织在一起，将曲中人的情绪反衬得更加落寞。对色彩的敏感，也从中可以看出作者以画家之眼对诗歌意象世界的表现。

曲中语言隽永含蓄、自然流丽，虽然写思念的愁情，但是不着一丝痕迹，在含蓄的表达之中，极尽朦胧婉丽之美。

汤 舜 民

汤舜民，生卒年不详，名式，字舜民，大致生活在元末明初。无名氏《录鬼簿续编》说他：“象山（今属浙江）人，号菊庄。补本县吏，非其志也，后落魄江湖间，好滑稽……所作乐府、套数、小令极多，语皆工巧，江湖盛传之。”曾作有杂剧《瑞仙亭》《娇红记》两部，但是俱已亡佚。今存小令一百七十首，套数六十八首，有散曲集《笔花集》传世。朱权《太和正音谱》说：“汤舜民之词，如锦屏春风。”今观读其令曲，多为赠答、题情之作，风格秾丽婉约，又不失清隽雅致。

【双调】〔庆东原〕

京口夜泊

故园一千里①，孤帆数日程②，倚篷窗自叹漂泊命③。城头鼓声，江心浪声，山顶钟声。一夜梦难成，三处愁相并。

注 释

① 一千里：此处是虚指，形容遥远。

② 孤帆：代指船。

③ 篷窗：用竹篾、苇席、布等做成的窗子。

题解

曲牌〔庆东原〕又名〔东庆园〕、〔郓城春〕，是【双调】宫中一支北曲曲牌。定格字数句式为“三、三、七、四、四、四、五、五”，可添加衬字，其字数句式有多种，此曲为其中一种。〔庆东原〕亦存于词牌中，在元曲中多用。本曲押“庚青”韵，平仄通押。

这支曲子的题目是《京口夜泊》，京口在今江苏镇江，孙权曾经把吴国首府迁至此地，称为京城，后来称此地为京口城。作者夜泊此地，心有所感而成此曲。

赏析

在交通不便的时代，长途旅行，甚至会需要成月地在途中跋涉，在增加劳顿之苦的同时，还会增添旅人心中的悲戚之感。这支曲子便是作者在行途之中，夜泊京口，有感于自己离家千里、独自漂泊而生发出的愁苦心情。

“故园一千里，孤帆数日程”，起句说明了自己已经水路跋涉了数日，离家也已是千里之外，无论时间还是空间上，都与故园遥遥相隔。至此，不禁感叹漂泊流离的命运。而此时，城头的鼓声响起，江水中浪声汩汩，山寺传来低沉的报时钟声。岁月已晚、夜色已晚，鼓声、浪声、钟声，种种声音敲打在他的心上，更加激起他的漂泊流离之感，愁苦烦闷的心情越发凝重难解。鼓声是离家之愁，浪声是漂泊之苦，钟声是时间流转之悲，三种声音交织，勾起曲家三种愁闷萦怀，一夜难眠。

曲中的情感基调是惆怅低落的，曲家将自己情绪的表达与夜泊京口所见之景结合在一起，凄凉的景色加剧了他愁闷的感受，而他惆怅失意的情绪也使得江边景致蒙上了黯淡、凄冷的色彩，二者相互影响，营造出悲凉感伤的意境，使人感同身受。

曲中语言自然真挚，婉转巧妙，多处使用数字，表现自己离家之远；鼓声、浪声、钟声，三处尾韵相同，营造出重复的效果，更加突显出夜景之凄清难耐。

【双调】〔天香引〕

西湖感旧

问西湖昔日如何？朝也笙歌①，暮也笙歌。问西湖今日如何？朝也干戈②，暮也干戈。昔日也二十里沽酒楼香风绮罗③，今日个两三个打鱼船落日沧波。光景蹉跎④，人物消磨⑤。昔日西湖，今日南柯⑥。

注　释

① 笙歌：吹笙歌唱，泛指奏乐唱歌。

② 干戈：干与戈都是古时的武器，此处代指战乱纷争。

③ 香风：带有香气的风，也比喻繁华的景象或奢靡的风气。绮罗：身着华贵丝织品或丝绸服饰的人，也泛指繁华的生活。

④ 光景：光阴，时光。蹉跎：谓时间逝去，光阴虚度。

⑤ 消磨：磨灭，消逝。

⑥ 南柯：即南柯梦，据唐传奇《南柯太守传》载，淳于棼醉后梦入大槐安国，官任南柯太守，享尽荣华富贵，醒来后发觉那只不过是一场梦。后来便用“南柯一梦”指梦境般虚幻的事情。

题　解

曲牌〔天香引〕属于【双调】宫，是一支北曲，又名〔广寒秋〕、〔蟾宫曲〕、〔蟾宫引〕、〔步蟾宫〕、〔折桂令〕、〔秋风第一枝〕、〔折桂回〕。其定格的句式字数为“六、四、四、

四、四、四、七、七、四、四、四”，第五句以后可增添四字句，其变格不一而足。本曲押“歌戈”韵，平声韵脚。

这支〔天香引〕的题目是《西湖感旧》，抒写曲家对比西湖今昔而产生的感慨与惆怅。

赏 析

杭州自古阜盛，西湖也是一大胜景，是一派莺歌燕舞的繁荣风流气象，到南宋时期也还尚且是“暖风熏得游人醉”的景象。如作者在曲中所写的，昔日的西湖，“朝也笙歌，暮也笙歌”，而在元末明初，张士诚势力攻破杭州之后，杭州的宁静与歌舞升平的景象也便被打破了。基于对西湖的今昔对比，曲家生发出无限感慨。

昔日的西湖宴乐熙熙，酒楼市肆、绮罗散香，而今天的西湖景象却是干戈、纷扰不断，只余下数只打渔船凄清地往来于沧波之中。同时，在历史变迁之中，当时的风流人物、俊彦豪杰也都消逝而去，只剩下一片遭受侵扰和纷乱的凄清景象，昔日胜景在今天看来，也只是逝去的南柯一梦了。曲家看似在感慨今昔不可同日而语的西湖胜景，实际上对眼前的“朝也干戈，暮也干戈”，即破坏了昔日的平静安闲，造成人们生活凄凉的军阀势力的官僚充满了批评意味。同时，也可以反映出作者对于繁花锦簇、太平安乐时期的西湖的留恋和向往。名为感旧，实际上也是期待盛时的恢复。

这种感怀慨叹也不仅仅是对于西湖，由此联系到广阔的大好河山，昔日的繁盛都会逝去，有了一种对于历史和人事变迁的思考意味在其间，这种思索使得曲子的思想性深重了不少，增添了一股沉郁苍凉的气氛。

曲中反复出现“昔日”“今日”的词语，强调了两者之间的对比，也将作者的感怀情绪融会在其间。曲家所用的语言十分平易流畅，但是却不流于通俗和浅薄，充溢其间的反而是一种苍凉深沉的气格。

贾 仲 明

贾仲明（约1343—1422后），一作贾仲名，自号云水散人，淄川（今山东淄博）人，后居于兰陵。活动于元末明初，聪明博学、交游甚广，善吟咏，精于乐章、隐语，无名氏《录鬼簿续编》说他“丰神秀拔，衣冠济楚，量度汪洋”，他的传奇、乐府“骈丽工巧”。因《录鬼簿续编》附于贾仲明增补的《录鬼簿》之后，故有人认为《续编》为贾仲明所作。其杂剧作品有《荆楚臣重对玉梳记》《萧淑兰情寄菩萨蛮》《李素兰风月玉壶春》《铁拐李度金童玉女》等，散曲则有一组《凌波仙》凭吊《录鬼簿》所载诸公。朱权《太和正音谱》说“贾仲明之词，如锦帷琼筵”，可见其风格之骈俪华美。

【双调】〔凌波仙〕

吊关汉卿

珠玑语唾自然流①，金玉词源即便有，玲珑肺腑天生就。风月情、忒惯熟，姓名香、四大神洲②。驱梨园领袖③，总编修师首④，捻杂剧班头⑤。

注 释

① 珠玑：珠宝，珠玉。语唾：词句，此处指诗词文章。

② 四大神洲：佛教认为须弥山四方有四大洲，即东胜神洲，南赡部

洲，西牛贺洲，北俱芦洲，又称四洲、四大洲，此处指天下。

③ 梨园：唐玄宗李隆基精通音律，曾选数百乐工、宫女于梨园之中习音乐舞蹈，后来用“梨园”二字代称戏曲界。

④ 编修：宋代有史馆编修，此处应是指写作的剧曲家。

⑤ 班头：戏班行头之首，也泛指领袖，第一人。

题 解

曲牌〔凌波仙〕又称〔湘妃怨〕、〔湘妃引〕、〔凌波曲〕、〔水仙子〕等，是【双调】宫中的一支北曲。其基本的字数句式为“七、七、七、六、七、三、三、四”，常与〔折桂令〕组成带过曲。本曲押“尤侯”韵，平仄通押。

〔凌波仙〕是贾仲明的一组吊词，对关汉卿、白朴、王实甫等梨园名家以词凭吊，也对他们的梨园地位、主要贡献以及剧曲风格等进行了概括和肯定。这支曲子是对关汉卿的悼词。

赏 析

这首《吊关汉卿》颂扬了关汉卿作为北方戏剧圈重要人物的地位，以及其作品所达到的成就。

“珠玑语唾自然流”，关汉卿的作品雅处珠圆玉润，口语语言则多来自现实生活，通俗活泼，皆是自然流淌，呼之而出，无不合于人物身份处境，如同是“玲珑肺腑”，天才自高。而“风月情、忒惯熟”则是赞他的社会风情剧，如《谢天香》《救风尘》《金线池》等，写世俗生活情状仿佛信手拈来，人物的嬉笑怒骂极尽风情，优秀的作品也使得他名扬天下。作为剧作家，关汉卿是足以称为书会才人的领袖的，但是他又能亲自“粉墨登场”，进行舞台表演的实践，其才能远远超出了单纯的书面创作。可以说是当之无愧的梨园领袖了。

作者抓住了关汉卿对杂剧的贡献的主要方面，提炼了其语言特点、剧作优长和在北方戏剧圈的领袖地位，该曲也成为后来人认识关汉卿的重要材料和评论他的重要依据。

【双调】〔凌波仙〕

吊王实甫

风月营密匝匝列旌旗①，莺花寨明飙飙排剑戟②，翠红乡雄纠纠施谋智。作词章、风韵美，士林中、等辈伏低③。新杂剧，旧传奇，《西厢记》天下夺魁④。

注　释

① 风月营：并后文的莺花寨、翠红乡都是代指元代官妓聚居的教坊、行院或上演杂剧的勾栏等。密匝匝：严实，稠密。

② 明飙飙（biāobiāo）：明晃晃，亮闪闪，形容声势盛大。剑戟：剑与戟，泛指武器，此处指戏曲舞台上的武器道具。

③ 伏低：服膺，甘居人下。

④《西厢记》：王实甫的杂剧，全名《崔莺莺待月西厢记》，在唐传奇《莺莺传》和金代董解元《西厢记诸宫调》的基础上改写而来，有五本二十一折，写张君瑞和崔莺莺冲破世俗结合，最终得以结成连理的故事，传达了"愿普天下有情的都成了眷属"的理念。

题　解

曲牌〔凌波仙〕同上一支曲子。本曲押"齐微"韵，平仄通押。

这支《吊王实甫》是对王实甫的悼词，称扬了他作为文采一派的词采华章之美，并肯定了《西厢记》天下夺魁的地位。

赏 析

如果说关汉卿是刻画生活、直面现实的斗士，那么王实甫则是更多地关注了人内心细微的情感和雅致的情怀。

“风月营密匝匝列旌旗，莺花寨明飙飙排剑戟，翠红乡雄纠纠施谋智”，王实甫的杂剧作品多与当时女性爱情婚姻有关，可以说是为莺莺燕燕脂粉佳人们谱写的剧曲，如《丽春堂》《破窑记》等，因而文辞较为秾艳，讲究文采。他的剧词采华茂、风流蕴藉，为当时文人所激赏、敬服，作者也是从这个角度对王实甫进行了夸赞。最后一句则可以说是对王实甫《西厢记》地位的一个肯定，“天下夺魁”，为后来人认识《西厢记》和它在当时的影响提供了很好的确证。

同样，作者选取了所吊之人王实甫的主要特点和其代表杰作，精练地传达了时人和后来人对他的看法，放在〔凌波仙〕八十余首曲中，亦能读出所咏对象。曲中使用排比、对偶等修辞手法，语言骈俪工整，读来琅琅如歌，极富有音乐美和整饬的美感。

顾　鉴　中

顾鉴中，生卒年、籍贯以及生平皆不详。《全元曲》中录其小令五首，今观读之，多为赠答、寄情之作，风格或真挚朴实，或秾丽典雅，有其可取之处。

【中吕】〔普天乐〕

答沈甥书

天阔雁还疏，人远心犹近。贤甥有义，我岂无亲。泪从眼角流，情向书中尽。自愧残年多愚钝①，丁宁话不叙闲文②。勤攻书史③，常亲笔砚，承维先人④。

注　释

① 残年：晚年。
② 丁宁话：嘱咐、告诫的话。
③ 书史：经史典籍。
④ 承维：继承，接续，维系。

题　解

曲牌〔普天乐〕是【中吕】宫中的一支北曲，多用于剧曲和散曲套数。其基本的字数句式为“三、三、四、四、三、三、七、七、四、四、四”，共十一句，可添加衬字。词牌之中也有〔普天乐〕，曲牌名应是来源于词牌。本曲押“真文”韵，平仄通押。

这支〔普天乐〕的题目是《答沈甥书》，即是以曲作为回复沈姓外甥的信。

赏　析

这支曲子是一封回信，字里行间流露出一位长辈对于晚辈的殷殷关爱与孜孜教诲之意，但是却不流于说教和刻板，而是充满着浓厚的亲情。

曲中的内容可以分为两部分，第一部分是表达一位舅舅对甥辈的殷殷亲情。起句以“天阔雁疏”起兴，表明虽然与外甥远远相隔，但是彼此相亲近的心是在一起的，对方如此在意舅甥之义，自己当然也怀着浓厚亲情，此句可以想象沈姓外甥在信中也定是传达了亲厚之情。看到亲人如此殷厚的情感，曲家不禁“泪从眼角流”，借书信传达自己的感动。

第二部分则是对外甥的殷勤叮嘱。先是自谦说老迈“愚钝”，虽是客气话，但是并不见生疏，转而表达对于这位晚辈的叮嘱和劝诫：勤读书史、多近笔墨，以期能够承接先人之志。最朴素的叮咛话语，却包含着一位长者的殷勤期盼。而同时，“自愧残年多愚钝”一句，也饱含了曲家对于老境的深致感慨，大有杜甫“老病有孤舟”之中的深沉慨叹。

这支曲子全不用华词丽语，朴素而简约，但是却能够让读者感受到流动其间的浓浓亲情和曲家真挚、诚恳的情感，胜在深情。

以曲词的形式写信，在元散曲中极少见，这支曲子即是将回信入曲，一方面体现其书信之别致，另一方面也表现了曲之为体所表现的内容之广泛。

卫 德 辰

卫德辰，字立中，华亭（今上海松江）人，生卒年以及生平不详，与阿里西瑛、贯云石有词曲往来唱和，应为同时人。孙楷第《元曲家考略》记载，卫立中极具才干，擅长书法。现存小令两首，见于《太平乐府》。朱权《太和正音谱》将他列在“词林之英杰”之中。

【双调】〔殿前欢〕

碧云深①，碧云深处路难寻。数椽茅屋和云赁②，云在松阴③。挂云和八尺琴④，卧苔石将云根枕⑤，折梅蕊把云梢沁⑥。云心无我⑦，云我无心。

注 释

① 碧云：青云，青碧色天空之中的云。

② 椽（chuán）：用作屋梁的木头，此处是量词，指数座茅屋。赁：赁住，赁用。

③ 云在松阴：松云，即青松白云，一般是指隐士所居之境。

④ 云和：古山名，传说云和山上的木材可制名琴，《周礼・春官》载：“孤竹之管，云和之琴瑟。”

⑤ 云根：云雾由山石深处升起，故称之为“云根”。

⑥ 沁：沁透，沾湿。

⑦ 云心：云端。

题 解

曲牌〔殿前欢〕又名〔凤将雏〕、〔小妇孩儿〕、〔小凤孙儿〕、〔燕引雏〕，是【双调】宫中的一支北曲。定格的字数句式为“三、七、七、四、五、三、五、四、四”，可添加衬字。本曲押“侵寻”韵，平仄通押。

这支〔殿前欢〕无题，旨在表现曲家隐逸的消闲情怀。

赏 析

一般曲家写隐逸生活，多涉及诗酒田园，但是这支曲子则多了一种道隐的意味，全篇充满清旷高古的世外隐者风骨。

“碧云深，碧云深处路难寻”，起句便是对环境的描述，碧云深深，云雾缭绕，其间道路难觅踪迹。接着越来越接近隐者的居所，青松郁郁成阴，数间茅屋仿佛从云那里借来的一般，缥缈在青山白雾之中。接下来便是其中的隐者形象了，八尺云和琴高高挂起，所眠之地是烟云盘桓的山石，偶尔折枝梅花也能碰触到高高的云梢。曲家用侧面描写的方式表现了这位隐者的生活，兴起时便轻抚一张云和古琴，自相怡情，再则闲睡山石之上，轻逸自在，或者折梅赏玩，完全是不食人间烟火的仙人状态。

云作为一种无法控制而充满神秘、缥缈气息的物质，自古就承载了人们追求自由飘逸状态的含义，更是具有追求世外修行的意味，如“山中何所有？岭上多白云。只可自怡悦，不堪持寄君”（陶弘景）。如果说在前人的笔下，云只是作为一种自我之外的载体，借以传达作者的高远的幽怀的话，那么这支曲子则是曲家与云合为一体，盘桓于松阴、卧枕山石之上，曲中所写的人物形象已经淡化，取而代之的是缥缈、洁净的白云。

曲中句句含“云”字，构思奇巧、语言清新，形成一种重复回还之美，也营造出一个云雾缭绕的意象化世界，仿佛一幅高古简淡的深山仙人图，充满悠远、流动的美感。

吴 仁 卿

吴仁卿，生卒年不详。钟嗣成《录鬼簿》将他列在“方今才人相知者，纪其姓名行实并所编”中，记载其“名弘道，号克斋，历仕府判致仕，有《金缕新声》行于世”，亦有所编传奇，《乐府群玉》《太平乐府》《阳春白雪》等集子收录有他的小令和套数。据钟嗣成记载，《录鬼簿》上卷中的“前辈已死名公才人”的信息多来源于吴仁卿。现观读其令曲，风格清丽淡雅，很好地体现了“文人”曲的特点。朱权在《太和正音谱》中评说：“吴仁卿之词，如山间明月。”并将他列在“词林之英杰”中。

【南吕】〔金字经〕

伤春

落花风飞去，故枝依旧鲜[①]，月缺终须有再圆。圆，月圆人未圆。朱颜变[②]，几时得重少年[③]？

注 释

① 故枝：叶子掉落的树枝。
② 朱颜：少年人红润的脸色，借指青春的容颜。
③ 重：再次，重新。

题 解

〔金字经〕又称〔阅金经〕，是【南吕】宫中的一支曲牌。其定格的字数句式为“五、五、七、六、三、五”，或认为是“五、五、七、一、五、三、五”，二体皆有之。本曲押“先天”韵，平声韵脚。

这支〔金字经〕题目是《伤春》，表现曲家对青春逝去、难得重来的感叹与伤怀。

赏 析

中国古人对时间往往有感性和细腻的认知，并趋向于在时间流逝过程中思考生命的价值。加上古时多以物候节气来计算时间（如《诗经》中“七月流火，八月授衣”、“昔我往矣，杨柳依依；今我来思，雨雪霏霏”等），因而时间的变换和季节的更替更能引起古人和对生命的思考。

这支〔金字经〕作为伤春题材的小令，同样是通过对季节更替的关照来思考青春生命和人生际遇。落花随风飞去，但是相对落花生命力较久的树枝依旧在；月亮虽一时残缺，但是终有再盈满的时候。这两句有一定的哲学意味，变与不变，瞬间与永恒之间的比对使人去思考短暂存在的意义。而与物相比较，短暂的便是人的存在了。月有再圆时，但是人离别之后就未必有再次团圆的可能，一旦时光老去，也不再能重回少年岁月。两相比对视之，人类可感生命就更显得短暂。

花落故枝在，月缺有圆时，曲人选取了两种常见的自然现象，但所感怀的已经不限于题目“伤春”，而是上升到存在的短暂与永恒。语言通晓淡然，简洁明了。

无名氏

隋树森编的《全元散曲》中，辑选着这样一类散曲作品，其作者姓名已不可考，但是这些作品也不乏可取之处，或写景抒怀，或讥刺时弊，其现实性与艺术性甚至超越了一些名家之作，此处选之。

【正宫】〔醉太平〕

讥贪小利者

夺泥燕口①，削铁针头，刮金佛面细搜求，无中觅有。鹌鹑膆里寻豌豆②，鹭鸶腿上劈精肉③，蚊子腹内刳脂油④，亏老先生下手！

注 释

① 夺泥：燕子衔泥筑巢，口极小，此谓从燕子口中夺泥。

② 鹌鹑膆："膆"同"嗉"，即嗉囊，是鸟类消化器官的一部分，在食道下部，食物在嗉囊中湿润之后再进入胃里，容易消化。

③ 鹭鸶：即鹭鸟，腿细瘦而长。精肉：瘦肉。

④ 刳（kū）：挖，搜刮。

题 解

曲牌〔醉太平〕是【正宫】中的一支北曲，可用于小令、套数和剧曲。基本的字数句式为“四、四、七、四、七、七、七、四”，可增添衬字。本曲押“尤侯”韵，仄声韵脚。

这支〔醉太平〕的题目是《讥贪小利者》，用夸张和比喻的修辞对一个贪小利的斤斤计较者进行了无情的嘲讽。

赏 析

作为通俗文学的典范，元曲中嬉笑怒骂、哀乐嗔痴无所不包。这是一支极尽戏谑和嘲讽的小令，用极其通俗的手法表现了一个吝啬贪求者的形象。

从极小的燕子口中夺泥，从针头上削铁，从镀金的佛面上刮金，对微乎其微的东西也极尽全力搜求，可见这位“老先生”贪小利的程度之甚。“鹌鹑膆里寻豌豆，鹭鸶腿上劈精肉，蚊子腹内刳脂油”，更见其吝啬与贪婪。鹌鹑膆、鹭鸶腿、蚊子腹都是极其微小细弱的，可是曲中所嘲讽的对象仍旧意欲从中获取利益，更加突显出其贪得无厌的丑恶情态。最后一句“老先生”三字，看似是敬称，实则饱含了嘲弄和讽刺的意味。

曲中对这位“老先生”的态度是十分厌恶和反感的，以极其夸张的修辞手法表现了其贪得无厌、斤斤计较的丑态，也使用比喻手法表现了其剥削的残忍。嬉笑怒骂之间，一个贪婪残忍的剥削者形象呼之欲出。

这支曲子语言十分通俗，使用的比喻也贴近现实生活，几个排比句连用，虽然没有正面表现，但是字里行间都是对所写对象的讥讽和嘲弄，也表现出作者几分的无奈。这支曲子风格活泼流畅，通俗戏谑，可见作者对于语言的灵活驾驭。

【正宫】〔叨叨令〕

绿杨堤畔长亭路①，一樽酒罢青山暮。马儿离了车儿去，低头哭罢抬头觑②。一步步远了也么哥③，一步步远了也么哥，梦回酒醒人何处？

注　释

① 长亭：古时候“十里一长亭，五里一短亭”，设驿亭供行人休憩、送别用。

② 觑（qù）：犹看。

③ 也么哥：或作“也末哥”，元、明词曲和戏曲中常用的衬字，无意义，一般起拖长语调、渲染情绪的作用。

题　解

曲牌〔叨叨令〕是【正宫】中的一支北曲。其定格的字数字句为“七、七、七、七、六、六、七”，共七句，第五、六句的“也么哥”是定格，不可更改。可添加衬字，变格不一而足。本曲押“鱼模”韵，仄声韵脚。

这支〔叨叨令〕旨在表现离别之伤情。

赏　析

离别送远是诗词曲中表现的主题之一，也多从离人的角度表现离别之苦。这支曲子则从一位送别的女子的角度出发，将她戚戚伤怀与依依不舍的情态表现得真切生动，如在眼前。

这支曲子可以分为两部分，前一部分送人，后一部分怀人。起句“绿杨堤畔长亭路”点明送别的地点和环境，绿杨水堤、长亭路上，也暗示了送别之意。“一樽酒罢青山暮”，送别酒罢，已是日暮黄昏时分，可见依依不舍之情深，黄昏时分也更能衬托出离别双方的愁苦之情。“马儿离了车儿去，低头哭罢抬头觑”，车儿马儿都一步步离去，这句使用互文的手法，表明远行的一方已经离开，而送行之人“低头哭罢抬头觑”，其恋恋不舍而又满怀伤痛的情态如在眼前。“一步步远了也么哥，一步步远了也么哥”，这句使用重复，仿佛能够听到送行女子痛苦的心声，也能看到她泪眼婆娑地久久眺望远方的样子，这部分是女子送行时离别场景的描写。最后一句则是写怀人，“酒醒”二字暗示了曲中女子试图借酒消离别之愁，可是梦回酒醒之后，对方已经离去的事实仍在眼前，就留下了一个清醒而伤痛的结尾，耐人寻味。

曲中的情绪悲戚伤感，将一个女子送别与离别之后怀人的情态与所感生动地表现出来，简约、深挚而动人。语言通俗直白，真率灵动，使得曲中人深情、伤感的形象跃然纸上。

【正宫】〔塞鸿秋〕

爱他时似爱初生月①，喜他时似喜看梅梢月②，想他时道几首西江月③，盼他时似盼辰钩月④。当初意儿别⑤，今日相抛撇⑥，要相逢似水底捞明月。

注 释

① 初生月：即刚刚出现在天空之中的月儿，清新可人。

② 梅梢月：初挂梅梢之月，花月相映，清喜动人。另，“梅梢月”亦是一张宋琴之名。

③ 西江月：词牌名，又名“白蘋香”“步虚词”“晚香时候”“玉炉三涧雪”“江月令”等，来自李白《苏台览古》“只今唯有西江月，曾照吴王宫里人”一句。

④ 辰钩月：亦作“辰勾”，是极难见到的水星，常常用来比喻极难见到的事物。

⑤ 别：特别，好。

⑥ 抛撇：抛开，丢弃。

题 解

曲牌〔塞鸿秋〕是【正宫】调中的一支北曲，用于剧曲、散曲套数和小令。其基本的句式字数为“七、七、七、七、五、五、七”。本曲押“车遮”韵，仄声韵脚。

这支小令无题，表现了一位女子对曾经恋人的嗔怨。

赏 析

爱情是元散曲中经常表现的一个主题，喜乐嗔痴各各皆可以不同方式和表达入曲。这支曲子则通篇以月来表现曲中女子的情感，新颖奇巧，又含蓄贴切。

“爱他时似爱初生月，喜他时似喜看梅梢月，想他时道几首西江月，盼他时似盼辰钩月”，起句四个“月”连用，表现曲中女子的情感。爱怜他时就像看初生的月亮那般，充满新奇和新鲜的喜悦；心中欢喜他时，就像看梅树梢隐隐约约的月亮一般，是淡远雅致的清喜；思念他时，便只好作几首〔西江月〕，以抒发心曲；但是盼望他的到来时，就像盼望看到天边的辰钩月那样艰难。这几句韵脚相同，形成一种特别的韵尾，相互辉映，十分具有韵律美。“当初意儿别，今日相抛撇”，全曲使用的是回忆的笔法，至这句方点明，当初情意欢好，至今却已经是女子被抛弃，再要见到对方就如同水底捞月那般艰难。

曲中表现了一个女子从爱怜、喜悦、盼望，再到伤心绝望的心理状态，全用“月”来替代，每一个阶段的情感都对应不同情境之下的月亮，十分贴切和具有形象性。莎士比亚说：“不要向着月亮起誓，你们的爱情会像它一样阴晴不定。”(《罗密欧与朱丽叶》)，这支曲子则全以月的形象作比，与之有异曲同工之妙。

曲中语言清新淡雅、质朴直白，用平白如话的表达和常见的月亮形象来表现曲中女子的情感，新奇别致，这也是它能够流传下来的原因之一。

【中吕】〔满庭芳〕

疏林暮鸦，聚鱼远浦，落雁寒沙。青山隐隐夕阳下，远水蒹葭①。鸭头绿一江浪花②，鱼尾红几缕残霞③。云帆挂，星河客槎④，万里寄天涯。

注 释

① 蒹葭：指芦荻，芦苇，因《诗经·蒹葭》之中有“蒹葭苍苍，白露为霜，所谓伊人，在水一方”之句，因而蒹葭也有了思念友人的文化意味。

② 鸭头绿：即绿色，原是染色用语，春草、鸡翘、凫翁，颜色似绿，染家称之为鸭头绿、翠毛碧云等。

③ 鱼尾红：像鲤鱼尾的颜色，娇艳的红色之中略透金黄色。

④ 星河：即银河。客槎：即客船。星河槎：传说尧登位时，西海之上有巨槎，夜明昼灭，观其光，仿佛有日月出入其间。巨槎浮绕四海，十二年为一周天，称为“贯月槎”。

题 解

曲牌〔满庭芳〕是【中吕】宫中常用的一个曲调，南曲入【中吕】宫则为引子，因唐代吴融《废宅》中“几树好花闲白昼，满庭芳草易黄昏”而得名。与词调〔满庭芳〕相同，但在词中一般用双叠，用韵比较稀疏，在曲中则为单片，用韵较为稠密。其定格的基本字数句式为“四、四、四、七、四、七、七、三、四、五”，在曲中可以添加衬字。本曲押“家麻”韵，平声韵脚。

这支〔满庭芳〕无题，表现的是秋日里乘帆远行的情境。

赏 析

乘舟离别是古诗词曲中常常表现的一个主题，或是恋人之别，或是友人之别，抑或是家人之别，大都充满戚戚别怀与恋恋不舍之意。这支〔满庭芳〕虽也是离别，却是曲中人一己之别怀的抒写，凄伤意味不甚浓重，反而多了几分清旷的优美与疏淡。

起句是对水边渡头景致的描写。先是水边的一幅幅近景，秋林疏旷、暮鸦声声，水中鱼儿相聚，水边沙地雁鸟时起时落，是带着清冷秋气的傍晚景象。目光向远处推移，青山隐隐约约，映照在正缓缓落下的夕阳光辉之中，远水之滨的蒹葭苍苍茫茫，在夕阳下摇曳。江水中浪花泛着绿意，天边的残霞映照着缕缕红光，在这样的景色之中，曲家乘着客船即将远行。

曲中刻画的是非常清淡疏朗的秋季之景，虽然是写远别，却较少离别的愁苦，而是多了几分秋景的优美。最后一句“云帆挂，星河客槎，万里寄天涯”，在对旅途遥远迷茫的表现中，微微体现出作者的惆怅离怀。但是全曲在对淡雅的景色的描写和表现中，冲淡了作者离别的愁情，只余下淡淡的惆怅，情感中和雅致、哀而不伤。

全曲语言清淡雅致、凝练婉约，多处使用颜色词，营造出了一个淡雅宁静、色彩明丽的意境，宛如一幅动态的淡彩水墨画，十分优美平和，颇具温柔敦厚之美。

【越调】〔柳营曲〕

李白

捧砚底娇①，脱靴的焦②，调羹的帝王空懊恼③。玉带金貂，宫锦仙袍，常则是春色宴蟠桃④。吓蛮书醉墨云飘⑤，秦楼月诗酒风骚⑥。鲍参军般俊逸⑦，庾开府似清高，沉醉也，把明月水中捞⑧。

注　释

① 捧砚：此处指杨贵妃，传说李白初进宫，深得玄宗宠幸，曾让杨贵妃捧砚磨墨。

② 脱靴：指高力士，《新唐书·文艺列传中·李白》记载："白尝侍帝，醉，使高力士脱靴。"

③ "调羹的帝王"句：谓李白深受玄宗喜爱，玄宗曾经亲自为他调羹，"帝赐食，亲为调羹，有诏供奉翰林"（《新唐书·文艺列传中·李白》），李白的族叔李阳冰《〈唐李翰林草堂集〉序》中曰："天宝中，皇祖下诏，征就金马，降辇步迎，如见绮皓。以七宝床赐食，御手调羹以饭之。"

④ 蟠桃：仙桃，李白《春夜宴从弟桃花园序》中有句"会桃花之芳园，序天伦之乐事"，泛指逍遥宴饮。

⑤ 吓蛮书：传说渤海国来使，朝中众臣皆不识其文字，而李白则在醉中为玄宗起草《答渤海国可毒书》，后世称之为"吓蛮书"。

⑥ 秦楼月：指李白的词《忆秦娥·箫声咽》，中有句"箫声咽，秦娥梦断秦楼月"。风骚：初指《诗经》中的《国风》和《楚辞》中的《离骚》，此处借指诗文。

⑦ 鲍参军：指鲍照，杜甫有诗《春日忆李白》，中有"清新庾开府，

俊逸鲍参军”句，以庾信和鲍照的清新俊逸来比李白的诗思不群。

⑧ “把明月”句：李白之死扑朔成谜，一种传说是他饮酒而醉之后，跳入水中捞月而溺亡。

题 解

曲牌〔柳营曲〕又称〔寨儿令〕，是【越调】宫中的一支北曲。基本的字数句式为“三、三、七、四、四、五、六、六、五、五、一、五”或“三、三、七、四、四、五、六、六、五、五、六”，可添加衬字。本曲押“萧豪”韵，平仄通押。

这支曲子的题目是《李白》，概括和吟咏了诗仙李白富于传奇的一生。

赏 析

“诗仙”李白的一生极富传奇色彩，他的来历和死亡至今都有多种说法，他的才华为后世留下了一篇篇馥郁的诗歌，其豪迈俊逸的品性也为后人所景仰。这支曲子则概括了李白的传奇故事和他的诗思才华，表明了后世对他的认知，将一位潇洒风流、才情高标的“诗仙”形象表现了出来。

“捧砚底娇，脱靴的焦，调羹的帝王空懊恼”，贵妃捧墨、力士脱靴、玄宗调羹，曲家借助史书和传奇的记载，表现了一个深受帝王宠幸和藐视权贵的李白形象，也是恃才傲物的李白气象。“玉带金貂，宫锦仙袍，常则是春色宴蟠桃”，玉带锦袍飘逸，如春风洋溢，一表人才的李白也着实是贺知章笔下的“谪仙人”了。前半部分如果说是对李白传奇故事和风姿神采的概括，后半部分则是对他才能和才情的肯定。醉中的李白气度不减，挥笔写就“吓蛮书”，《忆秦娥》词更是大气磅礴，“西风残照，汉家陵阙”一句被王国维誉称为“有气象”。堪比庾信、鲍照般俊逸飘洒的李太白，最终在一醉之中抱月而归。

后世常常以“诗仙”称李白，他的气度、诗思、风采皆是不可学的，他也因而成为盛唐文学无法超越的一座高峰。这支曲子以高度概括的笔调将李白一生或真实或传奇的事迹勾勒出来，表现出对这位“谪仙”的仰慕，也反映出元人笔下的李白形象，为我们理解剧曲等其他通俗文学中的李白提供了参考。

曲中语言典雅流畅，以活泼自然的笔调勾勒了李白的一生，几乎全篇使用的都是李白的典故、轶事和相关诗篇，也可见曲家对于李白的熟知程度之深。

【双调】〔雁儿落过得胜令〕

为浮生两鬓白[①]，观镜里朱颜迈[②]。忙辞了白象简[③]，紧纳了金鱼带[④]。　　绿柳倚门栽，金菊映篱开[⑤]。爱的是流水清如玉，那里想侯门深似海。幽哉，袖拂白云外[⑥]。彭泽[⑦]，清闲归去来。

注　释

① 浮生：语出《庄子·外篇·刻意》："其生若浮，其死若休。不思虑，不豫谋。"谓人活着虚浮不定，死后如同休息，因称人生为"浮生"。

② 朱颜：红润的颜色，指少年时期。迈：年迈，老迈。

③ 白象简：白色象牙做的笏板，官员上朝时用。

④ 金鱼带：饰有金鱼带钩的腰带，借指高官显爵。

⑤ 绿柳、金菊：暗含陶渊明门植五柳、种菊篱下的典故。

⑥ 白云外：《庄子·外篇·天地》有"乘彼白云，游于帝乡"之句，"白云乡"便指的是仙境。"白云外"也指凡俗之外的隐逸之地。贯云石便有"弃微名去来心快哉，一笑白云外"的词句。

⑦ 彭泽：陶渊明曾经为彭泽令，后弃之归隐，"彭泽"指陶渊明，此处也是作者自指。

题　解

〔雁儿落过得胜令〕是一支带过曲，由〔雁儿落〕和〔得胜令〕两支曲牌组成。其基本的字数句式为"五、五、五、五；五、五、五、五、二、五、二、五"，可添加衬字。

〔雁儿落〕又名〔平沙落雁〕，也可以带过〔碧玉箫〕、〔清江引〕;〔得胜令〕又名〔阵阵赢〕、〔凯歌回〕，也入【商调】。在南北合套的曲子中，〔雁儿落〕必带〔得胜令〕，已经成为定格。本曲押“皆来”韵，平仄通押。

这支带过曲旨在表现曲家远离官场仕途、回归闲居生活的心态。

赏 析·

抒写隐居生活之乐的诗篇在诗经时代已经出现，“考槃在涧，硕人之宽。独寐寤言，永矢弗谖。考槃在阿，硕人之薖。独寐寤歌，永矢弗过。考槃在陆，硕人之轴。独寐寤宿，永矢弗告。”（《诗经·卫风·考槃》）隐者的生活是非常惬意而自在的。传统文人也似乎将隐与仕作为两个对立面，出仕则多是世事经营，是对情趣心志的违背，而回归闲适生活才是对自然本性的顺应。这支带过曲正是表明作者弃了忙碌繁复的仕途生活，回归自然山水之间的快意心境。

“为浮生两鬓白，观镜里朱颜迈”，曲家以鬓白颜衰起句，表明为浮生碌碌奔波的辛苦，也就自然而然过渡到了对仕途的厌弃和对自然闲适生活的向往。“忙辞了白象简，紧纳了金鱼带”，将出仕为官的一应物品都收拾了，回归田园自然之间。接着则写闲居生活的舒逸和恬淡，绿柳倚门、金菊映篱，曲家此处直直是以陶渊明自比，柳、菊，都是他恬淡、高洁品性的一个象征。不比仕途生活，他所喜爱的是流水汩汩，清如玉波，在这样的情景之中怎么也不会想到繁复的侯门深似海了。一拂袖，便是白云之外的逍遥帝乡了，清闲散诞。

作为一个经营世事之人，作者在曲中充满了对闲居生活的美好向往和期待，想象着辞官归隐之后的惬意生活，字里行间流露着对自然生活的喜爱，情感氛围十分轻松舒畅。曲中语言淡雅优美，多使用颜色词，营造出的是一个多彩明丽的氛围，使人感受到曲家愉悦轻松的心境，极富感染力。

图书在版编目（CIP）数据

元曲小令赏析 / 马玮主编 . — 北京 : 商务印书馆国际有限公司 , 2021.10
(中国古典诗词名家菁华赏析丛书)
ISBN 978-7-5176-0859-2

Ⅰ. ①元… Ⅱ. ①马… Ⅲ. ①元曲—鉴赏 Ⅳ. ① I207.24

中国版本图书馆 CIP 数据核字 (2021) 第 194785 号

YUANQU XIAOLING SHANGXI
元曲小令赏析

主　编	马　玮
出版发行	商务印书馆国际有限公司
地　址	北京市朝阳区吉庆里 14 号楼 佳汇国际中心 A 座 12 层
邮　编	100020
电　话	010-65592876（编校部） 010-65598498（市场营销部）
网　址	www.cpi1993.com
印　刷	北京中科印刷有限公司
开　本	710mm × 1000mm 1/16
字　数	265 千字
印　张	18
版　次	2021 年 10 月第 1 版第 1 次印刷
书　号	ISBN 978-7-5176-0859-2
定　价	39.80 元